秘《ひ》密《みつ》が見える目の少女

リーネ・コーバベル／木村由利子［訳］

ハリネズミの本箱

早川書房

秘密《ひみつ》が見える目の少女

SKAMMERENS DATTER
by
Lene Kaaberbøl

Translated by
Yuriko Kimura
First published 2003 in Japan by
Hayakawa Publishing, Inc.
This book is published in Japan by
arrangement with
ICBS ApS
through Motovun Co. Ltd., Tokyo.

さし絵：横田美晴

もくじ

登場人物《とうじょうじんぶつ》

ディナ……………主人公。〝恥《はじ》あらわし〟の力を持つ少女

ダビン……………ディナの兄

メリ………………ディナの妹

メルッシーナ……ディナの母。恥あらわし

ドラカン…………ドゥンアーク領主《りょうしゅ》の甥《おい》

ニコデマス（ニコ）……ドゥンアーク領主の次男

リゼア夫人《ふじん》……ドラカンの母。〝がいこつ夫人〟

マウヌス先生……ニコの元家庭教師《かていきょうし》。科学者《かがくしゃ》

〝後家《ごけ》さん〟……薬屋の未亡人《みぼうじん》

ローサ……………どぶ板横町《いたよこちょう》に住む少女

1　恥《はじ》あらわしの娘《むすめ》

あたしがドラゴンに腕《うで》をかまれたのは、はっきりいえば、シラのせいじゃない。あの子があたしの頭めがけて、バケツいっぱいのホエー(注)をぶちまけたまさにその日に、ドゥンアークからあの男が来たのだって、きっとただの偶然《ぐうぜん》だったんだ。でも、いまでも左腕が痛《いた》むたび……また、ニレの木《き》荘《そう》と、あそこにあったナシの木や、飼《か》っていたにわとりたちを思い出してさびしくなるたび、あたしはあらためて、シラがにくくてたまらなくなる。

シラは粉屋《こなや》の娘で、六人きょうだい中、たったひとりの女の子だ。あの子があんなにやなやつなのは、きっとそのせいだ。たとえばシラが、はちみつパンだとか、髪《かみ》に結《むす》ぶ絹《きぬ》のリボンとか、王子さまとドラゴンゲームをほしいと思ったとする。そんなときシラは、上目《うわめ》づかいをして、べ

（注）乳清。牛乳からバターやチーズの成分を取ったあとの液体。

たべたにあまい声を出せば、それでいい。シラの目は矢車草《やぐるまそう》のような青い色で、ほっぺに、それも両方に、えくぼがうかぶ。お父さんは、シラの手のなかで、バターみたいにとろとろにとけてしまう。

いじわるされたり、さからわれたりすると、シラは兄さんのだれかに言いつける。兄さんたちは、子どものときから水車小屋《すいしゃごや》で働《はたら》いているから、粉《こな》や麦粒《むぎつぶ》のつまった重い袋《ふくろ》でも、羽毛《うもう》が入っているみたいに、ぶんぶんふりまわすことができる。シラの兄さんたちとけんかしたがる人間はいない。あたしの兄さんのダビンさえ、こわがりってほうではないのに、そんなことはしない。そういうわけで、シラは思いを通すのになれている。

いつものあたしなら、シラなんか、大まわりして避《さ》けて通ったはずだ。でもあの日は、目がさめたときからずっと、ほんと、最低《さいてい》だった。まえの晩《ばん》、ショールを薪置《まきお》き場《ば》にわすれて、びしょぬれにしたといって、母さんにしかられた。ダビンと口げんかになり、そのうえ四才のわがまま妹メリともいさかいをした。あたしの古い人形の目をむしりとったんだもの。もちろん自分が人形で、すくなくとも一日じゅう遊ぶような年でないのは、よくわかってる。でもナナはあたしの人形なんだし、遊んでいいとメリに言ったおぼえはない。

とにかくあたしは、家族全員《ぜんいん》に腹《はら》を立てていたものだから、おなじ屋根の下にいたくなかった。そこでまずうまやに行って、かわいい栗毛《くりげ》馬《うま》のブリスにくっついていた。たいていの人間を受けいれてくれる、とても心の広いやさしい馬だ。そしたらダビンが、果樹園《かじゅえん》のナシの木のむこうの草地《くさち》まで、エサを食べさせに連れて行ってしまった。もうまやにいたって、さみしくてつまらないだけだった。どうせじきに母さんが、なにか用事を言いつけるにきまっていた。ふくれっつらとへの字口には仕事がなによりの薬だと、母さんは考えているからだ。だからあたしは、ぐちゃぐちゃ考えるのはやめて、村に向《む》かって歩きだした。

白樺村《しらかばむら》は町といえるほど大きくはないけれど、中心には鍛冶屋《かじや》も宿屋《やどや》も、シラの親が持っている水車小屋《すいしゃごや》もそろっているうえ、十一軒《けん》の家と畑《はた》地まである。そのほかにも、うちの家族が住むニレの木荘《きそう》みたいに、村の門の外にあって、村の家の勘定《かんじょう》に入っているのかいないのかわからない建物も、四、五軒ちらばっている。ほとんど全部の家に、家族が暮《く》らしている。そしてほとんど全部の家族に子どもがいて、子だくさんの家もけっこうある。そんなに子どもがたくさんいるなら、親友のひとりやふたり、でなくても遊び友だちぐらいはいるはずだと、だれでも思うだろう。でもそうはいかないのだ。「恥《はじ》あらわし」の娘《むすめ》には。

もっと小さかったころは、宿屋のサーシャと遊んでいた。でもサーシャがあたしの目を見られなくなりはじめると、いろいろややこしいぐあいになってきた。いまではサーシャも、ほかの村人とまったくおなじに、あたしを避《さ》ける。

だから、ぬかるみと風のなかを一キロほども歩いてようやく村に着いたころには、なにをすればいいのか、もうわからなくなっていた。最近《さいきん》は、母さんのおつかい以外では、ひとりで村に来ることもあんまりなかった。そこで広場のまんなかで、ちょっとひと休みしてるだけというふりをして、なんとなく足を止めた。

いかけ屋(注)のヤヌスが手押《てお》し車を押して通りかかり、ていねいに、でもぜんぜんあたしを見ないで、頭を下《さ》げた。鍛冶屋《かじや》ではリケルトが、宿屋《やどや》のおいぼれ馬に蹄鉄《ていてつ》を打っていた。あたしを見つけて手をふったものの、すぐにうつむき、仕事にもどった。そのとき大つぶの雨が地面をたたきはじめ、あたしはここでひなたぼっこをしています、というふりができなくなった。

小さいころからの習慣《しゅうかん》で、足は自然《しぜん》に宿屋に向かった。食堂《しょくどう》にはほとんどひと気《け》がなく、スケイラーのはずれから来たらしいお客さんがひとり、でっかいスケイラーパンを食べていた。たぶん夏の出かせぎに旅商人《たびしょうにん》たちの護衛《ごえい》かなにかをして、これから故郷《こきょう》に帰るのだろう。その人は、めずらしそうにあたしを見たが、すぐに目をそらした。

カウンターのむこうで、サーシャのお母さんがコップをふいていた。

「こんにちは、ディナ」ていねいな口調《くちょう》だったが、おばさんの目は、布巾《ふきん》でふいているコップにくぎづけだった。「きょうはなにかご用なの？」

あたしの目を見てほしいの、と言ったら、おばさんはどうするかな。でももちろん、そんなことはいわない。「サーシャはいますか？」

「いいえ。たぶん水車小屋だと思うけど」そういうと、あたしを見ないようにしながら、外にあごをしゃくった。

このあたりから調子が狂《くる》ったんだと、いまでは思う。にがい怒《いか》りが体のなかにわきあがってくるのが、わかった。うつむいた頭に、あさってのほうを向いた目ばかり――どういうことなのさ？ そりゃあみんなにしてみれば、あたしに近づかずにすむほうが楽《らく》にきまっている。だけどあたしは、恥《はじ》あらわしの娘《むすめ》になりたいなんて、たのんだおぼえはない。だれも目を合わせてくれない恥あらわしの目を、受けつぎたいなんてたのまなかった。

サーシャが遊んでくれなくなって、どんなに泣《な》いたか、いまもおぼえている。

「あたしのどこがいけないの？」と、母さんに聞いたっけ。

「いけないとこなんてないわよ」と母さんはいった。「おまえはわたしの力を受けついだだけなの」

母さんの声は、ほこらしげで、それでいて悲しげだった。あたしのほうは、ほこらしくなんかない。つらくて、みじめなだけだ。できるものならそんな力など、その場でこの体から引きはがして、捨《す》ててしまっていただろう。でも悲しいことだけど、自分ではそんなこと、決められない。あたしはこの力を引きずっていく運命《うんめい》なのだ。

（注）なべ・かまを修理する職人。流れものも多い。

あの日あんなに腹《はら》を立てていなかったら、そこで家に帰ったと思う。でもあたしは、反抗的《はんこうてき》な気分になっていた。たしかにみんなは、近づいてもらいたくないかもしれないけど、あたしにもここにいる権利《けんり》はあるはずでしょ？　だれかとしゃべりたい、だれかといっしょにいたい――そんなこともゆるされないの？　のどにかたまりをつかえさせたまま、あたしは広場を横ぎり、水車通りまで歩いていった。

「ディナ、なにか用？」あたしを見つけた粉屋《こなや》のおかみさん、エティーが声をかけた。雨でずぶぬれにならないうちに洗濯物《せんたくもの》を取りこもうと、大わらわだった。

「サーシャをさがしてるの」とあたしは言った。

「女の子たちはみんな、納屋《なや》にいるはずだよ」洗濯ばさみを口いっぱいにくわえて、あたしではなく洗濯物をにらみながら、エティーは答えた。

あたしは中庭《なかにわ》をつっきり、納屋正面《しょうめん》にある戸をくぐった。なかはかなり暗かったが、ろうそくを立てたカブ灯籠《とうろう》がいくつか置《お》いてあった。光るがいこつみたいで、ぶきみでもあり、おもしろくもあった。

荷車《にぐるま》の上に、ピンクのショールをはおり、黄色いダリアの花でつくった冠《かんむり》をかぶったシラが、すわっていた。ほかの子どもたちはまわりに半円《はんえん》をえがいてすわり、そのまんなかで、粉屋《こなや》の古ぼけたフェルト帽《ぼう》をかぶって片足《かたあし》で立ったサーシャが、十二番もある「いとしいあなたは旅の人」を思い出そうとしていた。いまは七番だったが、うまくいっていなかった。二度もことばにつまり、やりなおしたら、八番とごたまぜになった。

みんなは王女さまへの求婚者《きゅうこんしゃ》ごっこをしていたのだ。とうぜん王女さま役は、シラだ。シラの性格《せいかく》があたしの思っているとおりならば、求婚者に無理難題《むりなんだい》ばかりおしつけるだろう。つまり、きょうはほかのだれにも、王女さま役がまわらないことになる。

「家来《けらい》」役たちが、サーシャに口笛を吹《ふ》き、やじをとばしだしたので、シラは、一人前になってから出なおしておいでなさいませ、と求婚者を追いかえした。それからあたしを見つけ、ちょっとのあいだ、役柄《やくがら》をわすれた。

「なにしに来たのよ」シラはたずねた。

「王女さまにプロポーズしに。ほかになにするっていうの？」あたしはいった。

「あんたなんかさそってないわ」シラはかみつき、あたしみたいな人間は目を向《む》けてやる値打《ねう》ちもないとでも言いたげに、指の爪《つめ》をしげしげとながめた。

「そうでしょ、サーシャ。あたしたち、恥《はじ》あらわしさんちの娘《むすめ》なんて、さそったっけ？」

サーシャはごにょごにょつぶやき、地面に目を落とした。

「シラってもしかして、自分が王女さまだと本気で思いこんでるんでしょ」あたしは、いじわるく言った。「けど、態度《たいど》はシラミなみだよね」

シラはびくっとひきつり、もうすこしであたしをにらむところだったが、最後《さいご》の最後でわれに返った。

「シラミなんかいつだってくれてやる――」シラは、ののしりはじめたが、そこでふみとどまった。「ううん。ごめん。そうだね、よくない態度《たいど》だったかも。それじゃね、ディナ、まざってもいいわよ」

女の子たちが、ひっと息《いき》をのんだ。あたしでさえ、目を丸くしてシラを見つめた。太《ふと》っ腹《ぱら》なんて、シラらしくない。

「本気？　あたしも入っていいの？」

「うん。だってそうしたいんでしょ？」

「う、うん」

「よかった。さ、プロポーズして」

あたしがひざまずいて、おねがいするところを見たかっただけなのかもしれない。でも、ダビンとメリ以外の子どもと遊ぶなんて、百年ぶりぐらいだったから、それぐらいおやすいご用だと、あたしは考えた。あたしはケープのボタンをはずし、肩《かた》のうしろに流した。そうすると、騎士《きし》のマントみたいだ。それからフェルトの帽子《ぼうし》をもらおうと、手をのべた。サーシャが帽子をぬぎ、あたしを見ないようにして、手わたした。

「ああ、うるわしの白百合姫《しらゆりひめ》。そなたの求婚者《きゅうこんしゃ》に、やさしきお手を」

あたしは、おきまりのせりふをはじめた。

「わが手を取らせはいたしませぬ。殿《との》がつとめをはたされるまでは」シラが、型《かた》どおりに受けた。

「ここにたずさえしつるぎに弓矢《ゆみや》。いずれを使いておつとめいたそう」

「つるぎも弓矢も無用《むよう》のものよ。殿にもとめるわざはこれ。まずその一《いち》は……」

シラはにっこり笑《わら》い、間《ま》を置《お》いた。でも顔を見れば、言うことを決めてあるのがわかった。

「『いとしいあなたは旅の人』の歌を十二番全部うたうこと。それも片足《かたあし》で立って、目かくしをして。テア、スカーフを貸《か》してやって！」

目かくしして、片足で立つ。実際《じっさい》にやってみると、とてもむつかしい。まっすぐ立つだけでも、楽《らく》じゃないんだから。でも、鼻にしわをよせて目をこらしたら、スカーフごしに納屋《なや》の床《ゆか》に敷《し》いた干《ほ》し草が見えて、それで助かった。さいわいあたしの記憶力《きおくりょく》は、サーシャよりずっといい。そこでおぼえているとおり、すらすらと歌いはじめた。

いとしいあなたは旅の人
たぐいまれなる奇跡《きせき》のわざで
村じゅうのなべかま直します

乙女《おとめ》ごころを引きさきます……

まわりでくすくす笑《わら》いやひそひそ声が聞こえたけど、あたしはかんしゃくを起こさなかった。立ってるほうの足が、つかれてふるえだしても、一番一番、歌いつづけた。本気でつらくなってくると、王女さま役《やく》をあたしにゆずるはめになったときの、シラのしぶい顔を思いうかべた。そしたらとたんに楽《らく》になって、あと二番進《すす》んだ。

ひとつ深呼吸《しんこきゅう》をして最後《さいご》の十二番を歌いはじめたときに、それは起こった。べっとりと冷たいものが、とつぜん頭にかかったのだ。あたしは空気のかわりに、ホエーを口いっぱいのみこんだ。バランスをくずしてひっくりかえり、空気をもとめてぜいぜいひいひいせきこんだ。ホエーが鼻にまで入り、おかげでのどと鼻の奥《おく》が、つんと熱《あつ》く燃《も》えるようだった。はじめは何《なに》が何やら、まるでわからなかった。でも、スカーフを手荒《てあら》にむしりとると、シラがからのバケツを持っていて、ほかの子が笑って笑って吐《は》きそうになっているのが見え――ようやくなにが起こったか、わかった。

「出てお行き、魔女《まじょ》むすめ……一人前になってから、出なおしておいでなさいませ」

シラは言うと、自分のじょうだんに、笑い死にしそうになった。笑うのに夢中《むちゅう》で、逃《に》げることなど頭にうかばなかった。それがまちがいだったのだ。だってあたしは、これまでにないほど頭に来ていたんだから。

あたしは、窒息《ちっそく》しそうになりながらも、ひと息ついただけで立ちあがった。立ちあがるだけでなく、しゃにむにシラにとびかかり、うしろに押《お》したおした。それから胸《むね》にのしかかり、起きあがれないようにした。両手《りょうて》でシラの顔をつかみ、最高《さいこう》の仕返《しかえ》しをしてやった。

「あたしを見なさい、このろくでなしのはではで人形。**あたしの目を見るんだよ！**」

シラの強気《つよき》がくじけた。泣《な》きわめいて、目を閉《と》じようとした。あたしはしっかりつかまえたまま、逃《に》がしてやる気などなかった。

「**あたしを見なさい！**」もう一度、きつく言ってやった。するとシラは、さからえなくなったみたいだ。矢車草色《やぐるまそういろ》の目がすべるように上を向き、あたしの目としっかり合った。

「あんたは自分勝手《かって》な、あまやかされっ子だ」あたしはささやきかけた。もう大きな声を出さなくていい。シラにはあたしの声が、自分の心のなかの声とおなじぐらいはっきりと聞こえるからだ。

「あんたが人のためにしたことなんて、いままでひとつでもあったかしらね。でもあんたがわがままを通すためにした、ひきょうなことなら、ひとつ残《のこ》らず知ってるよ。あんたがその指輪《ゆびわ》をどうやって手に入れたか知ってる。サーシャが大事《だいじ》にしてた裁縫道具《さいほうどうぐ》を、プレゼントさせた手口《てぐち》も、知ってる。兄さんたちにうそをついて、うすのろマルテをなぐらせたやり口も知ってる。あの子はあんたの髪《かみ》がきれいだと思って、あとをついていっただけ。そのほかになにをしたっていうのさ。なにもしてないだろ。シラ、あんたはうそつきだ。あんたはひきょうもので、いやしくて、こそこそしてて、見てるだけで吐《は》き気《け》がしてくる。シラ、あたしはみんな知ってる。あんたのことなら、お見とおしだ！」

お見とおしなのはほんとうだった。シラのおなかに乗っかって耳もとにささやきかけているあいだに、シラがこれまでしてきたことが、みんなわかってしまったのだ。わめこうが、けろうが、おぼれかけてるみたいにもがこうが、シラは逃《に》げられなかった。あたしはむりやり目を合わせ、これまでシラがやったことを目のまえに見せつけてやった。そして恥《は》ずかしく思わせた。

女の子たちのだれかが、あたしをシラからどかせようと押《お》した。でもあたしは向きを変えて、その子の目を見るだけでよかった。その子は、やけどをしたみたいにとびのいた。

「あんたはひきょうものだよ、シラ」あたしは、すこし大きな声で言った。「それからね、ここにあんたのことをほんとに好きな子がひとりでもいると思ってんのなら、それはまちがいだよ」

あたしは立ちあがった。シラはたおれたままだ。わんわんわんわん、泣《な》いていた。むちでひっぱたかれでもしたみたいだった。

あたしは言った。

「ほかのあんたたちだって、おなじくらいきたないよ。あんたたちがシラ王女さまごっこをしに来るのは、シラがこわいのと、シラにくっついていい目を見たいからだけじゃないの。くだんないガキの遊びを、いつまでもやってりゃいいや。あたしはもうたくさん！」

あたしはぐるりと見まわしたが、見つめかえしたのは、カブ灯籠《とうろう》の、光るどくろの目ばかりだった。あたしの怒《いか》りは、すこしおさまった。こんなふうに終わらせるつもりじゃなかったのに。でもこうなれば、出ていくしかなかった。

入り口にたどりつくまえに戸が開いて、シラのお父さんが入ってきた。

「おまえら、なにをしてる。シラ、なにがあったんだ？」粉屋《こなや》はどなった。

シラは答えなかった。横になったまま、泣《な》いていた。そのとき粉屋は、まえに立っているあたしに気づいた。そうなれば、だれが悪者《わるもの》かはじきだすのに時間はかからなかった。

「悪魔《あくま》の娘《むすめ》め。うちの娘になにをした？　シラに悪《わる》さをしたのなら……」

「ちょっぴりさわっただけ――」言いかけたとたんになぐられた。音が納屋《なや》じゅうにひびいた。

「おまえみたいな連中《れんちゅう》は、さわらなくても悪さができる」粉屋はどなりつけた。「魔女《まじょ》のおふくろのところに、とっとと帰れ。もしまたうちのシラになにかしたら、そのときは……恥《はじ》あらわしであろうがなかろうが、あざになるほどなぐってくれる。粉の袋《ふくろ》を頭にかぶせれば、いいんだからな！」

あたしは、まっすぐに立っているのがやっとだった。なぐられたせいで頭がくらくらし、舌《した》をかんでしまったので、血の味がした。でも、だれも気《き》の毒《どく》がってなどくれないことは、わかっていた。だから背《せ》すじをぴんとのばし、だれのこともぜんぜん興味《きょうみ》がないという顔をつくった。シラも、そのお父さんも、サーシャも、ここにいるだれのことも、どうだっていいって。それからうしろもふりむかず、さっさと雨のなかへ出ていった。

家までの一キロほどに、ずいぶん長い時間がかかった。母さんのいる家のなかに入る決心がつかずに、さらに時間がたってしまった。それは、あたしの緑のケープとシャツとまえかけから、ホエーのにおいがぷんぷんしているせいではなかった。ホエーに洗《あら》われて、きれいどころか、ブタのエサになったみたいな気分だったけれど、入れないのは、母さんがきょうのできごとを、あたしのしでかしたことを、喜《よろこ》んでくれるとはとても思えなかったからだ。

おまけにあたしは、すっごくみじめだった。不幸《ふこう》のどん底《ぞこ》にいて、ひとりぼっちだ。ダビンには友だちがいる。メリにも友だちがいる。あの子はとてもかわいいって、おおかたの人は思っている。どうしてあたしの相手は、家族しかいないんだろう。

あたしは結局《けっきょく》、うまやのブリスのそばにおちついた。恥《はじ》あらわしの目をしていようがいまいが、てんから気にしていない、あったかくて大きい動物といっしょにいると、なんだかとってもなぐさめられる。ふわふわした冬毛《ふゆげ》の生《は》えた首すじにほおをすりよせ、夕暮《ゆうぐ》れがおとずれるまでのあいだ、ちょっぴり泣《な》いた。

よろい戸のすきまから明かりが見えたと思ったら、さっと戸が開《ひら》いた。

「ディナ？」母さんが声をかけた。「なんで、こんな暗いなかにいるの？」

母さんは、あたしをもっとよく見ようと、灯油《とうゆ》ランプをかかげた。「なにがあったの？」

母さんには、当然《とうぜん》うそはまったく通じない。秘密《ひみつ》を心におさめておくだけでも、なかなかむつかしい。だからあたしは、だいたいのところを話し、残《のこ》りは母さんが想像《そうぞう》するにまかせた。話しおわると、母さんはしばらくじっとあたしを見つめた。母さんはしからない。ただしんぼう強く、自分がまちがったことをしたと、あたしが思い知るまで待った。それからうなずいた。

「その目は天からのおくりものなのよ。そして力でもあるの。使いかたに注意《ちゅうい》しないとね」そういうと母さんは、まえかけのポケットに手をつっこんで、なにかを取りだした。「さ、これ。これをわたす機会《きかい》を、ずっと待っていたの。いまがそのときだと思うわ」

それは首かざりだった。スズの円盤《えんばん》に白いエナメルの円、そのなかにすこし小さな青いエナメルの円が焼《や》きつけてあるものだ。きらきら光るわけではなく、きれいでもない。通してあるのは、鎖《くさり》ではなく、ただの黒い革《かわ》ひもだ。でもそれにとくべつな意味《いみ》があることは知っていた。母さんは、おなじようなのを肌身《はだみ》はなさずつけている。ちがうのは、まんなかの円が青でなくて黒いことだけ。

「なんでこれをくれるの？」

「いまからおまえは、わたしの弟子《でし》になったからよ」

「母さんの弟子……」

「そう。あしたから、天のおくりものをどんなふうに使うのか、いつ使えばいいのかを、教えることにします」

「そんなの、ぜんぜん習いたくなんかない。習って、なんになるの？」

母さんはためいきをついた。「人がものをぬすんだとき。他人を傷《きず》つけたとき。さらには、人を殺《ころ》したとき。そんなとき、恥《はじ》あらわしが呼《よ》ばれるの。世のなかには、恥を知らずに悪いことができる人がいるのよ。それに、恥をかくしとおし、うまい言いわけを山ほど考えだして、人を傷つけたのは悪くなどなかったのだと、自分にも信《しん》じさせてしまう人までいる。でもわたしが目のまえに行くと……そんな人でもかくしごとができなくなる。自分がしたことを、自分にも他人にもごまかすことができなくなる。人はたいてい、生きていくなかで恥を感じるものなの。ごくまれに、恥というものを知らない人もいるけど、わたしはそんな人でも、恥《は》じ入らせることができるのよ。そういう力があり、その使いかたを学んだから。めったにない力よ。その力が、おまえにもあるの」

「そんな力、ほしくなんかないのに！」ついつい、泣《な》き声が出てしまった。

「さあさあ……たしかにつらいことよ。それにおまえは、力の目ざめが早すぎる。おまえのためにも、もっと遅《おそ》ければよかったのにと思うよ。でも、わたしたちの力は役に立つものだから、おまえにその力があることを悲しみたくはないの」

「そのせいで、友だちがひとりもできなくても？　この力のせいで、まともな人間は、だれもあたしの目を見られなくても？」

母さんはあたしを抱《だ》きよせ、前に後ろにと軽くゆすってくれた。「見られないんじゃないの。みんな、見るのがこわいだけ。できるならわすれたいと思っていることを、思い出してしまうからよ。心のなかで恥《は》ずかしく思っていることをね」

母さんは、ホエーがこびりついた髪《かみ》の毛を、あたしのほおからかきあげてくれた。「でも、もうすこししんぼうして。そのうち、おまえの目をまっすぐに見る人に出会うから。そうなれば、人もうらやむ運にめぐまれたわけよ。だって、恥《はじ》あらわしと目を合わせられるのは、とてもとくべつな人間なんだもの。望《のぞ》んでも手に入らないような、最高《さいこう》の友だちなのよ」

「シラでないことだけは、たしかだね」あたしは不機嫌《ふきげん》な声で言った。

母さんは笑《わら》った。「そうね。それだけはたしかだわ」

2　ドゥンアークからの使い

風が強く吹《ふ》き、よろい戸をつかまえては、がたがたゆすった。母さんは大きなおけを、台所の暖炉《だんろ》のまえまでひっぱってきてくれた。おかげで、ようやくさっぱりとしてぬくもれた。べたべたの髪《かみ》を洗《あら》いながら、緑のケープにこびりついたホエーのにおいは取れるかしら、とあたしはなやんだ。そのときは、まさかもっとものすごいにおいがこびりつくはめになろうとは、夢《ゆめ》にも思っていなかったのだ。

家族そろって夕食を食べたあと、母さんは、デザートに焼《や》きリンゴをつくっていいと言ってくれた。まもなく、スパイスたっぷりのいいかおりが、台所じゅうにあふれた。あたしは、すこし機嫌《きげん》を直した。なにもかもが、ほとんどもとどおりになった。ほとんど、だ。完全《かんぜん》にもとどおりじゃない。新しいスズの首かざりが、身動きするたびに胸《むな》もとに重くあたって慣《な》れないうえ、自分が弟子《でし》になったのを思い出してしまうのだ。

「きょう何かあったのかい?」ダビンがたずねた。

「あしたになったら話す」あたしは答え、母さんの青い古ショールを、肩《かた》にきつく巻《ま》きつけた。

「いまは言いたくないの」

ダビンはなにも言わなかった。ただうなずいただけ。ダビンのいいところのひとつだ。だまったほうがいいときはみごとに察《さっ》して、口を閉《と》じててくれる。うちの飼《か》い犬で、灰色《はいいろ》のウルフハウンドの野獣《ヤジュウ》は、暖炉《だんろ》のまえの敷物《しきもの》でいびきをかいていた。メリは母さんのひざにすわりこんだ。

「冬ドラゴンのお話、して」メリがねだった。

「メリ、いまはだめよ」

「じゃあ、いつ?」

「寝《ね》るまえに、してあげられるかも。そのときまで、あんまりだだをこねなければね」

母さんはテーブルについて、その日つめたびんやつぼにつける、はり紙を書いていた。リンゴ果汁《かじゅう》、ナシ果汁、ニワトコ酒《しゅ》、ハマナスジャム、などがテーブルにならび、紙をはりつけられるのを待っている。

ヤジュウが首を上《あ》げ、低く「ウウルルル」とうなった。ドアにノックの音がした。

家族一同が瞬間《しゅんかん》こおりついたが、ヤジュウだけはべつで、飛《と》びおきると、用心ぶかい足どりで戸口に向かった。母さんがためいきをつき、ペンを置《お》いた。

「だいじょうぶだよ、ヤジュウ。ダビン、いいから開《あ》けて」母さんが言ったので、ダビンはリンゴの串《くし》を置いて、立ちあがった。

「来るなら昼間にすりゃいいだろうが」ダビンはいやそうに、ぶつくさ言った。

「ダビン！」

「はいはい。いま行きますよったら」

あたしは、ひょっとしたらシラのお父さんかも、と思った。けれどダビンが戸を開けたときに入ってきたのは、うちのだれも見たことがない男だった。べつにめずらしいことじゃない。母さんのところには、知らない人がたくさん来る。病気やけがにきく薬草《やくそう》にくわしい「知恵女《ちえおんな》」をもとめて来ることもあるし、さいわいめったにないことだけれど、恥《はじ》あらわしとしての母さんをむかえに来ることもある。

「ご一家に平安《へいあん》を」男はあいさつをすると、いまにも食《く》いつきそうなヤジュウに、ちらりと目をやった。

「あなたさまにも平安を」母さんがあいさつを返した。「火のまえにおいでなさいませ。おとなしい犬です」

「どうも」男は言って、マントのフードをぬいだ。「しかし、ことは急ぎます。そちらは、メルッシーナ・トネーレどのでしょうか？」

男の顔は青ざめて深刻《しんこく》そうで、黒髪《くろかみ》はぬれてひたいにはりついていた。遠いところから馬をとばしてきたようすだった。

「さようです。で、そちらのお名前は？」

「わたしはただの使いのもの」男は母さんと目を合わさずに答えた。「ドゥンアークの判事《はんじ》より知らせを持ってまいりました」

使者《ししゃ》は気づかなかったろうけど、このことばを聞いたとたん、母さんははじき金《がね》みたいに、ぴんとはりつめた。ドゥンアークは海ぞいの町で、そこからこの白樺村《しらかばむら》までは、けっこうな距離《きょり》がある。薬使《くすりつか》いの知恵女《ちえおんな》を呼《よ》ぶためなら、わざわざこんなに遠くまでやってくる必要《ひつよう》はない。恥《はじ》あらわしを呼びにきたのだ。そして恥あらわしが呼ばれるのは、だれかが罪《つみ》をおかしたときだけだ。

「ご書簡《しょかん》をお見せください」母さんは言った。

ドゥンアークの使いは腰《こし》のベルトから長い革筒《かわづつ》をぬいて、母さんにわたした。波の上に飛《と》ぶカラスが、筒《つつ》をとめた赤い封《ふう》ろうに押《お》してあった。ドゥンアーク領《りょう》の紋章《もんしょう》だ。母さんは封ろうを破《やぶ》り、筒から巻紙《まきがみ》を引きだした。紙をのばし、文面《ぶんめん》を読めるように明かりに近づけた。灯油《とうゆ》ランプのやわらかな光が、母さんのつややかな赤毛と、紙を持つほっそりとした手をてらしだす。その表情《ひょうじょう》だけは、かげにしずんでいた。

「なるほど」しばらくして母さんは言った。声には緊張《きんちょう》がみなぎっていた。ふるわせてはいけないと、意識《いしき》して力をこめている感じだった。「それなら、すぐに出かけたほうがよさそうですね」

「やだぁ！」メリが大声を上《あ》げて、母さんのそでにすがりついた。「約束《やくそく》したぁ。冬ドラゴンのお話ししてくれるって、約束したのにぃ」

メリは泣《な》きだした。ドラゴンのお話のことだけじゃないのは、わかっていた。これから寝《ね》ようというときに母さんがいなくなってしまうのが、こわいのだ。とくに風が強くて、家じゅうがぎしぎしうめく、こんな夜には。

「よしよし、いい子だから」母さんはメリを抱《だ》きよせ、小さいころにはあたしにもしてくれたように、軽くゆすった。

「ダビンがお話ししてくれるよ。あしたの朝目がさめたら、母さんは家に帰ってますからね」

「ダビンは母さんほど、お話じょうずじゃない」

「ううん。母さんよりじょうずなくらいよ。さあ、おりこうにして。ディナを見てごらん。泣いてる？」

もちろん泣いてなんかいなかった。でもあんなにひどい一日のあとだから、あたしもメリみたいにこわがりの赤んぼになりそうだった。抱《だ》きつき、しがみつき、声を上《あ》げて泣いて、母さんが出かけるのをやめさせたい思いにかられた。でも、ぐっとこらえた。だってあたしはもうすぐ十一才だし、母さんがどうしても出かけなければならないこと、心のなかでは出かけるのがいやで、できるものなら家にいたい、夏じゅう眠《ねむ》れない冬ドラゴンのお話をして、メリを寝《ね》かしつけてやりたいと思っているのが、わかっていたからだ。

「おいで、メリ」あたしは言った。「そろそろあんたのリンゴが焼《や》けたよ。はちみつかけてあげようね」

さいわいメリはあまいものに目のない子だった。「いっぱいかけてね。まんなかにはジャムもね」

あたしが母さんに目をやると、母さんはうなずいて言った。「まんなかにはジャムね。でもそのあと、歯をきれいにしてね」

「ヤジュウといっしょに寝ていい？」

「いいよ」

「ベッドで？」

「そう、ベッドで。ディナ、寝るまえに犬にブラシをかけてやってね」

母さんは立ちあがった。暖炉《だんろ》わきのかけくぎから黒いきれいなショールをはずし、肩《かた》に巻《ま》きつけた。ダビンが母さんの厚《あつ》い冬用のマントを、用意して待っていた。

「外は寒いよ」ダビンは言った。「天気が回復《かいふく》しなかったら、泊《と》まってきてよ。おれたちだけでだいじょうぶだから」

「ありがとう。わかってる。でも、できるなら帰ってきたいの」

母さんはダビンをぎゅっと抱《だ》きしめた。そうするとダビンの背《せ》は、母さんとほとんど変わらなかった。おなじ赤茶色の髪《かみ》。おなじように手足が小さく、ほっそりした体つき。妖精《ようせい》のような感じだ。メリとあたしは、それにくらべるとごつごつして、やぼったい体格《たいかく》だと思う。母さんに言わせれば、がっちりしていて、力強い、地に足のついた体型《たいけい》なんだそうだけど。でもあたしはそれより、母さんみたいに森の精《せい》っぽくなりたい。いったいどういうわけで、あたしの髪《かみ》の毛はこわくて真っ黒で、馬のしっぽみたいにごわごわなんだろう。母さんのろくでもない能力《のうりょく》をどうしても受けつがないといけないんなら、美人なところもちょっとはもらっていいはずなのに。

「おやすみ、いい子ちゃん」母さんはメリのほおにキスをして、言った。メリははちみつでべたべたの手を、母さんの首に回した。そのままずいぶん長くじっとしていたが、さすがにメリも、いつまでもぐずっていたってしかたがないとわかったようだ。はちみつがけの焼《や》きリンゴをほおばった口で、もごもご言った。「すぐに帰ってきてね。まあっすぐにね」

「ブリスの足がつづくかぎり、急いでもどってくるわ」母さんはにっこり笑《わら》って、約束《やくそく》した。

「おやすみ、ディナ」

母さんはあたしもぎゅっと抱《だ》いてくれた。すこしふるえているのがわかった。あたしは、母さんがつかんだままの紙に目をやった。

「おおごとなの？」メリに聞こえないよう、声を落《お》としてたずねた。

「おおごとみたい。でもようすを見てみるわ」

「ついていこうか？　だってあたし……母さんの弟子《でし》なんでしょ？」

母さんは首をふった。「いいえ。きょうは十分《じゅうぶん》にたいへんな日だったでしょう？　はじめはこれよりちょっと……ましなことのほうがいいわ」

母さんは髪《かみ》にキスしてくれた。「うまく助けあってね」

ヤジュウはしっぽをふり、キュンキュンいって、連れていってくれとうったえた。でも母さんは犬のあごを持つと、その黄色い目をまっすぐにのぞきこんで、言いきかせた。

「お留守番《るすばん》よ。子どもたちを守《まも》ってね」

大きな犬はぴいぴい鳴いた。しっぽも動きを止めて、だらりとたれた。ドゥンアークの使者《ししゃ》が母さんのためにドアを開《あ》け、あとについて雨とやみのなかに出ていっても、ヤジュウは追《お》いかけようとしなかった。

ダゴンとふたりして、メリの顔と指についたはちみつをふきとってやり、歯から木イチゴの種《たね》を取りのぞく手伝いをし、ミント水で口をすすがせた。あたしがヤジュウにブラシをかけているあいだ、ダビンは冬ドラゴンのお話をしてやった。ヤジュウを足もとにはべらせ、壁《かべ》にくりぬかれた寝所《ねどこ》でメリが寝《ね》いったあと、ダビンとあたしは長いあいだおしゃべりをした。そして最後《さいご》にようやく、シラとの一件《けん》を打ちあけた。

「シラはわがままで頭の軽いガチョウ娘《むすめ》だ」ダビンはきっぱりと言った。「ちょっとは恥《はじ》を知らせてやったほうが、いい薬さ。兄貴《あにき》たちだって、あの子の態度《たいど》にはいやけがさしかけてる」

たいていいつも、あたしはダビンが兄さんでいてくれてうれしい。あんまりひどくからかったり、いばったりしないときはってことだけど。母さんがいなくて、外は雨風があいかわらず強かったあの夜、十五才で大人《おとな》といってもいい兄さんがいてくれるのは、とても心強くてありがたかった。

暖炉《だんろ》のたきぎが燃《も》えつき、灰色《はいいろ》っぽいおき火《び》になるころ、あたしたちもメリとヤジュウとおなじ壁の寝所で、眠《ねむ》りに落ちた。せまい場所でくっつきあって寝ると、あたたかくて安心できる。あたしはやみのなかで横になり、弱くなっていく風の音に耳をすました。いまは雨も、屋根とよろい戸をたたくのをやめていた。このまま天気がもちなおしたら、朝になるまでに母さんはもどってこられるかな。眠りに落ちる寸前《すんぜん》、あたしはそう思った。でも翌朝《よくあさ》目がさめたときも、母さんはまだもどっていなかった。

3　ドラカン

翌朝《よくあさ》目をさますと、なにもかもいつもどおりだと、みんなで思いこもうとしてみた。ダビンは表《おもて》に出て、よろい戸を開《あ》けた。まだくもり空だが、風はやんでいた。あたしは中庭《なかにわ》のポンプで水をくみ、暖炉《だんろ》に火をおこし、オートミールのおかゆをつくった。メリははちみつを入れたがった。
「はちみつなら、きのうたっぷり食べたでしょ」とあたしは言った。「むくむくおでぶのクマさんになっちゃうよ」
「あたし、おでぶじゃない。かあいいの」とメリは言った。
たしかにそのとおりだった。メリのぽっちゃりした体には、ハトの羽毛《うもう》のような、または子猫《こねこ》のふわふわの毛皮《けがわ》のような、やわらかくてかわいくて、うっとりするような感じがある。髪《かみ》の毛は、母さんやダビンとおなじ、つやつやかがやく赤茶色だ。茶色より、赤のほうがちょっと強いかもしれない。馬みたいな毛をしてるのは、家族ではあたしだけだ。

「じゃ、そういうことにしていいよ。でもはちみつは、冬じゅうもたせないといけないの」あたしは言った。

「母さんはいつも、おさじにいっぱいくれるもん」

「またそんなうそを――」あたしが言いかけたそのとき、ダビンが割《わ》って入った。

「はちみつぐらい、やればいいだろ」ダビンは窓《まど》ぎわに立って、外を見ていた。

「ダビン……」

「妹にそうきつくあたるなよ、ディナ」

「そういうことじゃなくって……」

そのときダビンのつかれた顔と、こごえているみたいに腕《うで》を組んで、まえかがみになっているすがたが、目に入った。

「ぐあいが悪いの？」

「ぐあいはいいよ。でも、腹《はら》がへってんだ。おかゆは、まだなのか？」

母さんが心配《しんぱい》なんだとわかった。でもあたしは気がつかなかったふりをして、おかゆをよそい、メリの分には大きなおさじいっぱいの、はちみつをかけてやった。

「夜のうちに雨はやんだね」あたしは、小さな声でダビンに言った。

「うん。風も吹《ふ》いてない」

テーブルごしにふたりの目が合ったが、どちらも思ってることを口に出さなかった。

「はい」あたしはダビンに、はちみつのおさじをさしだした。「あたしたちも、あまいものを食べたほうがいいみたい」

お昼すぎに太陽が雲から顔を出しても、母さんは帰らなかった。ヤギとニワトリとハトとウサギにエサをやり、リンゴを拾《ひろ》いあつめた。風が裏庭《うらにわ》の果樹園《かじゅえん》を吹《ふ》きあらしたのだ。緑のケープはほとんどかわき、ホエーのにおいはかすかに残《のこ》るだけだった。

「母さん、どこ？　なんでこんなに遅《おそ》いの？」メリが聞いた。

「わからないよ、メリ」

するとメリは、むずかりはじめた。「こわい。母さん、どこ？」

「いい？　聞いて」あたしはメリの手をにぎった。「ダビンがあんたを鍛冶屋《かじや》さんのリケルトとエリンのうちに連《つ》れてってくれるから、母さんが帰るまで、サルとテナと遊んでて」

メリは顔をかがやかせた。「エリンはお菓子《かし》、焼《や》いてくれるかな？」

「たぶんね。いつも焼いてくれるから」それに鍛冶屋のおかみさんは、メリの大きな緑の目に弱いのだ。

「おまえは来ないのか？」ダビンに聞かれ、あたしは首をふった。

「だれかが残《のこ》ったほうがいいと思う。それにあたしが行かないほうが、つごうがいいでしょ？」

「リケルトはおまえをこわがっちゃいないぞ」兄さんは言いかえした。

「かもね。でもあたしの目を見たことはないよ。それに……きのうのあとだから、しばらく村に行かないほうがいいと思う」

「それじゃ問題《もんだい》はかたづかないよ」ダビンは不機嫌《ふきげん》そうに、そしてちょっぴり心配《しんぱい》そうに言った。

「かもしれないけど……やっぱり家にいる」

ダビンとメリがニワトリ小屋の角《かど》を曲がってすがたを消すと、あたしはリンゴのかごを外に運び、薪置《まきお》き場《ば》のまえでベンチにすわって、皮むきをはじめた。おひさまの光とリンゴのにおいにつられて、おなかをすかせたアシナガバチがぶんぶん飛《と》んできた。どぎつい黄色と黒の体が近くを飛びまわるので、いらいらした。新しいリンゴを取るたびに、手もとをたしかめないといけない。ニワトリたちも矢のようにかけつけ、リンゴの皮を食べたくてさわがしくつつきあった。

ヤジュウはベンチのそばの日だまりに横になり、深いためいきをつくと、頭を前足のあいだにうずめた。子犬のころは、どんなに言いきかせても、ハチに飛びつくのをやめなかったものだ。でも三度か四度刺《さ》されたあとは、さすがに思い知った。

そのヤジュウがとつぜん顔を上《あ》げて、鼻を鳴らした。ニワトリ小屋のほうに目をこらした。ダビンがもどったにしては、早すぎる。そのときドゥンアークにつづく道から、ひづめの音がひびいてきた。ほっとして、全身がゆるんだ。母さんが帰ってきたんだ。

ヤジュウが立ちあがり、うなった。と思ったら、ほえだした。耳をつんざくような怒《おこ》った声で。ニワトリたちがおびえて右往左往《うおうさおう》したほどだ。

ほっとした気持ちは消えてしまった。ヤジュウは、やたらにほえる犬じゃない。それに、どんなときでも、母さんとブリスにはぜったいにほえない。つまりあのひづめの音は、よそもののってことだ。白樺村《しらかばむら》か高地に向かう使いが、通りすぎていくだけかもしれない。

背《せ》の高い黒馬《くろうま》が、道にすがたをあらわした。乗り手も背が高く、黒の革服《かわふく》と濃紺《のうこん》のマントを身《み》につけているため、黒っぽく見える。その男は馬を止め、必死にほえるヤジュウにちらりと目をくれた。それから顔をあたしに向けた。

「ここが恥《はじ》あらわしの家かな？」男がたずねた。黒馬はヤジュウに鼻息を吹《ふ》きかけ、前足をおどすように地面に打ちつけた。蹄鉄《ていてつ》から火花が散《ち》った。

「はい」あたしは立ちあがり、リンゴ汁《じる》のねとねとをまえかけでぬぐった。「でも、いま恥あらわしはおりません」

「ああ、わかっている」男は手綱《たづな》を軽く引いた。黒馬は前足を打ちつけるのをやめたが、あたしは用心のために、ヤジュウの首輪《くびわ》をつかんだ。

「おまえは恥《はじ》あらわしの娘《むすめ》だな？」

「はい。ディナ・トネーレです」

男は黒馬《くろうま》から降《お》りたち、二、三歩近《ぼ》づいた。ヤジュウは歯をむき、あたしがよろめきそうになるほど、首輪《くびわ》をぐいぐいひっぱった。

「しずかに。おすわり！」あたしは小声でしかりつけた。

ヤジュウはしぶしぶ腰《こし》を落とした。灰色《はいいろ》の大きな体がはりつめ、筋肉《きんにく》がぶるぶるふるえている。どうしてこんなに怒《おこ》っているのかしら。母さんが留守《るす》だから？

知らない男は足を止め、むきだした犬の歯なみに目をやった。それからまた、あたしのほうを見た。いまではすぐまえにいる。そして男は、あたしとしっかり目を合わせた。

内心《ないしん》ぎょっとした。その目は青、夜空のように深い青だった。冷たく澄《す》みとおる夜空の色だ。恥あらわしと目を合わせられるのはとくべつな人間だ、と母さんは言ったっけ。望《のぞ》んでも手に入らないような最高《さいこう》の友だちだ、って。つまり、目のまえの知らない男が、最高の友だち？　または将来《しょうらい》そうなるってこと？

とたんに興味《きょうみ》がわいて、まじまじと見てしまった。ひげはない。あごひげもほおひげも、口ひげさえない。たいていの男は生《は》やしているのに。子どもみたいにつるつるの顔で、つくりが全体にすっきりしている。鼻もくちびるもあごも。年齢《ねんれい》はよくわからない。肌《はだ》は子どもみたいにすべすべなのに、目と表情《ひょうじょう》のなにかのせいで、たとえばダビンや、粉屋《こなや》の長男《ちょうなん》のトルクなんかより、ずっとずっと年上みたいな感じがするのだ。

「ディナ、母上《ははうえ》からの言《こと》づてだ」と男は言った。「おまえの助けがほしいそうだ」

朝の食卓《しょくたく》でダビンと顔を見あわせたときの、ぞっとする感覚《かんかく》が、とつぜんもどってきた。しかもあのときより強い。

「なぜですか？」聞きかえしたあたしの声は、おさなくて、心細《こころぼそ》くて、おびえているようにひびいた。

「それは、母上がご自分で話されることだ」男は言った。「大きな馬がこわくないなら、います ぐ連れていってあげよう。こわくはないな？」

「はい」こんな大きな馬に乗ったことはないのだけれど、あたしはそう答えた。

「でも、兄さんに手紙を残《のこ》しておかないと」

「兄上《あにうえ》が？　どこに出かけたのだ」

「鍛冶屋《かじや》のところです。まだしばらく帰ってこないと思います」

相手はまったく知らない人間で、しかもヤジュウはうなりつづけていたけど、行くのをことわる気はなかった。この人は信用《しんよう》できた。目のまえに立って、あたしの目を見つめているのだ。家族にしかできないはずなのに。信用していい人にきまってる。それにたぶん母さんは、このドゥンアークの事件《じけん》から、あたしの弟子修行《でししゅぎょう》をはじめさせることにしたのだろう。

ヤジュウは台所に閉《と》じこめた。首輪《くびわ》をはなしたとたん、犬はまたもやほえはじめ、とびあがって、とびらの下半分《したはんぶん》に足をかけた。しずかにと命《めい》じても、聞かなかった。ポンプの水で手を洗《あら》い、まえかけでふいてから、ダビンに置《お》き手紙を書いた。あたしは字がじょうずだ。だから母さんは、びんやつぼの名札《なふだ》を、ときどきあたしに書かせてくれる。名札の字が、猛毒《もうどく》のベラドンナだか、痛《いた》み止《ど》めのバレリアンだかわからないのでは、こまったことになる。母さんのあつから薬のなかには、容量《ようりょう》や症《しょうじょう》状を取《と》りちがえると、命にかかわるものもあるのだ。

「どこへ行くんですか？」馬の手綱《たづな》をはなさずに待っている男に、呼《よ》びかけた。「ドゥンアークですか？」

「ああ。ドゥンアークだ」男は答えた。

そこでダビンに、こう書いた。「ドゥンアークから使いが来て、母さんがむこうで手伝ってほしがっていると言います。今夜はメリとかじやさんちで泊《と》まってください。よろしく。ディナ」

手紙は折《お》りたたみ、上に「ダビンへ」と書いて、ぜったいに見のがせないよう、台所のテーブルに置《お》いた。洗《あら》いたてのケープをはおって、かごに入るようヤジュウに命じると、庭に出た。

黒馬《くろうま》は大きくそびえていたが、使いの男は軽々《かるがる》とあたしを抱《だ》きあげ、どこかのお嬢《じょう》さまみたいに、横ずわりできるように乗せてくれた。いつもやっているみたいにスカートをからげてまたがるより、かっこうはよかったが、ずっとむずかしかった。すべりおちるんじゃないかと、ひやひやした。男はあたしの胴《どう》に腕《うで》を回し、しっかりとささえながら、あいたほうの手だけでやすやすと馬を御《ぎょ》した。

「お名前を聞いてませんけど」おそるおそる、あたしはたずねた。

「ドラカン」男はそう答えただけで、それが名前のほうなのか、名字《みょうじ》なのかも説明《せつめい》しなかった。

そのあとは、馬をゆるい駆《か》け足で走らせたので、あたしのほうはすわっているだけでせいいっぱいだった。そうやって家からどんどんはなれていっても、ヤジュウが声をかぎりに鳴いて鳴いて、鳴きつづけるのが聞こえた。やめる気などまるでないような鳴きかただった。

4　ドラゴンの館《やかた》

ドゥンアークは、古い要塞《ようさい》を中心に、すこしずつ発展《はってん》した町だ。町は巨大《きょだい》な崖《がけ》の上にあり、周《しゅう》囲《い》の平地《へいち》を高みから見おろしている。むかしむかし、ドゥンという名前の巨人《きょじん》が、かっとなって山のてっぺんをつかみ、なまいきな人魚《にんぎょ》に投げつけた、という伝説《でんせつ》がある。山のてっぺんはすこし欠《か》けたようになっていて、ドゥンアークの崖と呼《よ》ばれている。その崖が、いま目のまえにごつごつと黒く立ちはだかっていた。

「ここははじめてか？」道中《どうちゅう》ずっとだまっていたドラカンが、ようやく口を開《ひら》いた。

「一度だけ、母さんと来ました。そのときは、あの門から入りました」あたしは答え、東門《ひがしもん》を指《ゆび》さした。ドゥンアーク街道《かいどう》をまっすぐ上《のぼ》ってくれれば、あの門に着くのだ。

「われわれはべつの門から入る。そのほうが近道《ちかみち》だ」黒馬《くろうま》はさっきから、街道から枝分《えだわ》かれしたふみわけ道《みち》を進んでいた。ゆるやかな水の流れを飛《と》びこえたり、わたったりしたので、ふたりもの人間を乗せていては、たいへんだったにちがいない。

ドラカンの取った道がほんとうに近道《ちかみち》であってほしいとねがった。早く馬から下《お》りて、自分の足で立ちたかった。おしりが痛《いた》いし、体をへんにかたむけて慣《な》れない横ずわりをしたせいで、背中《せなか》ががちがちだったのだ。

ドラカンの選《えら》んだ門は、東門《ひがしもん》よりずっと小さかった。馬に乗ってやっと通れるくらいしかない。あまり使われていないのは、一目《ひとめ》見てわかった。道ぞいにイラクサとアザミがぼうぼうと生《お》いしげり、門は見るからに、ひどくさびていた。ほんとうにここを通る人がいるのかしら。でもそのとき衛兵《えいへい》があらわれて、門を開《あ》けてくれた。

「異常《いじょう》はないか？」ドラカンがたずねた。

「はい。いまのところは」

ドラカンはうなずき、黒馬《くろうま》を進ませて、要塞《ようさい》のくずれかけた古壁《ふるかべ》にはさまれた、せまい道をぬけていった。あんまりせまいので、ときどき壁にブーツの先がこすれた。おまけにところどころで、頭上《ずじょう》に橋や通路《つうろ》があらわれて、ふいに道がトンネルみたいになったりした。こんな道は嫌《きら》いだ。閉《と》じこめられたような気分になる。黒馬がどうしてこんなにおちついていられるのか、あたしにはわからなかった。馬という動物は、せまくるしくて暗い穴《あな》の底《そこ》ではなく、開《ひら》けた土地に向いているものなのに。

高い高い壁《かべ》のせいで空はほとんど見えず、たまに見えても細い水色のリボンのようにしか思えなかった。午後の太陽は壁の上をかすってはいるが、地《ち》の底《そこ》のここまではとどかなかった。ここは暗くて、じめじめしてて、寒いばかりだ。馬は曲がりくねった道を、ひたすら上へ、ドゥンアークの城《しろ》と町のある、崖《がけ》の頂《いただき》へと向かっていた。

はじめて母さんとドゥンアークに来たときは、ちょっとこわかった。東門《ひがしもん》にたくさんの人や獣《けもの》や車や屋台《やたい》がむらがっていたからだ。この道は、あれとはまるきりちがっていた。門から城《しろ》まで行くあいだ、衛兵《えいへい》以外には人《ひと》っ子《こ》ひとり会わなかった。だからといって、こっちのほうがいいとはどうしても思えなかった。

しばらく行くとまたひとつ門があり、またひとり衛兵がいた。衛兵はドラカンにあいさつし、中庭《なかにわ》に通してくれた。なによりほっとしたのは、もう両側《りょうがわ》の壁にぶつからずに、ふつうに息ができることだった。ドラカンの声に、男がひとりあらわれて、黒馬《くろうま》の手綱《たづな》を取った。あたしはほっとして、地面にすべりおりた。片足《かたあし》がしびれかけていたので、立つとすこしふらついた。ドラカンが、腕《うで》をつかんでささえてくれた。

「こちらへ、ディナ」

ようやく目にすることができた広い空をあとに、ドラカンに連れていかれた先には、地下に下《お》りる石の階段《かいだん》があり、突《つ》きあたりは長い地下道《ちかどう》で、また階段を下《お》りたと思うと、また新《あら》たな地下《ちか》道《どう》が……こんなところでは、すぐに迷子《まいご》になってしまいそうだ。

鉄格子《てつごうし》の門のまえで、ドラカンはようやく足を止めた。

「ここで待て」ドラカンは命《めい》じると、ベルトから鍵《かぎ》をぬきだし、苦労して開《あ》けた。なかに入ると慎重《しんちょう》に門を閉《し》め、奥《おく》にすがたを消した。

あたしはおとなしく待った。へんなにおいがする。獣《けもの》のにおいと、ものが腐《くさ》ったにおいがまざりあったような感じ。近くにうまやでもあるのかしら。でも馬は、こんなにおいはしないはず。格子《こうし》をのぞきこんだが、何本もの杭《くい》みたいなのが、ぼんやりと見えるだけだった。それにあれは、日の光だろうか。それともたいまつ？　奥《おく》からは、どすんとものものぶつかる音、しゅうしゅうなったり、ずるずるひきずるような音も聞こえた。

やがてドラカンがもどり、門を開《あ》けて通してくれた。背丈《せたけ》より長い槍《やり》を持っていた。

「ここはどういう場所ですか？」あたしはおちつかない声でたずねた。

「ドラゴン飼育場《しいくじょう》だ」ドラカンはあっさりと答えた。「はなれないように。そうしていれば、あぶないことはない」

「ドラゴン飼育場？」

ドゥンアーク城《じょう》のドラゴン飼育場なら、うわさに聞いていた。大《だい》の大人《おとな》をぺろりとのみこむ、うろこの生《は》えた怪物《かいぶつ》ども。十才の女の子なんて、ただの軽《かる》いおやつってところかも。

「こわがるな。わたしは慣《な》れている。はなれなければいい。母上《ははうえ》に会いたいだろう?」

「ええ……でも、ほかの道はないんですか? どうしてもここを……」

「そうだ。さあ、来い。いまエサをやったから、夢中《むちゅう》になっていて気づかないはずだ」

それ以上言いかえすひまはもらえなかった。ドラカンにぐいと腕《うで》をつかまれて、つぎの鉄格子《てつごうし》門をくぐるしかなかった。

一頭めが目に入ったとき、ぴたりと足が動かなくなった。そいつは思っていたほど大きくはなかった。こわい夢《ゆめ》で見るドラゴンは、いつだって家より大きいからだ。でも、悪夢《あくむ》よりずっとおそろしかった。だってそいつはほんものだったもの。馬より背《せ》は低いけど、三倍《ばい》も長い。ヘビのようにうろこだらけだ。太くて曲がった足には、長いかぎ爪《つめ》がある。黄色い目。長くて平《ひら》たい頭。口からは、子牛のうしろ足のなごりらしい、血まみれの肉塊《にくかい》がぶらさがっている。奥《おく》にはおなじ怪物が五頭いて、子牛の残《のこ》りをずたずたに引きさいていた。ここを通りぬけろって言うの?

「さあ、ディナ。おちついてゆっくりと」ドラカンは言うと、すぐそばのドラゴンから一瞬《いっしゅん》たりとも目をそらさずに、進みはじめた。そいつは口をなかば開《あ》けて、しゅうしゅう息を吐《は》きかけた。するとと腐《くさ》ったようなむっとするにおいが、あたしたちをつつんだ。あたしはドラカンの腕《うで》にしがみついた。心臓《しんぞう》がバクバクいって、ほかの音が聞こえないぐらいだった。

それでもドラゴンは、くわえた肉《にく》をはなしてまで、人間の味見《あじみ》をする気にならないようだった。そいつはじっと立ったまま、ドラゴン三頭分もはなれていないところを通りすぎる人間を、黄色い目で見つめていた。飼育場《しいくじょう》出口の鉄格子《てつごうし》門《もん》をドラカンがきっちりと閉《し》めた音ほど、耳にしてうれしかったものはない。

「どうしてあんなものがいるの？」あたしはたずねた。「だれがあんな生き物を、家のなかで飼《か》う気になれるんですか？」

「嫌《きら》いか？」ドラカンはおちついて立ち、そばにいる黄色い目の怪物《かいぶつ》をながめた。「わからないか？　あいつらは美しい――あいつらなりにな。力強くてしなやかで危険《きけん》だ。生まれつきの性質《せいしつ》のまま、変わることがないから、たよりになる。おまえの家にいる、気の荒《あら》い番犬とたいしたちがいはない」

あたしはふんと鼻を鳴らした。「あんなやつら、ヤジュウとちっとも似《に》ていないわ」

おなかと耳のうしろをかいてもらうのが大好《だいす》きなヤジュウ。母さんが留守《るす》のとき、大きくてあったかい、すてきな枕《まくら》になってくれるヤジュウなのに……。

「値打《ねう》ちのわかる人間はあまりいない」ドラカンは言った。「だがあの怪物《かいぶつ》たちには、独自《どくじ》の美しさがある。番犬どもよりよっぽど役に立つ」

黄色い目の怪物は、頭をひとふりして、肉をのみこんだ。皮も毛もひづめも、なにもかもついたままの子牛約《やく》四分の一が、ひとのみで消えた。のどもとにふくらみができ、灰緑色《はいみどりいろ》のうろこがぎらぎら光って、水の流れるように動いた。

あの子牛はもう死んでいたんだからいい。でも、生きながらのまれたりしたら？

ドラカンは、自分の「番犬」からしぶしぶ目をはなして、ふりかえった。

「母上《ははうえ》が待っている。急いだほうがいい」

最後《さいご》の鉄格子《てつごうし》をぬけるのに、もうひとつ鍵《かぎ》がいった。そこはうす暗い地下の広間《ひろま》だった。高い天井《てんじょう》近くの壁《かべ》にならんだ、小さな空気ぬきの穴《あな》からしか、明かりが入ってこない。うすやみのなかに、とびらがふたつ、ぼんやりと見えた。でもドラカンは、三つめのとびらに向かう、壁にうがたれた階段《かいだん》を選《えら》んだ。

うす暗い地下道《ちかどう》とドラゴン飼育場《しいくじょう》にいたあとなので、今度入った部屋《へや》は明るくて、目がくらむようだった。夕方の光が盾型《たてがた》の窓《まど》からふりそそぎ、そのまえに立つ人を、黒いかげ絵のように見せていた。でもあたしには、それがだれかわかった。

「母さん……」

母さんはふりかえった。光がきつすぎて、母さんの表情《ひょうじょう》までは見わけられない。でもその声のきびしさは、聞きまちがいようがなかった。

「ディナ！　ここでなにをしてるの？」

5　血《ち》みどろの事件《じけん》

どういうことなの？　あたしははるばる白樺村《しらかばむら》からドゥンアークまでやってきた。これまで見たこともないくらい大きな馬に、何時間も乗ってきた。子どもなら丸のみできるような怪物《かいぶつ》六頭がすぐそばにいる、ドラゴン飼育場《しいくじょう》をぬけてきた。くたくたで、体じゅう痛《いた》くて、おそろしさにふるえてる。それもこれも、母さんがあたしに手伝ってほしがっていると、ドラカンが言ったからこそだ。なのに母さんは、「ここでなにしてるの？」だって？　さくらんぼどろぼうをしてるところを、見つかったみたいじゃないの。

「母さんが……この人が……この人が母さんが言ったと……」

舌《した》がもつれた。泣《な》きそうだった。でも母さんはもう、あたしを見ていなかった。かわりに、相手の体に焼《や》けこげ穴《あな》をつくりそうな目つきで、ドラカンをにらんでいた。

「どういうことですか？」母さんの声は、霜《しも》が白くおおうのが見えるくらい冷たかった。

「ニコデマスどののおそろしい犯罪《はんざい》について、あらためて話しあえるかと思ったのだが」

「あのかたのしわざではないと、申《もう》しあげたはず」

「断言《だんげん》できるのですか？　恥《はじ》あらわしどのは、もう一度あのものと話されるほうがいいのではないかと」

「話してどうなるというのです。わたしは何時間もあのかたのところにいました。あのかたの心のすみずみまでをさぐりました。たしかにあやまちはおかしています。人間ならありがちなあやまちを。しかしこの……むごたらしい悪事《あくじ》はおこなっていません。恥あらわしとして、そう誓《ちか》います。べつの容疑者《ようぎしゃ》を見つけてくだされば、あらためて職務《しょくむ》をはたしましょう。けれどもそれらしき人間がほかにいないのなら、家に帰してください。子どもたちは、待ちくたびれているはずです」

「ニコデマスどのは、手にナイフを持ち、両手《りょうて》と衣服《いふく》に被害者《ひがいしゃ》の血を浴《あ》びた状態《じょうたい》で発見された。おそらくぐでんぐでんに酔《よ》って正体《しょうたい》を失《うしな》っていたため、自分のしたことがわかっていないのだろう。だが、彼《かれ》がしたにちがいないのだ。たとえおぼえていなくとも」

「罪《つみ》をおかしてはおりません。おかせば心にあとが残《のこ》るはず。それがないのですから」

「あとから出てくるのではないか？」

母さんは槍《やり》のように、しずかに、まっすぐに、きぜんとして立っていた。

「なにをおっしゃりたいのです、ドラカンさま」母さんの声は、ガラスのように澄《す》みとおり、ガラスのように切《き》っ先《さき》するどかった。ヤジュウがこの声音《こわね》を聞いたなら、ベッドの下にもぐりこみ、きゅんきゅん鼻を鳴らしたろう。

「トネーレどの。あらゆる証拠《しょうこ》が、ニコデマスどのがやったと示《しめ》しております。なにもおぼえていないと言ったとしてもです。恥《はじ》あらわしどのは、罪《つみ》の記憶《きおく》をよみがえらせられるのでは？」

「罪をおかしていない場合は、できません」

「老人《ろうじん》がひとり。四才の男児《だんじ》がひとり。腹《はら》に子をやどした婦人《ふじん》がひとり。四人分の生命《せいめい》なのですよ、マダム。思い出したくなくても、ふしぎはありますまい」

「しなかったことを、思い出させることはできません」母さんはびくともしなかったが、声のするどさは、はじめほどでなくなっていた。

「わたしは逮捕《たいほ》の場にいあわせたのです。殺《ころ》された夫人《ふじん》の寝室《しんしつ》がどんなようすだったか、お話ししましょうか？　体のどの部分を、何度刺《さ》されていたか、お話ししましょうか？　あの美しかったかたの、見るかげも残っていませんでした。まったく見るかげも」

「おだまりなさい」母さんは怒《いか》りとおそれの混《ま》じる声で言った。そして、あたしのいるほうに、手をのべた。「子どもが……」

「おっしゃるとおり。これは子どもに聞かせる話ではない。だが夫人《ふじん》は、わがいとこの妻《つま》でした。夫人の子どもは、たとえ聞きたくても、もうなにも聞けません。わずか四才でした。このことは、どうしても、どうしてもわすれるわけにいきません。ですからわたしは……」ドラカンの声は、熱《ねっ》がこもるあまり、かすれていた。「……ですからわたしは、あの怪物《かいぶつ》に、自分がなにをしたかを、思い出させてやりたい。そうおねがいすることが、まちがっているとおっしゃるのか」

「ですから……」

「わかっています。だが恥《はじ》あらわしどのにそれほど自信《じしん》がおありならば……娘御《むすめご》があの怪物の牢《ろう》獄《ごく》でひと晩《ばん》すごそうとも、問題はないはず。いや、失礼《しつれい》。無実《むじつ》のものの牢獄でしたか」最後《さいご》のことばは唇《くちびる》から外に出すのもいやだ、とでもいうように、むりやりしぼりだした。

母さんは思わず一歩まえに出た。そしてドラカンとあたしの中間に立った。

「まさかそのために……」

「そう。そのために娘御をお連れした。他人を裁《さば》くのは、楽《らく》なこと。罪《つみ》があろうとなかろうと、あなたには関係ないからだ。そんなに自信がおありなら、あの男を檻《おり》から出してやればいい。だがまずそのまえに、ひと晩だけ娘御とすごさせよう」

「子どもを利用なさるとは……」

「子どもといっても、いとこの息子《むすこ》よりは年上だ。あの子はこの年まで生きられなかったのだ」

ドラカンは母さんから顔をそむけると、とびらを開《あ》けた。「一時間さしあげよう」肩《かた》ごしにふりかえって、言った。「そのころ返事をうかがいに来る」

「待って！」母さんはドラカンの腕《うで》をつかんでもう一度ふりむかせ、目と目を見あった。「恥《は》ずかしいとは……」母さんは問《と》いただそうとした。目はあのときの目に、声はあのときの声となり、いつもなら泥棒《どろぼう》や人殺《ひとごろ》しは、罪《つみ》の意識《いしき》にちぢこまり、罰《ばつ》をあたえてくれともとめるはずだった。

だがドラカンは母さんの目をはっきりと受けとめ、しかもびくともしなかった。

「思わない」ドラカンは言いきった。「わたしは、恥ずかしいとはかけらも思わない」

6 偶数《ぐうすう》か奇数《きすう》か

とびらが音を立てて閉《し》まり、ドラカンが階段《かいだん》を下《お》りる足音が聞こえた。どこへ行くのだろう。また、ドラゴンのそばを通っていくのかしら？

「母さん、あれ、本物のドラゴンなの？」

「ドラゴンって？」

「外の飼育場《しいくじょう》の」

「ああ、そのこと。わからないわ。はっきり見たわけじゃないの。来たときは暗かったし、たいまつをもった男たちに囲《かこ》まれていたから。ただ、ひどいにおいだったし、男たちもおびえてた。あそこを通ってきたの？　あの人とおまえだけで？」

あたしはうなずいた。たしかに殺人事件《さつじんじけん》や犯人《はんにん》についてのドラカンの話を、いま、この耳で聞きはしたけど、それはあくまでも聞いた話でしかない。それにくらべて、ドラゴンは、たしかにこの目で見たのだ。あのにおいは、いまも鼻に残《のこ》っている。あたしは、とにかくいまのところは、ドラカンが怪物《かいぶつ》と呼《よ》んでいた、ええと、なんて言ったっけ、そうだ、ニコデマスってやつより、ドラゴンのほうがずっとこわかった。

「おいで。おさげがぼさぼさになってるわ」

あたしのおさげはいつもほつれる。髪《かみ》の毛が馬みたいにごわごわなせいだ。長い、一本にまとめた太いおさげをほどいて、編《あ》みなおしにかかったとき、母さんの手はいつもよりやさしかった。

「ドラゴンはこわかった?」母さんがたずねた。

「気持ち悪かった。ヘビみたいに、全身うろこなの。あっというまに、よってたかって子牛を引きさいたよ」

母さんは、おさげの端《はし》を革《かわ》ひもで力いっぱい結《むす》んだ。それでも、たぶんドラカンがもどるまえに、またほつれるだろう。母さんはあたしのうしろに立ち、おさげにほおずりした。

「こわがらないでいいのよ」母さんは言った。「あの人は、わたしに思いどおりのことを言わせられないから、腹《はら》を立てているの。でもおまえを痛《いた》い目にはあわせない。そこまではできないよ」

「母さん……あの人、母さんの目を見たよ」

母さんはためいきをつき、あたしを両腕《りょううで》に抱《だ》いた。「そうなのよ。どういうことなのか、よくわけがわからない。とにかくあの人は、恥《は》ずかしさを知らないみたい。殺人犯《さつじんはん》だと思われているニコデマスさまは、いろんなことを恥じているけれど、事件《じけん》については恥じるところがない。それに、とてもわかいの。十七才よ。ダビンより、すこし年上なだけ。ドラカンも判事《はんじ》も、母さんのことばを信《しん》じないけれど、でもニコデマスさまが無実《むじつ》なのは、たしかなのよ」

「殺《ころ》されたのは、だれ？」

「領主《りょうしゅ》さま——老大公《ろうたいこう》エブネゼールさまよ。それから、嫁《よめ》にあたるアデラさま。アデラさまは、半年まえ盗賊《とうぞく》におそわれて亡《な》くなられた、大公のご長男《ちょうなん》の未亡人《みぼうじん》なの。そしてお孫《まご》さんのビアンぼっちゃま」

「でもどうして……その人たちを殺すなんてこと……」

「ニコデマスさまは、エブネゼール大公の下の息子《むすこ》さんなの。お兄さまが亡くなられたので、アデラさまと結婚《けっこん》したがったのだけど、大公がおゆるしにならなかったんだって。そこで人が言うには、べろんべろんによっぱらって、大公を殺した。そのあと、いっしょになると言ってくれなかったので、または自分をかばってくれなかったので、アデラさまを殺し、最後《さいご》にそのぼっちゃまのビアンを……おそらくは一部始終《いちぶしじゅう》を見られたために殺した。それともふたりも殺したので、やめられなくなったのかもしれないね。理屈《りくつ》は通っているの。ニコデマスさまは、血まみれになり、手にはまだナイフを持ったまま、控《ひか》えの間《ま》でよっぱらって気を失《うしな》っているのを発見された。なにもおぼえていないし、なんの説明《せつめい》もできない。判事《はんじ》は自分の見立てに自信《じしん》を持っている。でも母さんも、やっぱり自信を持っている。あの人は殺《ころ》していないわ」

母さんは、あたしの顔を見られるよう、ついさっきドラカンにしたみたいに、あたしをぐるりと回した。母さんの顔は血《ち》の気《け》がなく、目の下に青っぽいくまができていた。ゆうべ、雨のなかを旅立って以来、ぜんぜん眠《ねむ》っていないのかもしれない。

「ドラカンがさせたがっているのは、おそろしいことよ。ひとりの人間に、人としてゆるされない罪《つみ》をおかしたと信《しん》じさせたがっている。ほんとうはおかしていなかったら……それこそ罪になるはず。残酷《ざんこく》な殺人《さつじん》とおなじくらいおそろしいことなの。わかってくれる？」

あたしはうなずいた。「でも母さんは、しようと思えばできるの？　そんなふうに信じさせられるの？」

母さんの顔が、とつぜんきびしく冷《ひ》ややかになり、あたしの肩《かた》から手をはなした。

「なぜ聞くの？」

「弟子《でし》になるんなら、恥《はじ》あらわしは実際《じっさい》になにができるのかを、知っておきたいの」

「できるかもしれない。できないかもしれない。でもどっちにしても、する気はまったくないわ。わかる？　自分がとても恥《は》じるであろうことを、することはできない。だから……」

母さんはもう一度、あたしの肩《かた》に両手を置《お》いた。「ディナ、もしもあの男が本気でおどしを実《じっ》行《こう》しても、がんばって、母さんを信《しん》じて。ニコデマスさまは、みんなとおなじようなことを恥《は》ずかしく思っているだけの、大きな男の子でしかないの。みんながならせたがっているような、怪《かい》物《ぶつ》ではないのよ」

太陽はほとんどしずみ、盾型《たてがた》の窓《まど》の外では、雲のすじが赤と金色に染《そ》まった。そのころドラカンがもどってきた。はじめは敷居《しきい》のまえに立ち、母さんとあたしを見つめていた。あたしたちは窓《まど》がまちにこしかけて、母さんの財布《さいふ》に入っていた小銭《こぜに》で「偶数《ぐうすう》か奇数《きすう》か」をして遊んでいた。

「偶数」母さんは、ドラカンが入ってきたのも気がつかないような顔で、言った。

「奇数」あたしは答え、にぎっていた三枚《まい》の小銭を見せた。

それを見て、腹《はら》を立てたんだと思う。ドラカンはつかつかと三歩ふみこみ、ばたんととびらを閉《し》めた。

「それで?」ドラカンはたずねた。

「それでとは?」母さんが聞きかえすと、相手はさらに腹を立てたようだった。

「返事を聞いているのですよ、マダム。恥《はじ》あらわしどのの娘御《むすめご》は、今夜どこですごされるのだ?」

「もちろんわが家《や》の自分の寝所《ねどこ》ですわ」ドラカンさま。お芝居《しばい》はもうたくさん。今回の事件《じけん》ではさぞかしお腹《はら》だちでしょう。お察《さっ》しいたします。ですがわたしは、恥《はじ》あらわしとしてつとめをはたしました。もう帰らせていただきましょう」

「だめです。これは遊びではない。わたしは芝居などしていない。恥あらわしの助けを借《か》りずとも、やつに裁《さば》きを下《くだ》すことはできる。ただ、自分は罪《つみ》をおかしたのだと、やつに思い知らせてほしいのです。ディナ、こちらへ」

あたしはおどおどと母さんを見た。でも、夕暮《ゆうぐ》れのぼんやりした光につつまれたその表 情《ひょうじょう》を読むのはむずかしかった。

「娘《むすめ》にかまわないで。この子には関係のないことです」

「ビアンも無関係《むかんけい》だった」ドラカンは低い声で言い、あたしの腕《うで》に手をかけた。「来るんだ。さあ」

あたしはさからった。昼間なら勇敢《ゆうかん》でいられるけれど、夜が近づくいまは、母さんのそばにいたかった。でもドラカンは強引《ごういん》だった。ひっと息をのみたくなるほど、きつく腕をつかみ、あたしをむりやりに立たせた。

「どうです？」ドラカンは、もう一度しりあがりに言った。「いつでもやめられるのですよ。そう言ってくださりさえすれば」

母さんは頭をしゃんと上《あ》げた。「ディナ、そのかたと行きなさい」おちついた声だった。「母さんの言ったことをわすれないで。ニコデマスさまは、なにもしないから」

あたしはいまもおびえていた。でも母さんがこれほどほこり高くおちついているなら、あたしも母さんのほこりに恥《は》じない態度《たいど》をしなくては。

「手伝っていただかなくてもけっこうです」できるだけ冷《ひ》ややかな、そしてていねいな調子で、あたしは言った。「ひとりで歩けますから」

母さんはにっこりした。ドラカンは、のどになにかがひっかかったような顔をした。それでも腕《うで》をはなしたので、あたしはおちついたしっかりした足どりでとびらに向《む》かい、うしろをふりかえりもせず、外に出た。

7　怪物《かいぶつ》のすがた

そこは、ドラゴン飼育場《しいくじょう》とおなじぐらいひどいにおいがしていた。何度も吐《は》いたあとらしく、おまけに牢獄《ろうごく》の敷《し》きわらはもともと清潔《せいけつ》とはほど遠かった。

「ここで寝《ね》ないといけないんなら、そうじしてください」とあたしは言った。

「ドラカンどのは……」見張《みは》りが口を開《ひら》いたとき、あたしはその目をまっすぐ見た。天のたまものを使うのはいまだ。きっと母さんもそう思ってくれるはず。

「**まともな人間なら、他人にこんなしうちは、できないはずです**」母さんが恥《はじ》あらわしの仕事をするときの声をまねようと、がんばってみた。すこしかもしれないけど、うまくいったと思う。

見張りは顔をふせ、二度とあたしを見なかった。

「寝《ね》わらは掃《は》きだしてやる。水も運んでこよう。けど、いますぐきれいな寝わらを用意するわけにはいかないな」見張《みは》りは言った。

「じゃあ、水を。というより、お湯を。最低《さいてい》バケツ二杯《はい》ください。石けんも」

見張りは顔をふせたままうなずいた。そしてもうひとりの見張りに、大声で言った。「カーマン、ほうきを持ってこい。それからそこのふたり、湯を運ぶんだ」

あたしは鉄格子《てつごうし》に近づいて、なかをのぞいた。ニコデマスの若《わか》さまは、寝台《しんだい》がわりに使えるよう積みあげたれんがの上に寝《ね》ていた。カーマンがほうきを持ってきて、戸を開《あ》けても、顔を上《あ》げなかった。男が四人、槍《やり》をかまえて見張《みは》るまえで、カーマンがよごれた寝わらを掃《は》きだしたときも、やっぱりぴくりとも動かなかった。

「あとは自分でしてくれよな」カーマンが不機嫌《ふきげん》に言った。「この怪物《かいぶつ》を見ているだけで、吐《は》き気《け》がすらあ。どうぞ、お嬢《じょう》さん」

カーマンは湯のバケツを牢《ろう》のなかにならべると、戸をおさえ、あたしがパーティーに向かうどこかのお嬢さまだとでもいうように、皮肉《ひにく》たっぷりにおじぎをした。あたしがなかに入ると、戸は音高く閉《し》まった。

ニコデマスは壁《かべ》に顔を向けて、横になっていた。青と金の縫《ぬ》いとりのある白い麻《あさ》のシャツは、まえはとてもすてきだったはずだ。いまは肩《かた》に穴《あな》があき、茶色いしみがたくさんついていた。栗《くり》色《いろ》の長い髪《かみ》は、ざっとひとつにくくってある。顔は見えなかった。

「ニコデマスさま?」ためらいながら、声をかけた。

はじめは、なにも聞こえてないみたいだった。それから寝《ね》がえりを打ち、ゆっくりと起きあがった。十七才、と母さんは言ってたっけ。いまはそれより年上にも年下にも見える。かたくなで、それでいて気落ちした顔。あごと鼻と、左のほお骨《ぼね》の上に、あざができ、はれあがっている。あの見張《みは》りたちは、ひどいあつかいをしたらしい。

「女の子?」ニコデマスは、けげんそうにつぶやいた。「いったいなんで? 何者だ?」

「ディナ・トネーレと……」そこで目が合ってしまった。

「わっ、いやだ」口のなかで言うと、両手で顔をおおった。「いやだ。もうやめてくれ。たのみます、おねがいだから、出ていってください」

「だめなんです。閉《と》じこめられてしまったの」

あたしは必死《ひっし》になって、声をおちつかせようとした。でもやっぱり、すこしふるえが出てしまった。「あたし……ここで泊《と》まらないといけないんです」

ニコデマスはびっくりして目を上《あ》げ、またさっとそらした。「どうして?」

「母さんとドラカンの意見が合わなくて……」

相手の顔を見て話すのが習慣《しゅうかん》になっているらしく、ニコデマスはあたしの目を避《さ》けるのを、しょっちゅうわすれた。見てしまうとそのたびに、体のどこかが痛《いた》むように、身をちぢめた。

「きみのお母さんは恥《はじ》あらわしだよね」また両手で顔をおおって、ニコデマスはたずねた。

「はい」

「お母さんとおなじ目だ」

「はい……わかってます」

そのとき、ニコデマスの手に目がとまった。洗《あら》うのもゆるしてもらえなかったにちがいない。かわいた血が手の甲《こう》に、指のまたに、関節《かんせつ》のしわに、爪《つめ》のあいだに、こびりついていた。洗わせてももらえなかったなんて。母さんが言うとおり、この人は無実《むじつ》なんだとしたら……城《しろ》の人は、父親とアデラと小さな男の子の血を手にこびりつかせたまま、この人をほうっておいたのだ……この人は、死んだ家族の血を手につけたまま、まる一昼夜《いっちゅうや》ここにいたのだ。

きれいな床《ゆか》よりもっと大事なものがある、とあたしはふいにさとった。バケツをニコデマスのまえまで運び、ごつごつの黄色い石けんを手わたした。

「ほら、これで洗って」あたしは言った。

ニコデマスは、しばらくだまってすわっていた。すると肩《かた》がふるえだしたので、一瞬《いっしゅん》、泣《な》いてるのかと思った。両手を広げて目のまえに出すと、その手もふるえていた。それでもむりをして、かなりのあいだあたしと目を合わせていた。その目はドラカンとおなじような濃《こ》い青だったけど、白目は赤く血走っていて、見ているのがつらかった。

「ありがとう。知らなかったよ。恥《はじ》あらわしの娘《むすめ》がこんなに……なさけ深《ぶか》いなんて」

そういうとニコデマスは、飢《う》えた人がパンをひっつかむように、石けんをつかんだ。そして手と腕《うで》をごしごしこすり、シャツをぬいで、寒さにがたがたふるえながらも、顔と上半身《じょうはんしん》と、髪《かみ》の毛までも洗《あら》った。胸《むね》の片側《かたがわ》もあざだらけで黒くなっていた。まるで粉屋《こなや》の荷車《にぐるま》をひく大きな馬にけられたときの、鍛冶屋《かじや》のリケルトみたいだった。

血まみれのシャツにはもう手をふれたくないようだから、体をふくものは見あたらなかった。あたしはまえかけをはずして、貸《か》してあげた。

「ありがとう」とニコデマスは言い、とてもとてもつらそうなのに、がんばってあたしと目を合わせようとした。

「そのままじゃこごえてしまうわ」ニコデマスがシャツを牢《ろう》のすみに、力いっぱいけりこんだので、あたしは言った。

「かまうもんか。どうせ長くは生かしてくれないのだから、病気になるひまもありはしないよ」

「母さんは、あなたが無実《むじつ》だとみんなに言ったの」

「ほんとに?」ニコデマスは、自分の手をまじまじと見つめた。「それならあの人は、ぼくより真相《しんそう》にくわしいんだろう」

それからまた、あたしを見た。長く見つめていられたら、その分つらさがすこしはましになるとでも、思っているようだった。

「どうしてぼくを無実《むじつ》だなんて言えるんだろう。だってあの人は……」涙声《なみだごえ》になりかけながらも、ニコデマスはつづけた。「あの人は、ぼくがしでかしたことも、するべきだったのにしなかったことも、みんな知っているのに。ぼくがこれまでしてきた、おろかで、いやしくて、ひきょうなことを、ひとつ残らず知ってるんだ。ひどい目にあわせた人のことも。いやなのでしないですませたことも。人から取りあげたものも。おくびょうだったり、こわかったり、けちだったりしたために、人にしてあげなかったことも……ちがう、そんなはずない。うそだ。無実だなんて！」

最後《さいご》のことばは、まずいものでも食べたように吐《は》きだした。「それでもやっぱり自分が、アデラにひどいことをしたなんて、考えられない。それに、ビアンを、あの子を……いや。どんなに酔《よ》っていても、あんなことをするわけがない」

「母さんも、あなたはやっていないと言ったの。母さんはめったにまちがいをしないよ」

ニコデマスのうつろな目は、まぼろしか幽霊《ゆうれい》か思い出か、とにかくあたしには見えないものを見つめていた。

「思い出せないんだ」無表情《むひょうじょう》に言った。「自分がしたことを、思い出せない。でもしなかったとはっきりおぼえているわけでもないんだ。手にこれだけ血がついているのだから、わすれようたって、そうかんたんにはわすれられないはずなのに」

あたしはしばらく見つめていた。

「あなたがしたのではないと思う」できるかぎり確信《かくしん》をこめた声で、言ってみた。

「きみは子どもだ。子どもは人の、よいところだけを信《しん》じるものさ」

そうは言ったものの、ニコデマスの目からうつろさは消えていた。それから、あらためてつづけた。「ほんとにどういうつもりなんだ？　小さな女の子を死刑囚《しけいしゅう》の牢《ろう》に閉《と》じこめるなんて、ドラカンは頭がいかれてしまったんだな」

「あたしはもうすぐ十一よ。小さな女の子なんかじゃない。それにあなたもまだ死刑囚じゃない。すくなくとも母さんが、あなたは無実《むじつ》だと言っているあいだはね。でも……そう言ったせいで、あたしはここにいるんだけど。ドラカンは母さんの気持ちを変えさせるつもりなの」

「変えさせられそう？」

あたしはにやっと笑《わら》って、首をふった。「あの人、母さんのことがよくわかってないのよ」

あたしはベルトにつけていた小さなナイフで、石けんの残《のこ》りをうすくけずり、もうひとつのバケツのお湯にとかした。そのお湯をぶちまけ、ほうきをモップがわりにして床《ゆか》をこすった。ニコデマスは両足《りょうあし》を寝台《しんだい》に上《あ》げて、ただ見ていた。領主《りょうしゅ》の若《わか》さまは、床そうじなんかなさったことがないんだろう。

外は真っ暗になったようだ。牢《ろう》の小さなのぞき穴《あな》から、それがわかった。牢の外の廊下《ろうか》には灯《とう》油《ゆ》ランプがひとつ下《さ》がり、ちらちらと黄色っぽい光を牢内《ろうない》に落としている。衛兵室《えいへいしつ》から衛兵の声が聞こえる。なにかのゲームをしているらしい。ときどき勝利の雄叫《おたけ》びや、ののしりことばや悪口、インチキだの運がつきすぎだのと相手をけなす声が聞こえてくる。

「お嬢《じょう》さん」ニコデマスが口を開《ひら》いた。

「そう呼《よ》ばれるのって、好《す》きじゃないな」あたしはさえぎった。「ふつうにディナと呼んで。そうしてくれれば、呼ばれてるのは自分だってことが、わかるから」

「じゃあ、ディナ。ぼくもニコと呼んでほしいな。友だちはみな、そう呼んでる——呼んでたから。つまりぼくが言いたいのは……きみはなにもここでひと晩《ばん》すごさなくていいってことだ。衛兵を呼びなさい。きっとドラカンはただ、お母さんをちょっとおどかしたいだけなんだ」

あたしは首を横にふった。「あの人、そうかんたんにはあきらめない。それに、考えてみれば……ここであたしが衛兵を呼んだら……そこであたしの負けだと思う。負けるのって、だいっきらい！　だいたい、あなたのこと、こわくないもの」

ニコはくすっと笑《わら》った。「うん。それは気がついてたよ。でもそれはそれだ。ここは寒いし、つらいし、いごこちがよくない。それに——あのう、ネズミがいるよ」

ニコは最後《さいご》のことばを言ったとき、あたしがたちまち悲鳴《ひめい》を上《あ》げ、スカートをからげて衛兵を呼ぶんじゃないかと、期待したみたいだった。きっとニコの知ってる女の子は、みなそんなふうなのだろう。

「うちでもうまやには、ネズミがいっぱいいるよ」あたしは平然《へいぜん》と言った。「ヤジュウ——ってうちの犬なんだけど、その子、外に出してもらえたときは、ネズミをつかまえるの。ネズミのほうも負けちゃいないけどね。それに、あなたのほうがずっと寒いでしょ」

実際《じっさい》ニコは、見るからにがたがたふるえていた。あたしはケープをはずした。

「どうぞ。小さすぎるのはわかってるけど、ちょっとはましになると思う」

「そんな……とんでもない……」

「着なさいって。あったかくなってから、返してもらえばいいから」

ニコは受けとった。ボタンは下の三つしかかからなかったが、とりあえず肩《かた》はおおえた。長さも、あたしが着るとひざまでとどくのだけど、はだかの上半身《じょうはんしん》をなんとかかくせるくらいだった。

それからすこしして足音が聞こえ、衛兵《えいへい》があらわれて廊下《ろうか》のランプをはずした。

「就寝時間《しゅうしんじかん》だ」衛兵は言った。「それから、おい、怪物《かいぶつ》のニコデマス」

「ああ、ぼくがどうした」ニコはうんざりして答えた。

「これはドラカンどのの考えで、おれのじゃない。だが言っておくぞ、怪物め。もしもその女の子に指一本でもふれたら……」

「なにもしないよ」

―よし。なにかしたら、その首を切られるまえに、体じゅうの骨《ほね》という骨をへしおってやるからな」衛兵《えいへい》はぎょろりとニコをにらみつけ、それからあたしにうなずきかけた。「おやすみ、トネーレのお嬢《じょう》さん。なにかあったら呼《よ》んでくれ。おれたちは廊下《ろうか》の先にいる」

「おやすみなさい、衛兵さん。お気づかいありがとう。でもだいじょうぶですから」

衛兵はなにかぶつくさつぶやくと、ランプを手にもどっていった。牢《ろう》のなかはほとんど真っ暗になった。青白い月光がひとすじだけ、のぞき穴《あな》からさしこんでいる。

「ぼくは床《ゆか》で寝《ね》るよ」ニコは言った。「きみが寝台《しんだい》を使うといい」

「なに言ってんの」メリに手を焼《や》いたときの母さんに似《に》ているようねがいながら、あたしは言った。「だいじょうぶ、ふたりとも寝られるよ。そのほうがあたたかいし」

「まさか、そんな……ぼくの体にふれないほうがいいよ」おろおろと半狂乱《はんきょうらん》の声だった。

「なに言ってんの」あたしはくりかえした。「怪物《かいぶつ》じゃないんでしょ？　あたしにはなにもしないって、言ってたじゃない」

言いかえされるまえに、あたしはさっさと寝台に上《あ》がり、ニコの肩《かた》にもたれる形で横になった。

ニコはびくっとひきつった。のどをぜいぜい鳴らして、空気を吸《す》っている。真っ暗なせいだろうか。それともアデラの部屋《へや》で血の海につかって以来、だれにもやさしくふれてもらえなかったせいだろうか。それとも、ただ単《たん》に、しんぼうできなくなっただけだろうか。とにかくニコは泣《な》きだした。全身ががたがたふるえてどうにも止まらず、腕《うで》をあたしの体にまわして、ぎゅっとしがみついた。まるであたしがいなければ、おぼれてしまうとでもいうように。

「いい怪物《かいぶつ》さんなのね」あたしはささやいた。「こんな怪物をこわがる人なんて、いるわけないよね」

しばらくするとようやく肩《かた》のふるえも止まり、息づかいもふつうになってきた。それでもニコはあたしを抱《だ》きしめたまま。抱きしめられていると、気持ちがよかった。きょうは長くてつらい一日だったんだもの。あたしの息づかいも、ゆっくりと眠《ねむ》い感じになり、あくびが出た。ニコは寝台《しんだい》の奥《おく》に体をずらし、あたしが楽《らく》に寝《ね》られるようにしてくれた。

「おかしなもんだな」やみのなかでニコがつぶやいた。「きみはあのお母さんの娘《むすめ》なのに……お母さんに見つめられると、体がばらばらに引きさかれる感じがして、自分が最低《さいてい》のできそこないで、穴《あな》があったら入りたい気持ちになったんだ。でも……」ほおっとためいきをつくと、ニコは言った。「きみといると、もしかしたら自分は無実《むじつ》かもしれないと、思えてくるよ」

8　びんのなかの安《やす》らぎ

　どれぐらい時間がたったのだろう。すこし眠《ねむ》ったのはたしかだが、床《ゆか》に落ちる月光は、ほとんど動いていなかった。深くしずかなニコの息づかいが聞こえていたが、ほんとうに眠っているようではなかった。

　そのとき、また聞こえた。目がさめた原因《げんいん》――近づく足音だ。ゆれるランプの明かりが、廊下《ろうか》の壁《かべ》に反射《はんしゃ》してまたたいた。

　ドラカンだった。

「ニコ」ドラカンはランプをくぎにかけると、小声で呼《よ》んだ。「ニコ、起きているか？」

　ニコは腕《うで》をはなした。でも、あたしを起こさないよう、そうっと。あたしがとっくに目ざめているのを、知らないのだ。だからあたしは目を閉《と》じたまま、じゃまをしないようたぬき寝入《ねい》りをつづけた。

ドラカンはニコと呼《よ》んだ。ニコは言ってたっけ。友だちはみな、ニコと呼ぶんだって。

「起きてる」ニコは言った。

「恥《はじ》あらわしはいまもって、おまえは無実《むじつ》だと主張《しゅちょう》している。押《お》しても引いても動かない。それで、なやんだあげく……おまえと一対一で話しあうことにしたんだ。もう、なにを信《しん》じていいかわからないので」

ニコはゆっくりと立ちあがった。うす目を開《あ》けてぬすみ見ていると、動くのがつらそうだった。痛《いた》めつけられたあげくに寒いなかに寝《ね》かされて、体にいいはずがない。

「来てくれてうれしいよ」ニコは低い声で言った。「でも、話すことはあまりない。きみと衛兵《えいへい》たちに起こされるまでのことは、なにもおぼえてないんだ。気がついてようやく……あれを見て……」

「だが、そのまえは？　アデラの部屋《へや》に行く理由《りゆう》があったはずだろう」

ニコは首をふった。「ほんとにわからない。マーテンが、あのばかげた樽《たる》ころがし競走《きょうそう》を思いついた。で、どんちゃんさわぎしてばか飲みしたあげく、エベルトに銀貨《ぎんか》三マーク負けて、おまけに樽から落ちて死にかけた。それもこれも、あいつがなかに入った樽にぼくが乗って、転がしてみせるなんて大口《おおぐち》をたたいたからだ……でも、きみもあそこにいただろ？　自分で見てたはずだ。きみのほうがおぼえてるんじゃないか？」

「おれが最後《さいご》に見たときは、おまえは干《ほ》し草《くさ》の山にすわりこんで、ここは自分の王国だと主張《しゅちょう》していたぞ」

「それはまったくおぼえていない」

「おまえは大声で歌いだして、それも耳が腐《くさ》るほど音痴《おんち》だったから、エベルトがやめさせようとしたら、くまでで突《つ》きかかってきたんだ。でもそのうち自分から歌をやめたと思ったら、大いびきをかきだしたもんで、みんなで部屋《へや》にかつぎこんだのさ。おそらくそのあと目をさまして、また飲んだんだろう。あきびんがいくつもころがっていた。そして夜遅《おそ》くに、アデラの部屋に行ったにちがいない。ニコ、やったのはおまえにちがいないんだ」

「思い出せない……」ニコはつぶやき、とびらの鉄棒《てつぼう》をぐっとつかんだ。

「思い出せ」ドラカンは、冷たくきびしい声で言った。「思い出すんだ。おまえは城の西塔《にしとう》の階《かい》段《だん》を上《あ》がった――裏階段《うらかいだん》を上がったんだろう。でなきゃだれかに見られたはずだ。廊下《ろうか》をぬけ、戸をたたく……ちがうか？　アデラになんの用があったんだ？　戸を開《あ》けたのはだれだ？　それとも勝手に入ったのか？　それに、なぜあの短剣《たんけん》を持っていた？」

「ドラカン……わからない。真っ白なんだ。あれ以来、そのことしか考えていないのに。思い出せないんだ！」

「酔《よ》いがさめたいまなら、もしやと思って……」

「だめだ。ぽっかりと大きな穴《あな》のままなんだ」

「ニコ、おれだって、恥《はじ》あらわしが……正しいと信《しん》じたい。おまえはいいとこだ。しかも親友だ。身内《みうち》を失《うしな》うのは、もうたくさんなんだ」

「自分でも思いかけてる……ひょっとしたら、ぼくではないかもしれないって。なぜアデラの部《へ》屋《や》にいたのか、いまも説明《せつめい》がつかない。ただ、心のなかでなにかが変わったんだ。なにかわけがあるはずだ、といまは思う。そのわけをさぐれば……」

ドラカンは、考えぶかげにいいとこをながめていた。「では、がんばってさがしてくれ。これをやるよ。仲なおりのおくりものだ」ドラカンは革袋《かわぶくろ》に入ったびんをさしだした。「きっといま、世界最悪《さいあく》の二日酔《ふつかよ》いに苦しんでいるんだろうから」

ニコはびんに目をやったが、受けとらなかった。「ぼくのさがしている答えは、びんのなかにはないと思う」しばらくしてそう言った。

ドラカンはうすく笑《わら》った。「そうだな、ないだろう。だがたぶん……安《やす》らぎは見つかる。これは安らぎのびんと呼《よ》ばれるものだ。おれからのおくりものだ。あのときのおれの態度《たいど》は、ひどかったと思う。ただおれは、怒《いか》りにわれをわすれていたんだ」

「むりもないよ」ニコは言って、びんを受けとった。「これから先どうなろうとも、今夜こうしていとこのきみが来てくれて、うれしいよ」

すぽんと音がして、栓《せん》が開《あ》いた。ニコは中身のにおいをかいだ。「これを持ってきてくれたからじゃないよ――それにしてもいいにおいだ」

ドラカンは手をふってさえぎった。「で、その子は？　おびえて死にそうになったか？」

ニコは短く笑《わら》った。「いや、それにはほど遠い。あの親にしてこの子ありだな」

ドラカンはためいきをついた。「あの恥《はじ》あらわしには、頭に来てたんだ。自分の仕事がわかってないのだと思ったぐらいだ。だが、そうだな……娘《むすめ》を手もとに帰してやってもいいか。きみの寝場所《ねばしょ》も広くなるし」

ドラカンは、あらためてランプをくぎからはずした。

「もうすこし待ってくれ。鍵《かぎ》を取ってくる。そのあいだ、酒で体をあたためていてくれよ」そう言うと、廊下《ろうか》のむこうに消えた。ニコは戸のまえで、ランプの明かりを見おくった。それからまた、酒のにおいをかいでみた。

「ありがたい……」つぶやくと、ニコは一口飲んだ。

ドラカンは鍵をさがすのに手間《てま》どっていた。そのあいだにニコの一口は五口に、やがて十口に増《ふ》えた。

「もう十分《じゅうぶん》じゃない？」あたしはたずねた。

「きみには関係ないだろう」ニコがいった。腹《はら》を立ててはいないが、むっとしたようすだった。

「自分で言ったくせに。さがしてる答えはびんのなかにはない、って」

「高飛車女《たかびしゃおんな》。母親そっくりに、お高いな」早くも声の調子《ちょうし》があやしくなりかけていた。ろれつがまわらないらしい。十口――いや、これで十一口。それだけの量で、こんなに早く、よっぱらうものかしら？

「ニコ……ちょっと待って。よっぱらうのが早すぎない？」

「だからどうだというんだ。人生は短い。人はいつか死ぬんだ」また一口。「どうせいつかね」言ってから、急に思いついたように、びんを見つめた。「きみの言うとおりだ」そして、手の甲《こう》で目をこすった。「ほんとに――いつもよりずっと――ずっと早く――回るような……」

「貸《か》して」あたしはびんに手をのばした。

「ぼくんだ」メリがなにかを取られそうになったときとそっくりな口調《くちょう》で、ニコはつぶやいた。

「ぼくのびんだ。ぼくの命だよ。ドラカンがぼくにくれたんだ」

あたしはニコの目のまえに、月光のなかに立ちはだかった。

「あたしを見なさい」あたしは言った。

「やめてくれ」ニコはうったえた。蚊《か》の鳴くような小さい声だった。

「**あたしを見るんです**」

ニコはゆっくりと目を上《あ》げた。あたしに言われたからではなくて、自分の意志《いし》で。弱点はいろいろあるかもしれないけど、すくなくともこういう勇気《ゆうき》はじゅうぶんあると思う。月に片側《かたがわ》をてらし出《だ》された顔のなかで、ニコの目は、真っ暗な穴《あな》のようだった。でもその穴の奥《おく》には光が、ほんのわずかな光のきらめきがあった。その光を見つめるうちに、あたしの頭のなかでふしぎなことが起こった。やみのただなかに、絵がうかびあがってきたのだ。

その朝八才になったばかりの、黒っぽい髪《かみ》をしたやせた少年が、ものかげから見ている。兄さんが、乗馬《じょうば》の競走《きょうそう》に勝ったところだ。兄さんは太陽の光のなか、汗《あせ》だくの体をあかがねのようにかがやかせたしなやかな馬に、背《せ》をのばし胸《むね》をはって乗っている。人々は賞讃《しょうさん》の拍手《はくしゅ》をおくり、大公は兄さんの肩《かた》を、男らしく豪快《ごうかい》にたたいてやる。

つぎにすこし成長したあの少年が、〝武器蔵《ぶきぐら》まえ広場《ひろば》〟の敷石《しきいし》に、うつぶせにたおれている。兄さんが背中《せなか》に腰《こし》を下《お》ろして、どなっている。「降参《こうさん》か？　え、ニコ？　ニコおじょうちゃん、降参するか？」

十三才のニコが闘技室《とうぎしつ》の鏡《かがみ》のまえで、剣《けん》をふりあげている。汗《あせ》びっしょりなうえ、つかれてふるえている。腕《うで》が下《さ》がったり背中が丸まったりするたびに、剣の師匠《ししょう》がつえでなぐる。

十四才のニコがドゥンアーク運河《うんが》をにらんでいる。それから剣をふりかぶり、運河のなかへ、できるかぎり遠くへ投げすてる。かがやく刃《やいば》が緑の水にしずみ、水草と泥《どろ》のなかに消えると、少年の体がほっとゆるむ。

ひとりの男が、だいぶ大人《おとな》らしくなった息子《むすこ》をくりかえしくりかえし打ちすえる。あるときは乗馬《じょうば》のむちで。あるときは剣《けん》の平《たい》らな部分で。あるときはこぶしで。くりかえしくりかえし、おしおきの雨が降《ふ》る。男の声がとどろく。「剣を持たぬ男は男ではない！」

十五才のニコがはじめて兄嫁《あによめ》に紹介《しょうかい》され、その赤みをおびた金髪《きんぱつ》に、緑の目に、笑《え》みをうかべる唇《くちびる》に目をうばわれ、恋《こい》に落ちる。そして昼間には馬の首すじに、夜には枕《まくら》に向《む》かい、「アデラ」とささやきかける。むなしい恋と知りながら「アデラ！ アデラ！ アデラ！」と。

十六才のニコはよっぱらっておどけまわり、満場《まんじょう》の笑《わら》いをさらう。男たちが背中《せなか》をどやし、さらに酒をすすめるので、ニコはもっと調子《ちょうし》に乗ってばかをする。笑っていないのは父親とアデラだけだ。父親の目は怒《いか》りに燃《も》えてテーブルの端《はし》をにらみつけ、アデラは目をそらして顔をふせる。兄嫁の赤みをおびた金髪がまえにたれて、あわれみの表《ひょうじょう》情をかくす。

ニコは何人も恋人《こいびと》をつくる。恋してくれる娘《むすめ》はおおぜいいるけれど、娘たちに見つめられても胸《むね》はあたたかくならず、手を取られても喜びはわかない。けれども世間《せけん》に、兄と父親とアデラに、自分を好《す》いてくれる人がいるのだと見せつけるためにだけ、娘たちを利用する。ニコは飲み、おどけ、ころがっては立ちあがり、またおどけ、酒を飲む。だれがどう思おうとかまわない。たったふたりの人――父親とアデラ以外は。ぜんぜんまったくかまいやしない。

そしてふたたびやみが閉《と》じ、月の光がもどった。ニコのほおを流れるひとすじの涙《なみだ》が、月の光を受けてきらめく。

「きみはなさけ容赦《ようしゃ》のない鏡《かがみ》だよ、恥《はじ》あらわしのお嬢《じょう》さん」ニコはささやいた。「いやになるほど、はっきりと見えるものだな」

頭の、目の奥《おく》のあたりが、ずきずき痛《いた》んだ。自分の見たものが事実《じじつ》だと、そしてニコもおなじものを見たのだと、あたしにはわかっていた。

ニコはびんを取りおとしていて、知らないうちに中身が床《ゆか》にこぼれていた。ニコは顔をそらし、やみのなかで空《から》のバケツをさがした。バケツのまえでひざをつき、のどに指をつっこんで、吐《は》いた。

あたしはつばを飲みこんだ。さらにもう一度。メリかダビンが病気のとき、吐くのを見ているだけでつられて、あたしも吐いてしまうことがある。だから近くには寄《よ》れなかった。体にふれることも、手助けすることもできなかった。自分もへんになるんじゃないかと、すっごくこわかったのだ。

ようやくニコが吐きやめた。もうひとつのバケツから手で水をすくうと、口をゆすいだ。それから寝台《しんだい》にすわり、ベッドに敷《し》いていたまえかけで、顔をぬぐった。

「ごめん」ニコは言った。「見るのも聞くのも気持ちのいいものじゃないね。でも、とりあえずましにはなるんだ」

ニコは壁《かべ》にもたれこんだ。顔の汗《あせ》が、月の光を浴《あ》びてきらめいている。「ああ、ひどい気分だ。よっぱらいには天罰《てんばつ》があたるってやつだな」

息づかいは速くてはげしかった。胸《むね》が上下するのが、はっきり見える。上《あ》がったり下《さ》がったり。あがったりさがったり。

「母さんはいつも言ってる。息をゆっくり吸《す》えばいいんだって。そしたら気分がよくなるって」

「そのとおりだろうな。きみのお母さんは、知恵女《ちえおんな》なんだから」

ニコは、できるかぎり深くゆっくりと呼吸《こきゅう》しようとしたが、うまくいかないようだった。体をなかば起こしたものの、すぐにまた寝台《しんだい》にたおれこんだ。「しばらく横になっていたほうがよさそうだ」

「うん」あたしは窓《まど》と戸口の中間から動かなかった。吐《は》き気《け》はおさまっていたが、なんだか急に、間《ま》が悪くなったのだ。人の頭のなかにある絵をのぞくなんて……妙《みょう》な気分だった。はだかの人を見てしまったみたい。いや、もっと悪い。人の秘密《ひみつ》をのぞいて、その人がかくしてきたことを知るなんて。恥《はじ》あらわしの仕事で出かけて、家に帰ってきたとき、母さんがなぜあんなにつかれきって無口《むくち》なのか、ようやくわかってきた。母さんの見た秘密には、ニコのよりずっとひどいものがあるんだろう。

「さびしいものかい？」寝台《しんだい》から、ニコがたずねた。「つまり――そういう目を持って育つのはどうなんだろう。友だちができにくいだろうね。むこうは、赤くならずには顔を見られないんだから」

「友だちはいないの……あんまりは」ほんとはぜんぜんいない。でも、それは言いたくなかった。

「でも、家族がいるから。母さんとメリと、それから、なんてったってダビン兄さん」言ってから、ニコの兄さんのことを思いだした。〝降参《こうさん》か？　え、ニコ？　降参するか？〟それから、ニコの思い出のなかで生きていた美人のアデラ。いまは死んで冷たくなり、城《しろ》のどこかに捨《す》てておかれているアデラ。

「そう。家族か」ニコはしばらくだまった。「ところでディナ、ぼくのことがよくわかったいまでも、この怪物《かいぶつ》をこわいと思わないかい？」

言われて、考えこんだ。気持ちのどこかが変わったことはたしかだ。あたしはニコのなかに、ねたみ心を見た。怒《いか》りも。冷たさも。無関心《むかんしん》も。そしてあの、アデラへのかなわぬ禁断《きんだん》の恋《こい》も。でも殺人《さつじん》は見なかった。血も死体も見えなかった。それにニコは、あたしには冷たくも無関心でもない。

あたしはことばを使っては答えなかった。ただとなりにすわりこみ、ニコの手を取った。

「勇気《ゆうき》があるんだね」ニコは言った。「きみの年ごろのぼくは、ほとんどなんだってこわがってたよ」

あいかわらず息づかいは速すぎ、手は汗《あせ》でべとべとだった。

「ディナ……もしもドラカンがきみをむかえに来るまえにぼくが眠《ねむ》ってしまったら……たぶん二度と会えないだろう。だからいま言っておくよ……きのうの午後には、この最後《さいご》の夜は地獄《じごく》だろうと思ってた。でも……そうはならなかった。きみのおかげだ」

そのことばを聞いて、全身がぞくっとした。「どういう意味なの……最後の夜って。どうしてこれが最後になるの？　あなたは無実《むじつ》だと、母さんにはわかってる。ドラカンだって、信《しん》じかけているじゃないの」

ニコの口の端《はし》が、やや持ちあがった。笑《わら》ったのか、しかめっつらをしたのか、どちらとも言えなかった。

「ドラカンは、ぼくが無実だなんて信じていない」

「だってさっき言ったじゃない――」

「ドラカンは、ぼくがやったと思ってる。でもきみのお母さんが、ぼくはまともではなかった、気がへんになっていたのだと、言いきった。だから――ドラカンは、自分なりのやりかたでなさけを見せたんだ」

「なさけ？　ニコ、どういうこと？」

「首を切られるのは、痛《いた》いって話だ。ぼくはむかしから、あまり勇敢《ゆうかん》だったためしがない。これなら——なにが入っているのか知らないが、ドラカンが持ってきてくれたこの安《やす》らぎのびんなら、すくなくとも痛みはないはずだ」

「ニコ！」毒《どく》だ。毒のことを言ってるんだ。安らぎのびん。びんのなかにあるのは、死の安らぎなんだ。「起きてよ。このまま横になって死ぬなんて」

「ぼくにはほかの道なんてないのさ」

でもほとんどは吐《は》きだしたはずだ。それなら助かるのでは？

「起きてったら、ほらぁ……」あたしはニコの肩《かた》につかみかかり、体を起こそうとしたが、相手は人形みたいにぐんなりして、いうことをきいてくれない。「ほらってば！」

「ディナ、ほっといてくれ——」声がまたくぐもり、聞きとりにくくなっていた。「かまわ——ないで——くれ」

「そうだ、ディナ。かまわないでやってくれ」

あたしはこおりついた。ドラカンの声だ。明かりを持たずに、もどってきていたのだ。足音も聞こえなかった。

いったいいつから、やみのなかで立ち聞きしていたのだろう。

9　ほんのちっぽけなナイフ

しずまりかえったなか、ニコの息づかいだけが聞こえる。せわしなく、空気がたりないとでもいうように、ぜいぜいと音がする。鉄格子《てつごうし》のまえに黒いかげのように立つドラカンの、顔の表《ひょう》情《じょう》は見えない。ニコが言ってたことは、ほんとうなんだろうか。

「びんになにが入ってたの？」あたしはたずねた。

「酒だ」ドラカンは答えた。「この男は飲みすけで、すぐによっぱらうのだ。そんなに仲よくなったのに、話してくれなかったのか？」

ニコが声をもらした。ためいきと笑《わら》い声《ごえ》の中間みたいな音だった。「この子はぼくのことを、みんな知ったよ。内から外から、なにもかも」

ドラカンはただ立っていた。無言《むごん》で、やみにまぎれるほど黒々《くろぐろ》と。それから言った。「そうか。

あの親にしてこの子あり、だな。こちらへおいで、小さな恥《はじ》あらわしどの。ここから出してやろう」

「いやです」

「いやだと？　いやとはどういうことだ」

「あなたがこの人を助けるまでは。びんになにが入っていたか話してくれて、この人のぐあいをよくしてくれるまでは」

鍵《かぎ》が錠前《じょうまえ》にささる音が聞こえた。「大人《おとな》の言うことはきくものだと、母親に教わらなかったのか？　ではこちらから、むかえにいこう」

「先にこの人を助けてよ！　死にかけてるかもしれないのに！」そう思うと、あたしはもういてもたってもいられなかった。

「ディナ――行く――んだ――」ニコは切れぎれに言った。「やつといっしょに行け」

「いや！」あたしはニコの手をにぎりしめた。「この人に助けてもらってよ。死ぬなんてゆるさないから！」

戸が開いて、ドラカンが牢《ろう》に入ってきた。月光のただなかに立っている。それでも目の表情《ひょうじょう》は読みとれない。マントのフードで顔のほとんどがかくれているからだ。午後に着ていた紺色《こんいろ》のマントではなかった。このマントは黒だった。それも、まわりの光を吸《す》いとるのではと思うほど、真っ黒だった。

「おいで、ディナ」ドラカンの声はしずかだった。やさしいといえるぐらいだった。「こちらへおいで」

何時間か前、あたしはドラゴン飼育場《しいくじょう》で、これよりこわい思いをすることはないだろう、と思っていた。でもいま、そうじゃないとわかった。いまここにいるあたしは、ドラゴンよりずっとドラカンのほうがこわかった。ドラゴンのにおいがしていた。それに――それに、ひょっとしてドラカンは、ものが腐《くさ》りかけたような、あの気味《きみ》の悪い、ドラゴンのにおいがしているんじゃない？

あたしはゆっくりと立ちあがったが、まだニコの手はしっかりにぎっていた。

「どうしてこの人を助けてあげないの？」あたしはささやくような声で言った。ほんとうは大きな声で言いたかったのに、言えなかった。「いとこなんでしょう？」

ドラカンは一歩近づいた。やっぱりドラゴンのにおいがする。

「いとこ？」ドラカンの声は、いやに冷たく、いじわるくひびいた。

「ああ、それは表向《おもてむ》きの呼《よ》び名《な》でしかないのだ。いいかい、私生児《しせいじ》として生まれた人間は、ほんとうには家族あつかいしてもらえないのさ」

マントのひだがほおをかすめた。あたしはぎょっとした。このマントはなにでできてるの？冷たくてぬめっとしてて、しかもざらざら。まるで牛になめられたみたい。

「いとこどの」ニコは声をふりしぼった。「あの酒にはなにが入ってたんだ？」

ドラカンは、あたしの横で片《かた》ひざをつき、肩《かた》に腕《うで》を回してきた。あたしはのがれようとしたが、はなしてもらえなかった。

「言おうか？」ドラカンは言った。「そしたら、かわいいお友だちが喜ぶと思うか？」

ドラカンは、あいた手でニコの額《ひたい》をさわった。「ほんとうにぐあいがよくなさそうだな。だが、毒《どく》は入れていないよ、いとこどの。とんでもない。入れたのはドラゴンの血だ」

「ドラゴ――」ニコの息づかいがさらに荒《あら》くなった。「ドラゴンの血？」

「そうだ。ドラゴンの血は毒ではない。体を強く、動きをすばやくする力があり、弱点をなくしてくれるんだ。わずかずつ服用《ふくよう》すればだが」

ドラカンはニコのほおを、いとしげといっていいしぐさでなでた。「ただ、おまえの体は、こいつに慣《な》れていない。だからひょっとしたら、きつすぎるかもしれない」

そのとたん、ドラカンのマントの材料《ざいりょう》がなにか、あたしにはわかった。ドラゴンの皮だ。荒《あ》れ地《ち》の毒蛇《どくじゃ》どもが皮をぬぎすてるのを見たことがある。あとに残ったのは、中身のないヘビのようなぬけがらだった。ドラゴンも脱皮《だっぴ》するんだろうか。それとも殺《ころ》して、皮と血を手に入れたんだろうか。それにニコの体は慣れていない、ってどういうこと？　つまりドラカンは慣れていると？

あたしから数歩のところで、牢《ろう》の戸が開《ひら》いたままになっている。そこからほど遠くないところに母さんがいる。それにもっと近くに、ドラゴンのにおいのしない、血なんか飲んだことのない人たちが、何人もいる。なにをぐずぐずしているの？

ニコの手を、ぽんとたたいてからはなした。つぎにドラカンの腕《うで》から身をよじってのがれ、開いた戸めがけて走った。でもうまくいかなかった。つまずいて、ぬれて冷えびえとした石床《いしゆか》に、べったりはいつくばった。目を回しているうちに、ドラカンはゆうゆうと立ちあがり、戸をがちゃんと閉《し》めて、よりかかった。

「どこへ行くつもりだ？」ドラカンはたずねた。「はじめは一歩も出ないと言っておいて、とつぜんあわててお帰りというわけか？」

ニコはけんめいに身を起こした。肺《はい》が、ふいごのようにはげしく動き、ひと息ごとに悲鳴《ひめい》を上《あ》げた。

「ほっ――といて――やれ」ニコは息荒《いきあら》くいった。

「残念《ざんねん》だが、そういうわけにはいかないね。この子は使える。それはそうと、息をしたいのなら、横になったほうがいいぞ」

「つか――える――」ニコは、ようよう声をしぼりだした。「い――ったい――なにに――？」

あたしは床にたおれたまま、ベルトのナイフをさぐった。石けんをけずったあのナイフだ。大きいものではない。刃《は》はあたしの人さし指より短いぐらい。でも、ないよりはましかも。なにをさせるつもりか知らないけど、ドラカンに使われるなんて、まっぴらだ。手にナイフをかくし持って立ちあがると、あたしはドラカンを目であやつろうとした。

「**あたしを行かせなさい**」できるかぎりの恥《はじ》あらわし声で言ってみた。ほんのほんのすこし、ふるえていたかもしれないけど。

ドラカンは笑《わら》った。おもしろいなんてちっとも思っていない、とげとげしい笑いだった。「そいつは、わたしにはきかない。外のドラゴンどものまえに行って、連中《れんちゅう》を恥《は》じいらせるようなものだ。そっちのほうがかんたんかもしれないな」

ドラカンは戸を閉《し》めただけで、鍵《かぎ》はかけていなかった。あたしは深呼吸《しんこきゅう》をひとつすると、そっちに向かって歩きだした。なんとしても、どかせてやるんだ。あたしがのこのこ正面切って向かっていくなんて、むこうは予想《よそう》もしなかったようだ。つかみかかろうとしたので、あたしはナイフでその手に突《つ》きかかった。ドラカンはひっと息を吸《す》いこみ、あたしをはなして手をおさえた。手の甲《こう》に走る傷口《きずぐち》から、月光に黒っぽく光る血が、ぼたぼたしたたった。

「悪魔《あくま》の娘《むすめ》め」ドラカンはののしった。それでも戸のまえからどかなかった。

「行かせて。でないと、また突きさすよ」あたしは命令《めいれい》した。

ドラカンは、たいしておびえたようすでもなかった。それどころかうすい唇《くちびる》に、かすかな笑《え》みをうかべた。

「ナイフか」ドラカンは考えぶかげに言った。「ほんのちっぽけなやつでも、ナイフはナイフだ」

そう言うと、また笑《わら》った。今度の笑い声には、勝ちほこったようなひびきがあった。

「そのほうがつごうがいいな……」ドラカンはつぶやいた。「手を使うつもりだったが、ナイフのほうがずっといい」

ナイフなんか見せなければよかった。燃《も》えるような後悔《こうかい》がわきあがった。ドラカンがあたしを見る目つきには、なんといったらいいのか、飢《う》えているような光があった。むかし飼《か》っていた猫《ねこ》が、とらえたネズミを見るような光。でもそのうちヤジュウが来て、猫は鍛冶屋《かじや》にもらわれていったっけ。

思いにふけるあいだに、ドラカンが行動《こうどう》に移《うつ》った。はじめはなにをするつもりかわからなかった。見当がつかなかったのだ。とにかくとつぜん、ドラカンはあたしのうしろに回って、のどを腕《うで》でしめつけ、身動きできなくした。もう一方の手で、ナイフを持った手をきつくつかんだ。悲鳴《ひめい》を上《あ》げたのかどうか、自分でもわからない。すくなくとものどから声は出た。足をけりつけ、できるものならあごに頭突《ずつ》きを食《く》らわせてやろうとあがいた。でも、ダビンとけんかするのとは大ちがいだった。腕がのどをぐいぐいしめつけるので、息ができず、手首は内から焼《や》けるように痛《いた》んだ。ナイフをわたしてにならない。あたしにできるかぎりの力で――たいした力でになかったけど――ニコのほうにナイフを投げた。ドラカンがなにかののしったけど、ことばは聞きとれなかった。のどにかかる腕《うで》に力がこもり、あたりが赤っぽくぼやけて見えてきた。母さんを呼《よ》びたかった。ダビンやヤジュウも呼びたかった。でもどうせここにはいないし、第一さけぼうにも息が吸《す》えなかった。あたりの赤は濃《こ》くなって、ますますぼやけてきた。

あたしはこわくなった。死ぬときって、こんななのかしら……そう思ったとたん、急に息ができるようになった。あたしは床《ゆか》に両手両足をついてたおれ、泣《な》きながら、はあはあぜいぜい、肺《はい》いっぱいに空気を吸いこんでいた。さっきのニコより、ずっとひどい音だった。すぐ横にドラカンがたおれ、へんなふうに呼吸《こきゅう》していた。ごろごろと湿《しめ》ったような音で、それがすこしずつ弱くなり、とうとう止まってしまった。

あたしは目を上《あ》げた。目のまえに、あの小さなナイフを持ったニコがいた。ナイフも手も、ドラカンの血に黒くまみれていた。

「なにをしたの？」ようやく口がきけるようになると、あたしはたずねた。

ニコは立ちつくしたまま、手のナイフを見つめていた。

「殺《ころ》してしまったみたいだ」メリみたいに舌《した》たらずな、妙《みょう》にかん高い声で、ニコは言った。「これでまちがいなく、首切りの刑《けい》だな」

「ニコ、なぜドラカンは、あたしをしめ殺そうとしたのかしら」あたしは全身わなわなとふるえていた。

「ドラカンは……ドラカンは言った……」

「こいつ、あたしをしめ殺《ころ》そうと……」

「ドラカンは……言ったんだ……きっと、みんな……」また息切れがはじまっていた。さっきよりずっとひどい。「みんな……思う……おまえは……恥《はじ》、あらわしの……娘《むすめ》まで……殺し……」ぬれた犬が水をふりとばすように、ニコの肩《かた》がぷるぷるふるえた。「でも……殺されたのは……こいつの……ほうだ」ニコはうろたえて、あたりを見まわした。「逃《に》げよう」声をしぼりだした。「逃げるんだ……ここから……やつらが来ないうちに」

「やつらって？」

「ドラカンの家来《けらい》から……逃げるんだ……」

「そうね」あたしはよろよろと立ちあがった。「行こう」

一歩歩くごとにニコののどがひゅうひゅう鳴った。あたしはちびすぎて、あまりたよりにならないけど、とにかく自分の肩にニコの腕《うで》を回してささえた。そうして廊下《ろうか》を何歩か進んだところで、急にニコが立ちどまった。

「ドラ――ゴン――飼育場《しいくじょう》。ドラカンの――マントを――使わ――ないと」

ニコがとぎれとぎれに言ったが、あたしには意味がわからなかった。なんで、あんな気味《きみ》の悪くてくさい、ドラゴンの皮がいるわけ？　でもニコは、あれがないと一歩も先に進みたくないらしい。しかたがないので壁《かべ》にもたれさせて、牢《ろう》にもどった。

ドラカンは真っ黒なドラゴンの皮に身をつつんだまま、月光にてらされてたおれていた。あたしはなかに入りたくなかった。死んだ動物なら、見たことがある。食べるために殺《ころ》されたブタとか子ヤギとか、ある日粉屋《こなや》のラバが、荷車《にぐるま》を引いてる最中《さいちゅう》にぽっくり死んでしまったのとか。でも死んだ人間はこれまで見たことがなかった。

「ニコ……」あたしはカエルみたいなガラガラ声で言った。「あたし、できない」

「ぼく――が――」ニコは言ったものの、立っているのさえやっとだった。ふたりも死人が出ると思っただけで、全身に冷水《れいすい》を浴《あ》びたみたいな気分になった。

「いい。そこにいて。あたし、やる」

あたしはせかせかと三歩歩いて牢に入り、マントの端《はし》をつかんでひっぱった。ドラカンがごろりとあおむけになり、その拍子《ひょうし》に皮マントがはずれた。あたしは腕《うで》をいっぱいにのばしてマントをつまみ、においが鼻にとどかないようにした。ううっ、くさいっ。でもとにかく、ここから出なくては。牢屋と死体からはなれなくては。

そのときはっと気がついた。外に出るには……ここから逃《に》げるには、ドラカンの持っていた飼《し》育場《いくじょう》の鍵《かぎ》がいる。つまり、ドラカンの体をさぐらなくてはならない。

ほんとにほんとに心から、ニコにまかせたいと思った。またはダビンか、母さんがここにいてくれたら……でも、ここにはあたししかいない。たのめる人も、ほかの方法もない。あたしがやるしかない。そこで下唇《したくちびる》をぎゅっとかみしめ、死体の横にひざまずいた。目を閉《と》じたまま、鍵《かぎ》をもとめてドラカンのベルトをさぐった。

そのときとつぜん、なにかが足にさわった。

あたしは飛《と》びあがり、そこらじゅうにひびきわたる悲鳴《ひめい》を上《あ》げた。それを聞いて、ニコが廊下《ろうか》の壁《かべ》で身をささえ、よろよろと動いた。

「どう――した――?」

あたしは答えなかった。足首を弱々《よわよわ》しくつかんでいるドラカンの手を、まじまじと見つめるばかりだった。あたしが目を見はっていると、ドラカンが、じりっじりっと顔をこちらに向け、夜空のような暗い色の目であたしを見あげた。

「助けてくれ」低い声で、でもはっきりと、ドラカンは言った。首すじに血と、ニコがナイフを突《つ》きさしたあとの穴《あな》が見えた。

「びんをくれ」手の力がゆるみ、クモが獲物《えもの》をはなすように、指が開《ひら》いた。視線《しせん》だけがあたしをはなさなかった。

「びんって……」あたしは見まわした。びんはほんの数歩はなれた、でもドラカンの手はとどかないところにころがっていた。中身はもう、ひと口かふた口分しかない。それをどうする気だろう。廊下《ろうか》からは、ニコの苦しそうな息づかいが聞こえた。

ドラカンはこんなに息も絶《た》え絶《だ》えだから、残りを飲めば死んでしまうだろう。そうか。そうしたいのかもしれない。痛《いた》くて、とてもつらくて、動けないのに、死ぬに死ねないなんて……あたしはびんを拾いあげ、ドラカンの手に押《お》しつけた。すると指がびんをつかんだ。

「ありがたい」ドラカンは言うと、ゆっくりと口もとにびんを近づけた。正確《せいかく》にはどれぐらい残っていたのか、わからない。でもドラカンは、びんから赤ちゃんみたいにちゅくちゅく吸《す》った。

そして目を閉《と》じた。

「ディナ――」ニコが出せるだけの声で呼《よ》んだ。「行か――ないと」

最後《さいご》にもう一度ドラカンに目をやった。それから、生きているか死んでいるかもたしかめないまま、顔をそむけて、さっきはなした皮《かわ》マントと鍵《かぎ》をつかみ、ニコのところへもどっていった。

10　がいこつ夫人《ふじん》

廊下《ろうか》のはずれにある衛兵室《えいへいしつ》はからっぽだった。ドラカンは、牢《ろう》で起きるはずの事件《じけん》に目撃者《もくげきしゃ》がいないよう、衛兵をどこかへ行かせたにちがいない。こちらには、もっけのさいわいだった。だって、ドラカンが死んだ、または死にかけているときに、あたしたちがぬけだそうとしている理《り》由《ゆう》を説明《せつめい》しろったって、できるものじゃないからだ。
そうっと首を出してみた。衛兵室の先の、地下の大広間《おおひろま》にも、人かげはなかった。
「ここにいて」あたしはニコにささやいた。「母さんを連れてくるから」
ニコはうなずくと、壁《かべ》にもたれたままずるずるとすべりおち、床《ゆか》にすわりこんだ。衛兵室には、かなりすすだらけの灯油《とうゆ》ランプがぽつんとひとつあるだけだ。その黄色っぽい光のなかですら、ニコの顔色は真っ青に見えた。休ませて、手あてをしなくちゃならない。ドラゴン飼育場《しいくじょう》をぬけていく危険《きけん》な逃亡《とうぼう》なんて、とてもむりだ。

逃《に》げるためには、ドラゴン飼育場《しいくじょう》を通らないといけないが、母さんに会えればその必要はなくなる。母さんは、ニコが身を守るため、というより、あたしの身を守るためにナイフを使ったのだと、みんなに説明《せつめい》してくれるだろう。母さんは恥《はじ》あらわしだ。あたしたちが信《しん》じてもらえなくても、みんな母さんのことばなら信じる。あたしは、そう自分に言いきかせながら、地下の大広《おおひろ》間《ま》をぬけ、壁《かべ》のなかの階段《かいだん》を上《あ》がった。ドラゴンだって母さんには一目置《いちもくお》くにちがいないと、あたしはなんとなく信じてた。

戸に鍵《かぎ》はかかっていなかった。あたしはなかにすべりこんだ。大きな盾型《たてがた》の窓《まど》から、母さんと「偶数《ぐうすう》か奇数《きすう》か」ゲームをしていた場所に——ずいぶんまえのことのように思える——月光がふりそそいでいた。壁《かべ》をくりぬいた寝所《ねどこ》には布《ぬの》がかかっていたが、奥《おく》から寝息《ねいき》が聞こえた。

「母さん」ささやきながら、あたしはかけ布を押《お》しあけた。「起きて、母さん。助けてほ——」

そこでことばがつづかなくなった。寝所で寝ていたのは母さんではなかった。知らない女の人だった。

その人は目を開けた。「かたづいたのですか?」そこまで言って、はじめてそこにいるのがあたしだとわかったようだった。

「おまえはだれ?」女の人は言って、無表情《むひょうじょう》な目であたしを見つめた。ふしぎなあまったるいにおいが、その人にはまつわりついていた。花びんの水を替《か》えわすれて、くきが腐《くさ》りかけているときみたいなにおいだ。ほおがげっそりこけているので、顔はまるでがいこつだった。がいこつ夫人《ふじん》。でもあたしのあごをつかんだその細《ほそ》い指には、力がこもっていた。「顔を見せてもらいましょう……」と言うとあたしのあごを持ちあげ、月の光を顔にあてた。

「恥《はじ》あらわしの娘《むすめ》か」女の人はつぶやいた。「あの女はおまえの母親ね？」

「どこですか？」あたしはたずねた。「母さんはどこにいるんですか？」

「ここにはいない」女の人は枕《まくら》の下をさぐりはじめた。「すこし待ってくれたら、見せたいものが――」

見せたいものがなんであれ、あたしはそれ以上聞かなかった。においの正体《しょうたい》にとつぜん思いあたったのだ。ドラゴンの血のにおいを香水《こうすい》でごまかしているのだ。そして、女が枕の下から取りだしたのは、ひとふりのナイフだった。

あたしはさっととびのき、その勢《いきお》いでよろけてしりもちをついた。女とあたしのあいだに、白い羽毛《うもう》の雲が、ぱっと舞《ま》いあがった。ナイフで枕が切りさかれたのだ。女はじれったそうに枕をうっちゃり、シーツとふとんのあいだからもがきでようとした。たじたじとあとじさったあたしは、テーブルにぶちあたったので、相手に向けてたおしてやった。女はテーブルにのしかかられてころがった。がりがりに骨《ほね》ばった手でテーブルを押《お》しのけながらも、女はナイフをはなさなか

った。でもテーブルは重すぎて、片手《かたて》ではどうにもならなかった。

　あたしは壁《かべ》に背中《せなか》を押《お》しつけたまま起きあがり、じりじりと戸口に向かった。月光のなか、羽毛《うもう》は雪のように舞《ま》っている。女はひどく腹《はら》を立ててナイフをテーブルに突《つ》きたてると、首をうしろにそらして金切り声を上《あ》げた。ヤジュウにつかまったネズミが上《あ》げるような、かん高くかすれた声だった。一瞬《いっしゅん》、ときが止まったようだった。青ねずみ色のナイトガウンが床《ゆか》に大きく広がり、女はまるで氷の上にすわりこんだように見えた。白いレースのずきんがぬげ、長い黒髪《くろかみ》が腰《こし》のあたりまで、滝《たき》のようにあふれた。左右両側《さゆうりょうがわ》にひとふさずつ真っ白な巻《ま》き毛《げ》があるほかは、髪はカラスのぬれ羽色《ばいろ》、夜のやみの色だった。

　女が黄色っぽい死人めいた顔のまんなかから、黒い目であたしをまっすぐににらみつけた。全身に寒気《さむけ》が走り、皮膚《ひふ》は冷《ひ》えきり、頭も体も働かなくなった。あたしはこわばった足で、戸口まで最後《さいご》の何歩かをあとじさり、手さぐりで戸を開けると、ばたんと閉《し》めた。全身の体重をかけて戸を押さえながら、ドラカンの鍵束《かぎたば》をさぐった。戸のむこうでがたがたとものが動く音、それからどかんと大きな音がした。あの女がテーブルをはねのけたのだ。

　鍵を一本選びだし、鍵穴《かぎあな》にさしこんだ。ちがう鍵だった。むこうでは女が、戸を押しあけようとしている。死人のようにやせこけているくせに、あたしより力もちだ。女の体重がかかった戸は、ふるえながらわずかに開いた。あたしは必死で押しかえした。

二番めの鍵《かぎ》。これもちがう。三番めの鍵……回った！　かたいうえにキイキイきしったけど、これこそ正しい鍵だった。こんかぎりの力をこめる。と、かちっとものがはまる音が、はっきり聞こえた。女がまた悲鳴《ひめい》を上《あ》げ、ナイフを戸にガンガン打ちつけた。でも戸は厚《あつ》いオーク材《ざい》でできているから、ナイフぐらいでは破《やぶ》れっこない。

あたしはしばらくその場で、ただ息をついていた。そのあいだも女は戸のむこうでわめきたて、なぐりかかり、ナイフを突《つ》きさしていた。こんなところはもういやだ。いますぐ家に帰りたかった。台所にニワトコの果汁《かじゅう》と焼《や》きリンゴのにおいがたちこめ、メリがはちみつをねだり、暖炉《だんろ》のまえにヤジュウがねそべって、ノミに食《く》われるたびに体をかいている、あの家に。自分のベッドに、ダビン兄さんのそばに、母さんのところに。だれもあたしの首をしめたり、突きかかったり、食《く》おうとしたりしないわが家《や》に。

たえまなく鼻をすっているうちに奥《おく》がつんとなり、涙《なみだ》が目のすみにこみあげて、ほおに流れだした。もうなにもかもやめてしまいたかった。戸のまえにうずくまり、だれかが助けに来てくれるのを待とうかと思った。でもニコは待たせておけない。母さんがどこにいるにせよ、とにかくここにはいない。あたしはもう一回鼻をすすり、服のそでで目と鼻をぬぐった。それから階段をかけおり、天井《てんじょう》の高い広間《ひろま》をつっきり、衛兵室《えいへいしつ》のなかに入った。

ニコは置《お》いていかれたままの場所にすわっていたが、あたしのすがたを見ると、すばやく立ちあがった。

「ディナ――」ニコの息づかいは、短い休息《きゅうそく》のあいだにおちついていた。「その顔色はまるで――なにがあったんだ？」

「母さん、いなかったの」あたしはしゃくりあげ、こみあげる涙《なみだ》で、出せる声も出なくなった。「いたのは……が……がいこつみたいな女の人で、その人に刺《さ》されそうになったの！」

ニコがあたしの肩《かた》に手を置《お》いた。とつぜんあたしはがまんができなくなって、ニコの胴《どう》に腕《うで》を回し、胸《むね》に飛《と》びこんだ。ニコはあたしの頭をなでてくれ、ほおに手をあてた。

「なんて冷たいんだ。だけどディナ、幽霊《ゆうれい》なんていないよ。とにかく、このあたりには」

「あれは幽霊なんかじゃない。人間よ。生きた人間。ただ……」あたしは、あの女がどんな姿《すがた》かたちをしていたか、なんとか説明《せつめい》しようとした。

「ああ」ニコは言った。「それはリゼア夫人《ふじん》だ。ぼくのおば。ドラカンの母上《ははうえ》だ。病気だったので、あんなに――やつれているんだ」

あたしは手首で顔の涙をぬぐいとった。ドラカンのお母さんなのか。そういうことなら、あたしにおそいかかった理由《りゆう》もわかるかも。でも……息子《むすこ》が死んだと、または死んだかもしれないと、知っているはずなんてないのに。

「だけどディナ、ほんとうかい、その、ナイフのことは？　もしかして――見まちがいでは？

ナイフではなかったんじゃないか？」

あたしは首をふった。「たしかにナイフだった」

いまでも目のまえにくっきりとうかぶ。あたしのひじから先ぐらいの長さの、月光に青白くきらめく刃。「まちがって枕《まくら》に穴《あな》を開けたの。部屋《へや》じゅうに羽毛《うもう》が散《ち》ったんだから」

「で、きみはどうしたの？　その人はどこなんだ？」

「あたしが閉《と》じこめたわ」

ニコはあたしの肩《かた》に両手《りょうて》を置《お》き、すこしだけ押《お》しやってしげしげと見た。「へえ、あの人を閉じこめた、って？」

ニコはやにわに笑《わら》いだした。息が十分《じゅうぶん》できないから、かすれた声だったけど、笑い声にはちがいなかった。「あのね――いやちょっと――すわらせてもらおう――ここで一、二時間待っていれば、きみはこの城《しろ》を占領《せんりょう》してしまうにちがいない――それもたったひとりで」

「いっしょに来なさいってば」あたしは怒《おこ》った。「ひとりでドラゴンのまえをぬけるなんて、いやですからね」

ニコはとたんにまじめな顔にもどった。「ディナ、冗談《じょうだん》だよ――きみをつらい目にあわせたりはしない」そして、肩に置いた手に力をこめた。「じゃあとにかく――とりあえず――ドラゴンのことからかたづけよう」

「明るくなるまで待っちゃいけない？」

今度はニコが首をふる番だった。「だめだ。もしも人目につかずに――脱出《だっしゅつ》するつもりなら――やみに乗《じょう》じてでないと」

あたしはぎゅっと目を閉《と》じて、涙《なみだ》を完全《かんぜん》に追《お》いだした。

「うん。ほかに方法がないのなら」できるだけおちついた声で、あたしは言った。「さっさとすますほうがいいもんね」

ニコはうなずいた。「そのとおり。時間がもったいない」

そこであたしたちはドラゴン皮《がわ》とランプを手に、飼育場《しいくじょう》に向かった。

11　ドラコ、ドラコ

　ドラゴン飼育場《しいくじょう》は、こおりつくほど寒かった。鉄格子門《てつごうしもん》を開けるまえから寒さがおそいかかった。飼育場の一部は、さっきいた場所とおなじように、かつては高天井《たかてんじょう》の広間《ひろま》がいくつもあったのだけど、はるかむかしに高天井と、その上の部屋《へや》がくずれおちてしまった。だからいまでは頭の上に、冷《ひ》えびえと暗い夜空が広《ひろ》がっていた。コケや、ぬるぬるべとべとした毒《どく》キノコが、がれきの重なりや割《わ》れ目《め》に生《は》えている。ほかには草一本なかった。

　ほんとは衛兵室《えいへいしつ》のランプを持ってきたかったのに、ニコはやめたほうがいいといった。明かりがあると、光があたったものが見える、でもなければかげは黒いままで、なにも見ずにすむ、というのだ。真っ暗ななかをそれこそやみくもに歩きながら、そのまんなかでてらしだされるのは、ドラゴンの口に飛《と》びこむのとおなじだ。だからあたしたちは鉄格子のとびらのそばで、やみに目

が慣《な》れるのを待っていた。

なかのドラゴンのすがたは見えない。

「ドラゴンって、夜は眠《ねむ》るの？」あたしはささやいた。

「知らない」ニコはささやきかえした。「あてにしないほうがいいよ」

ニコはドラカンの槍《やり》を見つけて持ち、肩《かた》にくさいドラゴンマントをかけていた。「ドラゴンのにおいがしたら、仲間だと思ってくれるかもしれないだろ」気持ちが悪いとあたしが文句《もんく》を言うと、ニコはそう答えたのだった。

ニコが、あたしの横でこおりついた。「あそこにいる」そうつぶやくと、指さした。はじめのうち、あたしにはなにも見えなかった。それから、なかばくずれた大広間《おおひろま》のやみのなかの、ぬめぬめとした動きに気がついた。やつらは首どうし、しっぽどうしを重ねあわせて、ひとかたまりになっていた。足が見えないので、巨大《きょだい》なおろちみたいだ。ああやってあたためあってるのかもしれない。母さんがいつか言ってたけど、ヤマカガシやマムシやトカゲは、自分で体温をつくれないので、石に寝《ね》そべってひなたぼっこするのだそうだ。そのかわりにどんな寒さにもたえられて、死なずにいられる。だからマムシが動かないからといって、死んでいると思ってはいけない、と母さんに教わった。

その晩《ばん》はとても寒かった。がれきの上には白い霜《しも》が下《お》りている。こんな夜はドラゴンも動かずにいたいのじゃないかしら。

「ドラコ、ドラコ。さあ、行くぞ」ニコは小声で言うと、奥《おく》のほうのとびらを開けた。

「なんでそんなことを言うの？」

「なにを？」

「その、ドラコドラコってやつ」

「ああ……ドラゴンのこと、そういうんだ。学問上では」

あたしは、長虫《ながむし》のかたまりをにらみつけた。学問上でどういうかなんて、かまったこっちゃない。

「上品《じょうひん》な言いかたなんだね。食べられかけたら、そういうといいのかも」あたしは暗い声でつぶやいた。

ニコは笑《わら》った。よくこんなときに笑えるものだ。

「でかいトカゲだと思えばいいさ」ニコは言うと、とびらを開けた。

とにもかくにも全速力《ぜんそくりょく》で走りぬけたいというのがあたしのねがいだったが、それはだめだとニコは言った。床石《ゆかいし》はぬらぬらとすべりやすいし、れんががごろごろころがって、人をつまずかせようと待ちかまえている。万が一足首などひねって歩けなくなったら、飢《う》えたドラゴンにふた口やそこらでぱくん！　だろう。そこであたしたちは歩きはじめた。ニコと槍《やり》にぴったりよりそい、ドラゴンのほうばかり見ていたので、腐《くさ》りかけた垂木《たるき》の残骸《ざんがい》につまずきそうになった。ニコが腕《うで》をしっかりつかんで体をささえてくれたので、なんとか転ばずにすんだ。心臓《しんぞう》はさわがしく打ち、いまにもドラゴンをたたき起こしそうだった。

ドラゴンたちは思うほどじっとしているわけでもなかった。最初《さいしょ》のうちはぎっしりとからまりあっていて、どこからどこまでが一頭分なのかわからなかった。ところがそのなかから一頭が、ゆっくりと分かれでたのだ。

「ニコ！」あたしはあわてふためいてささやきかけた。

「見えてる」ニコは言うと、槍《やり》をにぎりなおした。「とにかく歩くんだ」

言うのはかんたんだ。でもあたしの足はがちがちで、いつものようには動かなかった。ううん。体全体がへんだった。こわくてこわくて、耳はひゅうひゅう、胸《むね》はどくどく、頭がガンガンした。もしもあのドラゴンが、あと一歩近づいたら……

ほんとに近づいてくる！　一歩、二歩、頭を地面すれすれにのばし、ゆるゆるよたよたとやってきた。かげから青白い月光のなかに、ぬっとすがたをあらわしたそいつのうろこは、まるで真珠貝《しんじゅがい》のようにかがやき、そのあとから長い長い体が、光のなかにまるで川の流れのようにきらめきながらあふれでた。先のわかれた舌《した》が、ちろちろ、ちろちろ、空気を味《あじ》わうように口からせわしなく出入りする。

「進むんだ！」ニコにささやきかけられ、ようやく自分が立ちどまっていたことに気づいた。止まらずに、走って走って、走って通りぬけたい、と思っていたくせに、いまのあたしは立ちどまり、足もろくろく動かせずにいる。

最悪《さいあく》なのは、そいつの動きがなにもかもすごくゆっくりなことだ。流れるように進んでくるすがたに、つい目がくぎづけになってしまう。いまでは血《ち》の気《け》のない黄色の目が、はっきりと見えた。ゆっくりゆっくり、一歩また一歩と、太いうろこだらけの足を運ぶ。ゆっくりともたげた首が、右に左にと、ゆれる。ゆっくりと口を開《ひら》くと、なかは青紫色《あおむらさきいろ》で、爪《つめ》のようにとんがった歯がずらりとならんでいる。

ニコがいてくれなかったら、あたしはそのまま動かず、ドラゴンの目を、ドラゴンの口を、ドラゴンの歯を、ただただ見ていて、そのまま食《く》われてしまっただろう。でもニコが腕《うで》をつかんで、足を進めようとしないあたしを、むりやりひきずってくれた。

「見ちゃいけない」ニコは言った。「あいつじゃなくて、門を見るんだ。道をそれないように気をつけて。けだものはぼくが見てる」

あたしはいやいやドラゴンから目を引きはがし、かわりに門を見つめた。そして思った。あたしたち、死ぬんだ。

だって、門とのあいだに、ドラゴンが一頭立ちはだかっていたのだ。そいつはどのドラゴンより背《せ》が高く、幅《はば》が広く、体が長かった。目のまえから出口まで、すきまなくふさいでいるように見えた。黄色い目が上からあたしをにらみつけている。顔はまぢかにせまり、毒牙《どくが》の先の、真っ白なしずくが見えた。

思わずおしっこをもらしてしまった。

いさましくおちついてドラゴンの視線《しせん》を受けとめた、と言えれば、どんなによかっただろう。でも、そんなのむりだ。見られているうち、足のあいだから、あったかい液体《えきたい》が流れおちるのを感じたのだった。

のどから、ぴいぴいと小鳥の鳴くような音がもれた。悲鳴《ひめい》とはいえない。悲鳴を上《あ》げるほどの息も吸《す》いこめなければ、力もなかった。ドラゴンは、飛《と》びかかるつもりか、すこし首をひっこめた。もうなにも考えられない。ニコのことも、母さんのことも。頭はうすいカラになり、なかにはネズミ色をした恐怖《きょうふ》がつまっているだけだった。もうおしまいだ。なのにあたしは抵抗《ていこう》すらしない。子牛とおなじだ。

なにかが飛んできた。とたんに黄色の目は消えていた。ドラゴンの頭に、なにかがかぶさっている。そうか、わかった。ドラゴン皮《がわ》のマントだ。それからあたしはわき腹《ばら》をどんと突《つ》かれ、れんが山のあいだにころがった。

目をふさがれたドラゴンのまえに、ニコが飛びだしたのだ。ドラゴンは、目のおおいをはらいたくて、さかんに首をふっている。でもマントはすっぽりとかぶさり、大きなコウモリのようにはりついている。

次にニコは、ドラゴンののどもとに槍《やり》を突《つ》きたてた。真っ黒な血が噴《ふ》きだしてニコにかかった。ドラゴンが首をうしろにそりかえらせたはずみに、ニコは手をはなしてしまった。でもねらいはどんぴしゃりだった。ドラゴンはマントに目をふさがれたまま、ころがりまわった。槍にかみつこうとあがいてはいたが、死にかけているのはたしかだった。足でひっかきながら体をよじるあいだも、首の穴《あな》から血が噴きだしつづけ、あたりの土を黒いぬかるみに変えていた。

飼育場《しいくじょう》にいるのがこのドラゴン一頭きりだったら、なんの苦《く》もなく逃《に》げられたのに。ニコはというと、自分の目が信《しん》じられないとでもいうようすで、死にかけのドラゴンをぼうぜんと見つめていた。ドラゴンを殺《ころ》すなんて、しょっちゅうあることじゃない。

ようやく立ちあがったときには、あたしはシラミになったような気分だった。小さい小さい、取るに足りないシラミに。だってニコはこんなに頭がよくて強くて勇気《ゆうき》があるのに、あたしはおしっこをもらしてただけなんて。それはともかくあたしたちは、ふたりともばかだった。いまはシラミやらドラゴン殺しやら、思いにふけってる時間なんて、なかったんだ。

すぐうしろで石をひっかく音がした。なにがなんだかわからないうちに、二頭めのドラゴンがおそってきた。ニコが必死《ひっし》にとびのき、ごろごろころがって立ちあがろうとしたそのとき、死にかけたドラゴンのしっぽが、背中《せなか》に落ちてきた。ニコはまえにたおれ、しっぽの下じきになった。しっぽといっても木の幹《みき》ぐらい太い。ニコはしっかりとはさまれてしまい、これでは逃《に》げだそうにも逃げだせない。二頭めのドラゴンは、いまにも飛《と》びかかりそうだ。

自分が食《く》われそうになったとき、シラミになってるのと、自分の好《す》きな人がドラゴンのエサになりかけているとき、ぼんやり立ってるのとは、話がちがう。あたしには槍《やり》もマントもない。だけどまわりには石がどっさりころがっていた。あたしはれんがのかけらを拾い、力いっぱい投げつけた。ダビンとあたしは、納屋《なや》のネズミにしょっちゅう石を投げている。大きなドラゴンにあてるのは、ずっとかんたんだ。れんがは空《くう》を飛《と》び、ねらいどおり、怪物《かいぶつ》の眉間《みけん》に命中《めいちゅう》した。

ドラゴンはびくっと引きつり、首をふった。もうひとつ拾い、ねらいを定《さだ》め、投げつける。ドラゴンはニコから目をそらせ、あたしに向きをかえた。これを待っていたのだ。なにしろドラゴンはすべてゆっくりしている。オオカミ用のわなにつながれた、おばかなメエメエ小羊《こひつじ》みたいにしずかにしているのでないかぎり、ドラゴンの視界《しかい》からはずれるのはかんたんだ。

あたしは数歩横にとびのき、石を投げた。どなったりわめいたりしては石を投げ、ドラゴンのまわりを踊《おど》りくるう。あたしを目で追いかけるうち、ドラゴンの首が一周《しゅう》してねじれた。

「やーい、ドラゴン。まぬけドラゴンや――い。ドラコ、ドラコ、ドラコ……」わめきながら横目で、ニコがしっぽと格闘《かくとう》し、すこしずつぬけだすようすをたしかめた。ニコは死にかけのドラゴンに上《のぼ》り、槍《やり》を引きぬいた。

「こっちだ、ディナ。死んだやつのうしろに回れ！」ニコが声をかけた。

死んだって、ほんとに死んでる？　まだぴくぴく動いてるよ。でも、ニコの言う意味はわかった。ドラゴンの体は、門を開けるあいだ、盾《たて》になってくれる。それにいまやもう、一刻《いっこく》もむだにできない。長虫《ながむし》のかたまりみたいなやつらが完全《かんぜん》にほどけ、ドラゴンがあと四頭も、こちらにせまってきていた。最後《さいご》にもうひとつ石を投げつけると、あたしは必死《ひっし》で走った。

あたしはなんとかやってのけた。地面と垂木《たるき》とれんがの上を飛《と》ぶように走り、ころぶこともなく、ドラゴンの長くのびた首を飛びこえ、槍をかまえて二頭めのドラゴンと向きあっているニコのうしろに、回りこんだのだ。鍵《かぎ》をさぐり、すぐそこにある門に目をやったちょうどそのとき、死にかけたドラゴンが、最後《さいご》に首を上《あ》げた。マントがすべりおち、ドラゴンの視界《しかい》が開《ひら》けた。悲鳴《ひめい》を上《あ》げるひまもなかった。ドラゴンの口がぱっくり開《ひら》いたと思うと、あたしの左腕《ひだりうで》にかみついたのだ。

するどい歯が布《ぬの》と皮膚《ひふ》と肉をつらぬき、骨《ほね》にまで達《たっ》した。ヤジュウがネズミをつかまえたときするように、獲物《えもの》をふりまわす力は、もうそいつにはなかった。うろこが黒ずみ、生命《せいめい》がつきかけている。やがてドラゴンの頭がふたたびがくりと落ち、引きずられたあたしは腕に食《く》いつかれたまま、床《ゆか》にひざをついた。片方《かたほう》の黄色い目があたしを見つめた。こいつははなさない、たとえ死んだってはなさない気だ、とわかった。なぜか思っていたほど痛《いた》くなかった。かまれたとたん、腕《うで》の感覚《かんかく》がなくなっていた。でもあたしは、その場から動けなかった。

「ニコ……」あたしはささやきかけた。さけぶだけの力がなかった。気のせいか、やみの濃《こ》さがぐんと増《ま》し、見えるのは、ドラゴンの黄色い目だけだった。それでもニコのおどろいた声だけは聞こえた。

「ディナ！　たいへんだ……」

腕に食《く》いこむ力が、ふいにゆるんだ。ドラゴンの口にニコが槍《やり》をこじ入れ、むりやりに開けさせたのだ。腕は下あごからはずれ、肩《かた》から丸太《まるた》みたいにだらんとたれた。あたしが落とした鍵《かぎ》をニコが拾い、門を開ける音が、ぼんやりと聞こえた。でも二頭めのやつは？　残りの四頭は？なぜおそってこないの？

「がんばって、立ってみて……行くよ、ディナ、あきらめるな……」

ニコに、かまれていないほうの腕をささえられ、あたしは立ちあがった。目がかすみ、足の力が入らないままよろめきながら、門までの数歩を進んだ。ニコがとびらをがしゃんと閉《し》め、もう安全だとわかった瞬間《しゅんかん》、とびらの外でひざをついてしまった。鉄格子《てつごうし》のむこうに、なぜほかのドラゴンがおそってこなかったかの答えが見えた。連中《れんちゅう》は夢中《むちゅう》だった。死んだ仲間にがつがつとかぶりついていたのだ。

12　マウヌス先生

目のまえで青いすじがゆらめいていた。どこか遠くで、鍛冶屋《かじや》のリケルトがあたしの腕《うで》を取りはずし、かなとこに乗せて、ガンガンたたきのばしている。鋤《すき》の刃《は》でもつくってるみたいに。死ぬほど頭が痛《いた》くて、しかも空気はランプのすすやらなにやらのにおいがこもっていて、悪くなる一方だ。まつ毛はぺったりくっつきあって、目を開けようとしても、いうことをきかない。なんとかしてまつ毛をひっぱがしてみた。すると見えたのはぼやけた炎《ほのお》がふたつ。それ以外あたりは真っ暗だった。

「もうすぐ朝かなあ？」ガラガラ声で、あたしはささやいた。そろそろ夜が明けるころのはずだ。

「朝はすんだぞ」やみのどこかから、知らない声が聞《つ》こえた。「また夜になるところだ」

なあんだ、がっかり。やみの時間が終わりを告げたら、昼間のおひさまの光をたっぷり浴《あ》び、広々《ひろびろ》とさわやかななかで息をしたくてしたくて、心待ちにしてたのに。なのに朝をつかまえそこねて、これから長い夜をまたひとつ、すごさないといけないなんて。涙《なみだ》が目からあふれだした。寝《ね》ているものだから、涙はほおではなくて、耳の横を伝《つた》い流れた。

「さあ、しずかに」声は言った。「お眠《ねむ》り。目がさめたら、太陽がまたかがやいているよ」

あたしは目を閉《と》じ、そのとおりだといいなと思った。でも眠《ねむ》っているあいだ、頭はドラゴンの悪夢《あくむ》でいっぱいだった。夢《ゆめ》のなかではニコがあたしを引きずって、はてしのない廊下《ろうか》をいつまでも歩いていった。あたしはくたくたにくたびれて、体じゅうが痛《いた》かった。とくに腕《うで》が痛んだ。ずっきん、ずっきん、ずっきん。

でも、声の言ったとおりだった。次に目がさめると、おひさまの細《ほそ》いリボンが、青い縞《しま》もようの羽布団《はねぶとん》にのびていた。腕はまだずきずき痛んだけど、まえほどひどくなかった。ニコがベッドのわきに控《ひか》え、心配そうな目で見つめていた。

「目がさめた？」ニコがたずねた。「ぐあいはどう？」

「まあまあ」あたしは言った。というより言ったつもりだったが、ガラガラの、カエルの鳴き声みたいな妙《みょう》な声が出ただけだった。それからようやくことばをしぼりだした。「ここはどこ？」

「マウヌス先生のところだ」

「マウヌス先生って、だれ？」

―わたしだよ」夜中に聞いた声が答えた。声の主《ぬし》は背《せ》の高い男の人だった。すっごく背の高い人で、これまで見たなかでもいちばん高いと思う。燃《も》えるように赤い髪《かみ》と、もしゃもしゃの赤い口ひげの人だ。すり切れた緑のフランネルの服を着て、赤ひげはパンくずだらけ。アルコールとヨードのにおいがただよっていた。

「お医者さんですか？」母さんがいつもただよわせてるにおいなので、あたしはそうたずねた。

その人は首をふった。「アルケミストである」

まつげがへんにべたついてなかったら、あたしは目を丸くしたと思う。「錬金術師《れんきんじゅつし》（注）なの？」

その人は、また首をふった。気にさわった顔だ。「科学者《かがくしゃ》といいなさい。錬金術師というのは、ペテン師や教養《きょうよう》のないしろうとのことだ。わたしの場合とはことなる。真《しん》のアルケミストは、薬学《やくがく》や化学を真摯《しんし》かつ科学的《てき》に追究《ついきゅう》する学者だ。つまり、そこであんたの枕《まくら》をひねくっている単細胞《たんさいぼう》の少年に、どうしても教えこめなかった学問に身をささげているのだよ」

ニコは鼻をならしたものの、枕カバーからほつれた糸をひっぱっていた指をはなした。

「マウヌス先生は、この世《よ》にあるどんなにすばらしくて楽しくて夢《ゆめ》のあるものも、かすかすの味《あじ》

（注）中世ヨーロッパなどで、ふつうの金属から純粋な金・銀をつくりだそうと研究していた人々。すべて失敗に終わったが、研究の方法は現代の科学にも役立てられている。

気《け》ないものにしてしまう名人なんだ」ニコは言った。「ぼくにはわかってる。なにしろ九年間も、ぼくの家庭教師《かていきょうし》だったんだから」

マウヌス先生は太くて赤い眉《まゆ》をひそめると、言った。「むなしき日々であった。だが当時のおろかしさなど、今回露呈《ろてい》された、ふくれかえったおろかしさにくらぶれば、ものの数ではない。いつかはこのようなことになると予測《よそく》しえなかったとは——」

「マウヌス」ニコが口をはさんだ。「あとに……」そういうと、あたしに向かって手をひらひらさせた。どんよりとくたびれたしぐさだ。

「おお、そうだったな。あとにしよう。いまはこのご令嬢《れいじょう》に朝食をお出しせねば」そういうとマウヌス先生は、このいごこちのいい小部屋《こべや》のたったひとつの出入り口らしい、紺色《こんいろ》の厚《あつ》いカーテンのむこうに、すがたを消した。

あたしはニコを、さっきより念入《ねんい》りに観察した。いまではもう苦しそうに息を切らせていないのがわかって、うれしかった。青ざめ、くたびれたようすで、なぐられた顔の片側《かたがわ》が、黄色と黒の混《ま》じったあざになりかかっていたけど、死にかけている人には見えなかった。

「調子《ちょうし》はどう?」あたしはたずねた。

「まあまあ」あたしの答えとおなじだった。「ドラゴンとの戦《たたか》いのおかげで、どうやら体の毒《どく》が、みんな汗《あせ》になって出てしまったみたいだ。命にかかわるほどじゃなかったよ。ごらんのとおりだ」

「でも、ニコ……これからどうするの？　母さんはどこ？」

ニコは目をそらした。「話はいま、ちょっと複雑《ふくざつ》になってる。ドラカンはどうやら母親の部屋《へや》で、生死のあいだをさまよっているらしい。部下《ぶか》や衛兵《えいへい》はみんな、ぼくを追っている。きみを誘《ゆう》拐《かい》したと思われてるんだ」

「誘拐？」

「らしいよ」

「母さんは？　どこにいるの？」

「わからない。マウヌス先生が聞いた人のだれも、この一日と半、見てないんだ」

また涙《なみだ》があふれだし、耳に向かって流れていった。どうしても止まらなかった。なにもかもおそろしい、わけのわからないことばっかりのうえ、腕《うで》はずきずき痛《いた》む。それと、母さんのこと。母さんの身になにか起こったかと思うと……

「ディナ……たのむから、泣《な》かないで。つきとめるから。うまくいくよ！」

「母さんになにかあったら……」息を吸《す》いこみ、泣くのをやめようとした。でもうまくいかなかった。

「恥《はじ》あらわしに手出しするものなんかいない。きっと見つけるよ。だから待ってて」

カーテンが開いて、マウヌス先生がもどってきた。

「とりあえずご令嬢《れいじょう》にはスープ摂取《せっしゅ》に専念《せんねん》していただこう」マウヌス先生は言った。「部屋《へや》を出なさい、バカさま。すこし眠《ねむ》るといい。仕事場《しごとば》に箱寝台《はこしんだい》を用意した。人はあの部屋によりつきたがらないからな。だが、だれか来たら、すぐにふたを閉《し》めるように」

ニコは口答えもせず立ちあがった。つかれきって、よろよろしていた。

「うまくいくよ、ディナ」ニコはくりかえした。「またね」

「はい。おやすみなさい」あたしは言った。

ニコはあいまいにうなずき、おぼつかない足どりで、出口に向かった。マウヌス先生はカーテンを持ちあげて通してやり、またすぐ手をはなした。

「あのう、えっと……マウヌス先生、ニコはもとどおり元気になりますか？」

赤毛の大男はうなずいた。「休息《きゅうそく》が必要だ。昨夜《さくや》あんたを引きずってきて以来、ほとんど眠っていない。それ以前はまるで寝《ね》ていないはずだ。とてもたえられないような目にあっていたのだから。だがここにいればだいじょうぶ。自分でスープを持てるかね？」

むりだった。ドラゴンにかまれた腕《うで》は、まともに動こうとしなかった。そこで結局《けっきょく》マウヌス先生が手を貸《か》して体を起こしてくれ、お盆《ぼん》をささえて、おわんがひっくりかえらないようにしてくれた。とりあえず、いいほうの手でおさじを持つことはできた。

スープには子牛肉とハーブ、にんじんやディルやじゃがいもまで入っていた。ほっぺが落ちるほどにおいしくて、おわんを空《から》にしたときには、別人に生まれかわったような気持ちだった。それもむりはないかもしれない。考えてみたら、ニレの木荘《きそう》のわが家《や》で昼食を取ってから、なんにも食べていないのだ。あれは……そう、二日もまえになるはずだ。

スープがあっという間《ま》に消えたのを見て、マウヌス先生はひげの奥《おく》でにやりと笑《わら》った。

「すこしはましになったかね？」おわんがからになると、先生は言った。

「ありがとうございます。とってもよくなりました」

「おしっこがしたくなったら、おまるを使うように」先生は言うと、おまるの入った物入《ものい》れの開《あ》けかたを教えてくれた。「どうやら城《しろ》じゅうの衛兵《えいへい》があんたをさがしているらしいいま、外を歩かせるわけにはいかぬのだよ」

「でも、マウヌス先生、ニコとあたしが追われてて、しかも先生がずっとニコを教えてたんなら、追《お》っ手《て》はここにも来るんじゃないですか？」

「すぐには来るまい」そういった先生の顔に、妙《みょう》に悲しげなかげがよぎった。「わかきニコデマスとわたしが二年まえにすさまじいけんかをしでかし、以来ひとことも口をきかぬことは、だれもが知っている」

「二年間も？　けんかしただけで？」自分でも疑《うたぐ》りぶかい声なのがわかった。ダビンとあたしはしょっちゅうけんかをする。けんかするたびに二年間口をきかなかったら、一生話ができなくなる。

マウヌス先生は間《ま》が悪そうにつぶやいた。「ただのけんかとは言えないかもしれんが。記憶《きおく》によればわたしは、真鍮《しんちゅう》のフラスコで、あれをなぐった。それでもあのおろかものの頭に、すこしでも分別《ふんべつ》をたたきこむことはできなかったようだ」

思い出しただけで、先生はかっとなったようだった。

「でも仲たがいしてたのに、ニコはなぜ先生に助けをもとめたのかしら」

マウヌス先生は、お盆《ぼん》をベッドの横に置《お》いた。

「それは、わたしがいやだと言わないことを、知っていたからだ」先生はあたしを見ないまま言った。

あたしは目を丸くした。なんてわけのわかんない人たち。仲たがいする。それはわかる。二年間口をきかないのも……ほとんど想像《そうぞう》もつかないけど、ものっすごく腹《はら》を立てたとしたら、まあ、わかる。でも二年も口をきかなかったあとで、世間《せけん》でどんなうわさが立っていても助けてくれると決めこんでいるなんて、もう、ぜんっぜん、わかんない。

マウヌス先生は、あたしの考えを読みとったみたいだった。

「わたしたちは、信《しん》じられないほどのがんこ者《もの》どうしなんだ」先生はつぶやいた。「あれはわかくておろかでがんこだ。わたしは年を食《く》っていて、多少はかしこいが、やはりがんこ者だ。だが長年のうちに、ほんとうの父親である大公《たいこう》よりは、わたしのほうが父親に近い存在《そんざい》になったのさ。あの親子は氷と火だ。金輪際《こんりんざい》わかりあえない」

とつぜんニコの記憶《きおく》のまぼろしが、頭によみがえった。「剣《けん》を持たぬ男は男ではない！」とどなりながら、ニコをたたきのめしていた父親。ニコには心をかけてくれる人が必要だった。それはよくわかった。

「ニコをなぐるなんて、先生は考えなしだったわ」思わず言ってしまった。マウヌス先生はだまってうなずいた。

「たしかに考えなしだった。あれはしょっちゅう、そんな目にあっていたのにな。わたしとしたことが……だがあの若造《わかぞう》は、耳を貸《か》さなかった。どうしようもない。あれはまるで、せっかくあたえられているものも、自分の将来《しょうらい》も、なにもかも地面に投げすてたがっているようだった。その結果《けっか》、起こるべきことが起こったわけだ。二年間。だがそれでも、あれが助けをもとめたのは、わたしのところだったな。そのていどの知恵《ちえ》はあったわけだ」そう思うと力がわいたのか、先生はすこし背《せ》すじをのばした。

「衛兵《えいへい》がこの家を思いつくまでに、どれぐらいかかるかしら」あたしはたずねた。

「遅《おそ》かれ早かれあらわれるだろう。どちらにせよ、立ちよりそうな場所をすべてさがして見つからぬとなれば、町じゅうを徹底捜索《てっていそうさく》するはずだ」マウヌス先生は、あたしのほうにぐいと身をよせて、言った。「聞きなさい。ここの床下《ゆかした》には、貴金属《ききんぞく》をあつかうとき、ぬすまれないようにかたづけておく空間《くうかん》がある。あんたぐらいの女の子なら、入れるはずだが？」

先生がマットを持ちあげ、床板《ゆかいた》をわきによせると、わあ、ほんとうだ、あたしがきっちり入れるぐらいの場所があらわれた。とはいっても、箱寝台《はこしんだい》に閉《と》じこめられるのとたいして変わりないけれど。マウヌス先生はまた床板を置《お》きなおし、マットを上にのせた。

「だれかが来る音がしたら、ここにかくれなさい。長くはかからない。それはそうと、そろそろ腕《うで》の包帯《ほうたい》を取りかえるときだ」

腕を見たとたん、気分が悪くなりかけた。ひじから手首のあいだに、ドラゴンの歯が食《く》いこんだ深い穴《あな》が六つもあり、前の腕全体が青黒くはれあがっていた。でもマウヌス先生は、むしろ二の腕のようすに興味《きょうみ》があるようだった。

「血毒《ちどく》の兆候《ちょうこう》はないいな」先生はつぶやいた。「指は動かせるかね？」

言われて試してみた。はじめはぜんぜん思いどおりに動かなかった。やがて三本の指に感覚《かんかく》がもどってきた。でも小指と薬指は、まるで使いものにならなかった。マウヌス先生はぶつくさうなった。

「はれがひいて、傷口《きずぐち》がふさがったら、もとどおりになるかもしれない。これからも動かしてみなさい。まったく、ろくでもないけだものだ。たしかにひじょうに興味《きょうみ》ある生物《せいぶつ》だろうが、だからといってあんなにたくさん飼《か》う必要がどこにあるのか、わたしには理解《りかい》できぬ」

「あのドラゴンはどこから来たんですか？」

「あれらはリゼア夫人《ふじん》が嫁《よめ》に来たときの、持参金《じさんきん》の一部なのだ。すくなくとも何頭かは、そうだ。以来繁殖《はんしょく》し、二頭ほどはいたく巨大化《きょだいか》した。それはあんたもその目で見ただろう」

「見ましたとも」暗い声であたしは答え、あわれな腕《うで》を見つめた。「持参金にしちゃ、へんな品《しな》ですよね」

先生はためいきをついた。「リゼア夫人の父親は変人だったからな。あの結婚自体《けっこんじたい》が、そもそもすこしへんだった。だが多くの領主《りょうしゅ》は、ああいった怪獣《かいじゅう》に惜《お》しまず金《かね》を出すだろう」

「だけど、どうして？」

「敬意《けいい》にかかわる話なのだよ。あのような、めずらしくもおそろしげな生物を持つ人間に、あんたは敬意をはらわぬかね？」

「どうかな。わかりません。そりゃ、多少おそろしいと思うかもしれないけど」

「それだよ。多くの領主にしてみれば、恐怖《きょうふ》は敬意とおなじものなのだ」

マウヌス先生の家では、まる一日安泰《あんたい》でいられた。でもその日の夜、壁《かべ》の寝所《ねどこ》で青い縞《しま》の羽《はね》布団《ぶとん》にもぐってぐっすり眠《ねむ》っていると、先生がやってきて、やさしくゆりおこした。そして小さな声で言った。

「しいっ。急いで。かくれ場にもぐるんだ。衛兵《えいへい》がここに来る」

心臓《しんぞう》をはげしくどきどきさせながら、あたしは、マウヌス先生がマットと床板《ゆかいた》をはがせるように、寝所《ねどこ》からころがりでた。なにもかもが悪夢《あくむ》みたいで、ほんとうとは思えなかった。夢《ゆめ》から起こされたばかりだったからなのかも。だって回廊《かいろう》をふむ長靴《ちょうか》の音は、どう考えても現実《げんじつ》だったもの。

マウヌス先生は床板を一気に片《かた》よせた。急ぐあまり、がさがさの材木《ざいもく》のとげが指にささったぐらいだ。「もぐって！」

あたしが小さなすきまにもぐりこみ、板がなんとか元の場所におさまると同時に、だれかが玄《げん》関《かん》の戸を開けようとする音がした。

「なにがあっても声を立てるんじゃないぞ」マウヌス先生はささやくと、マットを敷《し》きなおした。せま苦しいすきまは真っ暗になった。なにかがこわれる音。何人もの足音。ベッドがしなるのがわかった。マウヌス先生が、さっきまであたしが入っていた、乱《みだ》れたベッドに飛《と》びこんだにちがいない。

「なにをしている！」マウヌス先生は怒《いか》りの声を上《あ》げた。「なんというまねを……おいっ、衛兵

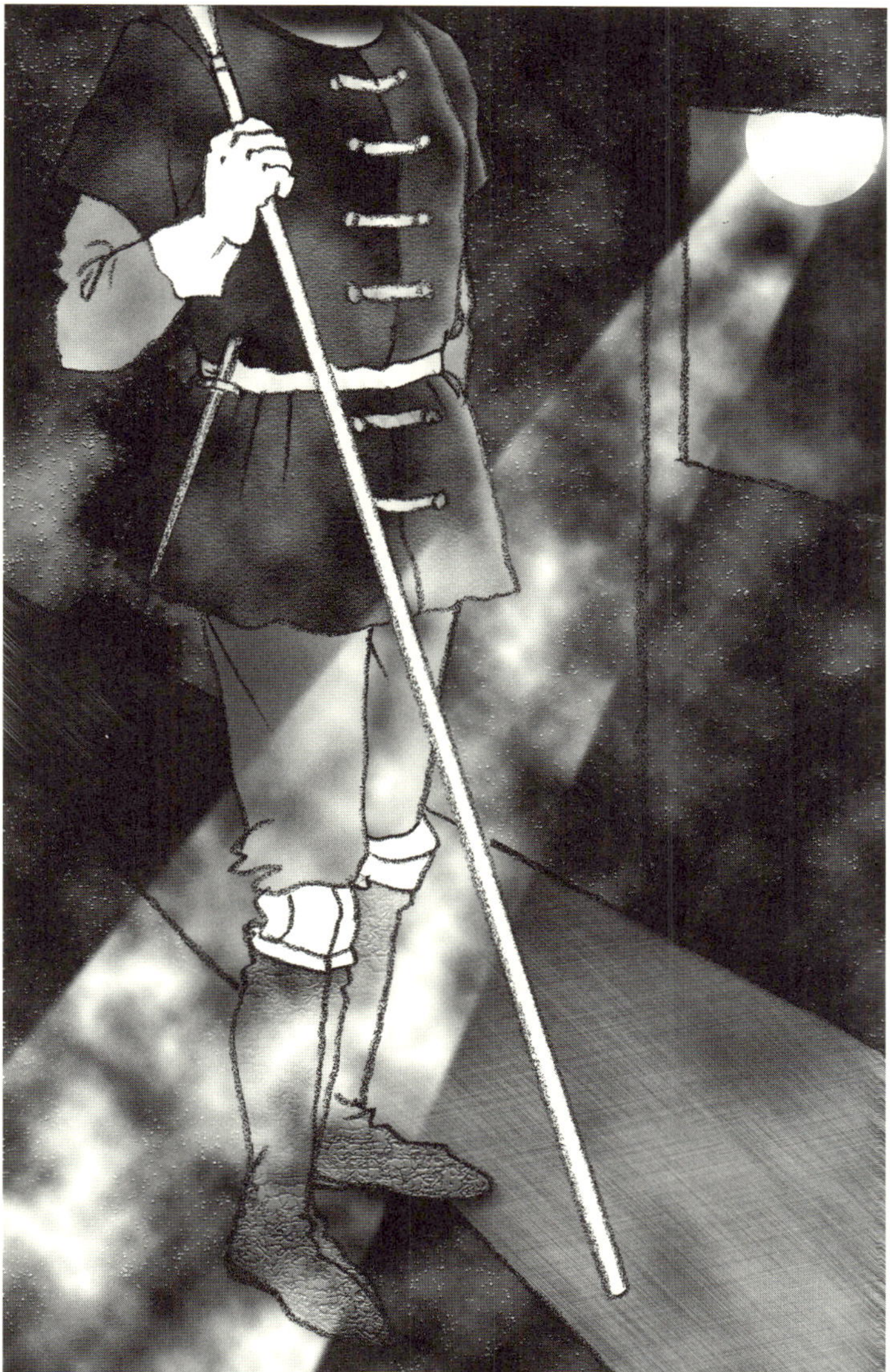

のヨハンか。なんでうちの入り口をこわす？　それもこんな真夜中に！」

「職務《しょくむ》です」わめき声がした。衛兵《えいへい》のヨハンの声だろう。それからちょっとだけ声がやわらいだ。

「それにまだ真夜中とはいえませんぜ、先生」

戸棚《とだな》やタンスを開《あ》け閉《し》めする音、棚からガラス類《るい》が落ちる音などが、やかましく聞こえた。あたしは無事《ぶじ》なほうの手を、てのひらに爪《つめ》が食《く》いこむほどきつくにぎりしめた。よっぽどいいかげんな捜索《そうさく》でもないかぎり、箱寝台《はこしんだい》なんかすぐにばれてしまう。ましてこの捜索は、いいかげんとはほど遠い。ああ、ニコがつかまるのも時間の問題だ。

「諸君《しょくん》、気をつけたまえ」またいくつものガラス器《き》が床《ゆか》でくだけたとき、マウヌス先生が声をはりあげた。「危険《きけん》な薬品《やくひん》もあるんだぞ！　その棚からはなれろ！　わたしが開けるから……」

とたんにまたがちゃんという音。すると先生は、窓《まど》ガラスがびりびりするほどの大声でわめいた。

「うわあああっ！！　息を止めろ！　出ろ！　みんな、外に出るんだ！　命が大事なら、出るんだぁぁぁ！」

「出るな！」衛兵のヨハンがどなったが、大あわてで逃《に》げていく足音から判断《はんだん》すると、あまり効果《こうか》はなかったようだ。科学者先生《かがくしゃせんせい》の危険《きけん》な薬物《やくぶつ》を吸《す》いこんでもだいじょうぶだと考える人は、だれもいなかったみたい。

あたしだって、横になったままおびえていた。だってマットの下のここまで、妙《みょう》なにおいがただよってきて、目と鼻がちくちくしてきたからだ。でも、マウヌス先生になにがあっても声を立てるなと言われていたから、そのとおりにした。

戸が音を立ててしまった。そしてしずかになった。マウヌス先生の部屋《へや》は、って意味だ。遠く外の道からかんしゃくを起こした声と、取っ組みあっているような音が、かすかに伝《つた》わってきた。マウヌス先生が、ひどい目にあわなければいいけど。ニコの顔と体にできたあざを思い出した。ああいう人たちが、いつも人をやさしくあつかうわけでないことは、あたしも知っていた。

今度はかなりの音がして戸が開いたと思うと、壁《かべ》に体がどすんとぶつかる音がした。

「いいかげんにしろ、ご老人《ろうじん》。あんたの芝居《しばい》にはうんざりだ。あいつはどこにいる？」

その声は衛兵《えいへい》のヨハンではなかった。

ドラカンだった。

13　ドラゴンの告示《こくじ》

　このすきまは、ずっとこんなにせまかったのかしら。息ができないような気がしてきた。おまけに、お棺《かん》のなかで生きかえった人の話なんか思い出してしまった。たしかに、寝所《ねどこ》のなかで生《い》き埋《う》めになった、なんて話は聞いたことがないけど、なんにでもはじめはあるものだ。それにいまここでマウヌス先生の身になにか起こったら——使える腕《うで》が一本しかないのに、はたしてひとりでマットと床板《ゆかいた》を持ちあげられるんだろうか。

　広くて明るいところでは、ふたりが大声で言いあらそっていた。あの人たちは、好《す》きなだけ空気を吸《す》いこめるんだ。ドラカンの声は、とても生死をさまよっていた人のようではなかった。じっさい、ちょっとないほど元気で——ついでにちょっとないほど頭に来ていた。

「ここにいるのはわかってるんだぞ」ドラカンは、憎々《にくにく》しげにかみついた。そしてまたもや、どすっという、うつろな音がひびいた。マウヌス先生を壁《かべ》に押《お》しつけているのかしら。「でなければ、なぜこんな道化《どうけ》芝居《しばい》をする必要がある？　ここには毒《どく》ガスなんかない。アンモニアがせいぜいだ。まぬけどもめが！　おまえたちがふるえあがったのは、どのブタ小屋にもあるものだ！　もどってきて、もっとさがせ！」

あたしは唇《くちびる》をかみしめた。マウヌス先生のはったり作戦《さくせん》は成功《せいこう》しなかった。敵《てき》をさらに疑《うたぐ》りぶかくさせただけだ。やつらはもう、箱寝台《はこしんだい》を開《あ》けてニコを見つけてしまうにちがいない。

「なぜわたしが人殺《ひとごろ》しをかくまわねばならんのだ？」とマウヌス先生がたずねた。どうやったらあんなにおちついていられるんだろう。「あれが罪《つみ》をおかしたとき、われわれは敵どうしだった。なぜ急に、仲なおりせねばならんのかね？」

ドラカンは苦々《にがにが》しく笑《わら》った。「あんたたちが敵どうしだったためしはないよ、ご老人《ろうじん》。あいつはいつだって、あんたの秘蔵《ひぞう》っ子だった。仲たがいしたあとでもな。そう、あんたに助けてもらえると、あいつにはわかっていたんだ」

ひとりの衛兵《えいへい》が、元気なく申《もう》しでた。

「ドラカンさま、やつはここにはおりません。すみからすみまで調べました」

そんなことって、ある？　あの箱寝台を見のがすなんて、ほんとうだろうか。そんなまぬけぞろいなんてこと、あるわけないじゃないの。

「やつはここにいるはずだ。でなければ、アンモニアのなんのと、猿芝居《さるしばい》をするはずがないではないか！」

「一瞬《いっしゅん》、塩素《えんそ》かと思ったんだ」マウヌス先生は言った。「よくある単純《たんじゅん》なまちがい。それだけだ」

「まちがいだと？」ドラカンはふんと鼻を鳴らした。「あんたに塩素とアンモニアの見わけがつかないときが来るとすれば、息をするのをやめるときだろう。だが用心されよ、ご老人《ろうじん》。そのときは思ったより早くくるかもしれないぞ。新たな体制《たいせい》がはじまりつつある。裏切《うらぎ》り者《もの》に手かげんせぬ体制だ」

いくつもの長靴《ちょうか》の足音。新たな号令《ごうれい》。そしてまたしずかになった。とても信《しん》じられなかった。衛兵《えいへい》たちは、またもやあたしたちを見つけないまま、行ってしまったのだ。

マウヌス先生がようやくあたしをかくれ場から出す決心をするまでには、たっぷり時間がかかった。出してくれたときも、しずかにと、口に指をあてて合図《あいず》したほどだ。あたしは、先生の家のさんたんたるありさまに、息をのんだ。ひどい！　そこらじゅうにガラスのかけらが飛《と》びちっている。カーテンは引きちぎられ、仕事場の戸《と》棚《だな》のとびらはぶらぶらだ。なにも見つからなかった腹《はら》いせにやったとしか思えない。でなければなんで、マウヌス先生の水煙管《みずぎせる》つぼを割《わ》ったりするわけ？　ニコがなかにかくれてると思ったわけじゃあるまいし。

ニコはというと、青ざめ、しずんだ顔で窓辺《まどべ》に立ち、めちゃくちゃになった部屋《へや》をながめていた。

「申《もう》しわけありません」ニコはつぶやきながら、手で指《さ》し示《しめ》した。「先生の研究が……財産《ざいさん》が……」

「たかが物にすぎん」マウヌス先生は言うと、床《ゆか》に落とされた書類《しょるい》から、ガラスのかけらをふりおとした。「書き物を燃《も》やされなかっただけでも、ありがたい。燃やされたら、とんでもないところだった」

「ぼくたちは、もうここにいられません」ニコがしずかな声で言った。「先生をまたこんな目にあわせるわけにはいかない――もっとひどいことになるかもしれないし」

「といって、その玄関《げんかん》から出ていくこともできまい」マウヌス先生は、赤ちゃんのほっぺたでもさわるように、太い指で紙をいとしげになでた。「ドラカンが外に見張《みは》りかスパイを置《お》かないとしたら、そのほうがおかしい。わたしがやつならそうするね。なんといっても、やつはばかではない」

「ぼくには、あいつが生きていること自体《じたい》、ふしぎだ」ニコはつぶやいた。「たしかにこの手で殺《ころ》したはずなのに。ドラゴンの血の入ったびんをほしがったと聞いたときは、てっきり苦痛《くつう》をのがれるためかと思ったのに……」

「あたしもよ。でも、あいつ、まえより元気なんだ！」あたしも言った。

「つねにドラゴンの血を飲んでいるなら、ふしぎでもなんでもない」どこのばかでも知っていることだ、と言いたげな口ぶりで、マウヌス先生は解説《かいせつ》した。

「どういうことです？」

「ドラゴンの血には強力な刺激物質《しげきぶっしつ》がふくまれている。それがなければ、やつらは肉のかたまりや日光のあたる場所をめぐって争《あらそ》うたびに、相手を毒《どく》で麻痺《まひ》させて殺《ころ》してしまうだろう」

あたしは、牙《きば》からたれていた真っ白な毒液《どくえき》を思い出し、身ぶるいした。「それって……ドラゴンは、血に入ってるなにかのおかげで、仲間の毒にたえられるってことですか？」

「そうだ。ドラゴンの毒は感覚《かんかく》をにぶらせ、ときに麻痺させる働きがある。毒そのもので死ぬわけではない。でなければ、ご令嬢《れいじょう》、あんたはいまごろこの世《よ》にはいるまい。獲物《えもの》をのみこむあいだ、おとなしくさせるための毒なのだ」

あたしはまた身ぶるいした。麻痺させられ、のみこまれる――すさまじいあの経験《けいけん》に、あまりに近かったから。「じゃあ、ドラカンが血を飲むと……」

「血にふくまれた物質は、傷《きず》に対抗《たいこう》して体を刺激し、活性化《かっせいか》させる。だからドラカンは、血を飲んだことによって傷の影響《えいきょう》をまぬがれたうえ、ふたりとも見たような――いや、聞いたような、ようすになったわけだ。つまり、敏捷《びんしょう》で、ぴりぴりとするどく、やや元気がすぎるぐらいに。血のおかげで、ドラカンはとりあえずはショック死から救《すく》われ、人間ばなれした速さで快復《かいふく》した。長い目で見れば、体によいとはいえないが」

あたしの耳は、ほとんどお留守《るす》になっていた。目が箱寝台《はこしんだい》にくぎづけだったのだ。ううん、その残骸《ざんがい》に、というほうがいいかな。目のまえにあるのは、ただの薪《たきぎ》の山といってよかったから。

「ニコは……どこにいたの？　なぜ見つからずにすんだの？」

ニコは秘密《ひみつ》めかしてにやっと笑《わら》った。「ああ、ちょっと外の新鮮《しんせん》な空気を吸《す》ってたのさ」

「外？　どうやって？」まさか戸口から出ていけるわけがない。窓《まど》ときたら——目のまえにはすばらしいながめが広がり、下はドゥンアーク崖《がけ》の千尋《せんじん》の谷にまっしぐらだ。

「のぞいてごらん」ニコは慎重《しんちょう》に窓を押《お》しあけると、かくし身の術《じゅつ》のタネを見せた。窓の真下に、さびた鉄十字《てつじゅうじ》の大きなひっかけがある。ニコはそこに、間一髪《かんいっぱつ》で綱《つな》を結《むす》びつけたのだ。そしてその綱をブランコがわりにしたというわけだ。

「そしてあの野獣《やじゅう》どもがマウヌス先生の家をひっくりかえしているあいだ、のんびりとゆれていたんだ」

あたしはすこし身を乗りだし、崖の下をのぞいた。ここでゆれるはめになったのが、もしあたしだったら、とてものんびりなんてできなかっただろう。生きた心地もしなかったにちがいない。

「あまり勇敢《ゆうかん》じゃない、って言ってなかったっけ」

一瞬《いっしゅん》だけど、ニコはかんぺきにまじめに、まっすぐに、あたしの視線《しせん》を受けとめた。

「首切りをまぬがれるためなら、人間はなんだってできるものなんだ」

それからニコはためいきをつき、また目をそらした。「でもそれ以上はどうにもならないんだよな。ぼくらはここにいるわけにいかない。でも、先生が言ったとおり、外に見張《みは》りがいるはずなんだ」

あたしはつかれていたし、腕《うで》はずきずき痛《いた》んだ。あたしは穴《あな》にちぢこまって死ぬほどおびえてただけだけど、それだって、体にとてもこたえるのだ。たしかに、こわくてこわくて追いつめられたら、火事場《かじば》のばか力《ちから》ってやつが出せるのかもしれないけど。

「眠《ねむ》ってもだいじょうぶかしら」あたしはたずねた。「もしもやつらが夜中におそってきたら？」

「夜の前半は、わたしが見張りをしよう。どちらにしても部屋《へや》をかたづけないとな」マウヌス先生は言った。「ニコデマスには、後半を担当《たんとう》してもらおう。もしもがまんできるなら、ディナにはかくれ穴のなかで眠ってもらえないだろうか。それなら板《いた》とマットをのせるだけですむ。さっきはあやうく間《ま》にあわないところだったから」

で、そういうことになった。下に敷《し》くため、もう一枚《まい》ふとんをもらい、この穴はぬくぬくと気持ちのいい、ちっちゃな巣《す》だと思うことにした。たとえば、ふたの開いたお棺《かん》なんかじゃないんだと。その思いこみはうまくいったらしい。それとも、どんなところでも眠《ねむ》れるぐらい、くたびれていただけだったかも。

真夜中、けんかみたいな物音と、さけび声とで目がさめた。「やめろ！　やめろ！　やめろぉぉ！」寝起《ねお》きのあたしは、てっきりドラカンの家来《けらい》に見つかったと思った。でもそれは、そばのマットで寝《ね》ていたニコが、悲鳴《ひめい》を上《あ》げてあばれている音だった。マウヌス先生がニコの目をさまさせておちつかせようとしていた。ようやくニコがわれに返り、さけぶのをやめた。

「悪い夢《ゆめ》を見ただけだよ、ニコ。だいじょうぶ、だいじょうぶだから」体の大きな科学者先生《かがくしゃせんせい》は声をかけ、小さい子どもにするみたいに、ニコを抱《だ》きしめた。マウヌス先生が、ニコデマスでもバカさまでもなく、ニコと呼《よ》んだのは、そのときがはじめてだった。

「わかってます。でも――みんながたおれていて、あたりは血の海だった。先生、それはほんとうのことです。ほんとうに起こったんです。現実《げんじつ》なんです。アデラとビアンが。父上《ちちうえ》が――」

「ああ。たしかにそうだ。おそろしいことだ。だがおまえのせいではない」

「そんなこと、わかりませんよ！」

「いや、わかってるはずだ。信《しん》じられないなら、わたしに聞くがいい。またはそこにいる小さな友だちに。またはその母親に。おまえがしたのでないことは、われわれみんなが知っている。眠れないのなら、とりあえず横になって休んでいなさい」

「先生……すこしだけランプをともしても、かまいませんか？　せめて自分がどこにいるのか、わからなくならないように」

「いいとも。かまわないよ」マウヌス先生はいった。


なんとか無事《ぶじ》に、朝になった。でも朝食の最中《さいちゅう》に、またニコとあたしはかくれなきゃいけなかった。テーブルに何人もついていたと思われてはまずいので、あたしは穴《あな》のなかで、おなかにコップとお皿をのっけて横になった。ニコは朝の光にてらされてブランコでゆられながら、下の砂《すな》浜《はま》の漁師《りょうし》や貝ひろいの人たちが、はるか頭上《ずじょう》で若者《わかもの》がひとり、いつまでも石壁《いしかべ》を「修繕《しゅうぜん》」しているのはどうもおかしい、と思ったりしませんようにと祈《いの》った。

こんど来たのはドラカンでも衛兵《えいへい》でもなかった。

「見ましたか？」マウヌス先生が戸を開けるなり、声が聞こえた。「見ましたか？　町じゅうにはってある。徹夜《てつや》で代書屋《だいしょや》を働かせたにちがいありません」

「おはよう、執事《しつじ》どの。見たとはなにを？」

「これですよ！」

しばらくしずかになった。どうやら執事さんの興奮《こうふん》の元を、マウヌス先生が見ているらしい。

「なるほど」先生はそっけなく吐《は》きすてた。「そうか。予想《よそう》してもいいことだった。昨夜《さくや》のドラカンの言いぐさからすればな」

「ドラカンが？　ここに来たのですか？」

「わたしがたいせつな家具にあたりちらしたとでも思うのかね？」

たぶん執事《しつじ》さんは、このときはじめて部屋《へや》のようすを見たんだと思う。

「こりゃあたまげた。めちゃくちゃじゃありませんか」

「ドラカンめ、わたしがニコデマスどのをフラスコのあいだにかくしたにちがいないと、とんでもない思いこみをしましてな」

「で、かくしておられないと？　いやもちろん、フラスコのあいだという意味ではなく、どこにもかくしていないかということだが。マウヌス先生は、若《わか》さまのゆくえをごぞんじないのか？」

「まるきり」科学者先生《かがくしゃせんせい》は、おちついていった。「なぜそのようなことを？」

「それは、われわれ……わたしは、もともとあれが若さまのしわざではないと考える人間がいたことを、若さまに知ってほしいからです」がさがさと、紙を広げるような音がした。「そしていま、その考えは正しかったとわかったのです」

「おちつかれよ、執事どの、おちつかれよ……そのようなことを声高《こわだか》にのべたてるものではない」

執事《しつじ》はいくらか声をひそめた。「おっしゃるとおりだ、ご同輩《どうはい》。だがこれだけは、明らかにせねば」

「そなたが来られたとき、回廊《かいろう》か外階段《そとかいだん》に人はおりましたか？」

「いや……おお、そういえば、外階段をそうじするものがひとり……」

「ありがとう、執事どの。よく来てくださった。おことばにもいたみいります。だがここしばらくは、あせってはなりませんぞ。くれぐれも慎重《しんちょう》に。また、たしかに信頼《しんらい》できる人とのみ、ことばを交わされますように」

「かならず慎重にいたしましょう。ごきげんよう、錬金術師殿《れんきんじゅつしどの》」

「そのくだらない肩書《かたが》きは嫌《きら》いだと、申《もう》しているはずだ！」

「うむ。だからこそ、そうお呼《よ》びしたのだ」

マウヌス先生は、鼻を鳴らした。「ならばごきげんよう、執事どの」

永遠《えいえん》とも思えるぐらいの時間、必死《ひっし》で耳をそばだてていたら、ようやくマウヌス先生がマットをはずしてくれた。仕事場には、ニコが黄ばんだ厚《あつ》い紙を手に、立っていた。あたしはその肩《かた》ごしにのぞきこめる場所に立った。

紙には、「**告示**《こくじ》」とあった。それから、こうつづいた。

ドゥンアークのすべての住民に、以下のとおり知らせる

一　ドゥンアーク領主《りょうしゅ》エブネゼール・ラーベンス公の末子《まっし》、ニコデマス・ラーベンスは、本日、大公殺害《たいこうさつがい》、および長子《ちょうし》の妻《つま》アデラ夫人《ふじん》および公《こう》孫《そん》ビアン・ラーベンス惨殺《ざんさつ》の犯人《はんにん》と断定《だんてい》された。この罪《つみ》は斬首刑《ざんしゅけい》に相当《そうとう》するものである。

二　これによりニコデマス・ラーベンスはすべての権利《けんり》、財産《ざいさん》、肩書《かたが》きを永遠《えいえん》に失《うしな》い、本日以降処刑《いこうしょけい》当日まで、おたずね者と見なされる。

三　このおたずね者を手助けし、かくまい、もしくは逮捕《たいほ》に協力《きょうりょく》を惜《お》しむ住民は、身分《みぶん》のいかんを問《と》わず裏切《うらぎ》り者と見なされ、生命をもってあがなうこととなる。

また以下の事柄《ことがら》をも知らせる

一　これよりラーベンス家《け》には正式な領主および世《よ》つぎは存在《そんざい》しない。

二　ドゥンアーク城《じょう》ならびにドゥンアーク市の統治《とうち》は、ラーベンス公の血をつぐ一子《いっし》ドラカンがおこなうこととし、これ以後名実《めいじつ》ともにドラゴン公を名のる。

三　ドラゴン公に忠誠《ちゅうせい》を誓《ちか》う真《しん》の男は、もとの地位身分《ちいみぶん》にかかわらず、すべてドラゴン騎士団《きしだん》の一員《いちいん》となることができる。

ラーベンスすなわちカラスの家は絶《た》えた。カラス公家《こうけ》は没落《ぼつらく》し、これよりドラゴン公家の統治《とうち》がはじまるのである。

「これではぼくは、死んだも同然《どうぜん》だな……」ニコがつぶやいた。

「うむ。あの男はそうしむけたがっているようだ」マウヌス先生は吐《は》きすてるように言った。

「おまえがまだ生きているので、あれは気を悪くしているはずだ。小さな手ちがいがつもれば、大きな山もひっくりかえる。執事《しつじ》のオシアンのことばを聞いたかな？」

ニコはうなずいた。「はい。ですが、あのように感じる人がどれほどいるやら。しかもドラカンがアメとムチでぼくをさがさせようとしているいま、いつまでおなじ気持ちでいてくれることでしょう」

「それはわからない。だがドラカンが待ちきれずにその告示《こくじ》を出したのは、そのように感じる人々がたしかにいて、その数が増《ふ》えるのをおそれたせいだろう」

「血をつぐ一子《いっし》のなにやらってのは、どういう意味？」あたしはたずねた。そんな言いかたを聞いたことがなかったからだ。

「ドラカンが言いたいのは、自分がぼくの父の非嫡出子《ひちゃくしゅつし》だということさ」ニコが説明した。「つまり結婚《けっこん》していない男女のあいだに生まれた子ども、ってことだ」

「母さんは結婚したことがないけど、だからってあたしは、非《ひ》なんとかじゃないからね」

「そういうことをどうこういうのは、領主一族《りょうしゅいちぞく》ぐらいのものだ」マウヌス先生は言った。「貴族《きぞく》の家では、正式に生まれた子どもがいるかぎり、非嫡出子、つまり私生児《しせいじ》は、なんの権利《けんり》ももらえないのだよ」

「ばっかみたい！」

「かもしれん。だが法律《ほうりつ》とはそういうものだ」

先生はあたしの肩《かた》に手を置《お》いた。「わたしがあんただったら、正式だのそうでないのだのと、考えもしない。あんたがお母さんから受けついだものは、かんたんにうばえるものではないからだ。ちがうかね？」

あたしは、だれかにぬすまれるんじゃないかとでもいうように、無意識《むいしき》に首かざりをにぎりしめていた。そしてはっと気がついた。いつのまにかあたしのなかで、なにかが変わっていたのだ。いまではもう、こんないやな恥《はじ》あらわしの目なんかいらない！　とうまやでねがったときのあたしではなくなっていた。たとえ手ばなせるとしても、手ばなしたいと思うかどうか、わからなかった。

「ばかばかしい！」ニコははげしく言った。「ぼくと兄弟だなんて、言えるわけがないじゃないか」

マウヌス先生は、暖炉《だんろ》に投げこまれるまえに、ニコの手から告示書《こくじしょ》を救《すく》いだした。「だがそれはほんとうのことだ」

ニコは一瞬《いっしゅん》ことばをなくした。「ドラカンはいとこなんですよ！」

「いや。腹《はら》ちがいの兄弟だ」

「でも、叔父上《おじうえ》が――」

「父上《ちちうえ》はリゼア夫人《ふじん》を手ばなしたくなかった。そのくせ、結婚《けっこん》するつもりはなかった。彼女《かのじょ》の一族に領主《りょうしゅ》夫人の権力《けんりょく》を持たせたくなかったのだ。そこでエスラ叔父上とどさくさに形だけ結婚させて、お茶をにごした。エスラはエブネゼール公《こう》の腹《はら》ちがいの弟だ。やはり非嫡出子《ひちゃくしゅつし》で、相続権《そうぞくけん》を持たない」

あたしはリゼア夫人の持参金《じさんきん》がわりのドラゴンを思いうかべた。あのときマウヌス先生が、へんな結婚だと言ったのは、そういうことだったのだ。

「なぜごぞんじなんです？」ニコは怒《いか》りとおどろきで青ざめていた。

「その結婚にあたっては、わたしも役買《やくか》ったからだ」

「でもドラカンは——彼《かれ》は、ずっと……」ニコにはそれ以上、どういっていいのかわからないらしかった。

「当時の約束《やくそく》で、リゼア夫人《ふじん》は死ぬまで息子《むすこ》には真相《しんそう》を語らないと誓《ちか》ったはずだ。どうやらその誓いは破《やぶ》られたらしいがな」

あたしは告示書《こくじしょ》に目を落とした。あたしの心は、お茶占《うらな》いの茶葉《ちゃば》のようにくるくるうずまくうち、ひとつの形におちついた。これよりラーベンス家《け》に、正式な領主《りょうしゅ》および世《よ》つぎは存在《そんざい》しない……。

「だからなんだ」あたしはのろのろと言った。「だからビアンは殺《ころ》されたのね」

「そうだ」マウヌス先生は言った。「でなければニコを殺人犯《さつじんはん》にする意味がないだろう？　たしかにニコが怒《いか》りにかられてエブネゼール公《こう》とぶつかることは、むりをすれば考えられなくはない。だがアデラとビアンまで？　ぜったいにありえない。だがドラカンにすれば……もしもビアンが生きつづけ、アデラも生きて赤《あか》ん坊《ぼう》を生めば、子どもはふたりとも領主になる権利《けんり》を持って、自分のまえに立ちはだかることになる。だろう？　だが領主とその後継《あとつ》ぎふたりを殺害《さつがい》し、殺人の罪《つみ》を三番めの後継ぎにかぶせれば、カラス一族《いちぞく》は絶《た》え、ドラゴンの統治《とうち》をほしいままにできるわけだ」

ニコは全身わなわなとふるえはじめた。「そういうことだったんですか？　事件《じけん》の真相はそういうことなんですか？」

「それしかないだろう。おまえの酒に毒《どく》をもる――もしかしたらドラゴンの血だったかもしれん……よっぱらえば、味《あじ》のちがいなどわかるまい。そしておまえがよっぱらうのは、さしてめずらしいことではなかった」最後《さいご》のことばには皮肉《ひにく》がふくまれていたが、ニコはもう聞いていなかった。

「ぼくではなかったんだ」ニコはささやいた。「ほんとうにぼくではなかったんだ！」

ニコはぎくしゃくと寝室《しんしつ》に入り、マットに身を投げだすと、口もとまでかけ布団《ぶとん》を引きあげた。ほっとして泣《な》く声を、あたしたちに聞かれたくなかったから。マウヌス先生とあたしは、ほんの一瞬《いっしゅん》目を見かわした。先生があたしと目を合わせたのは、それがはじめてだった。そしてニコをひとりにしてやった。

「だけど……」あたしは口を開《ひら》いた。

「だけど、なんだね？」

「ドラカンはあたしの目を見たよ。母さんの目も見た。三人もの人を殺《ころ》し、その罪《つみ》を自分の兄弟になすりつけようとした――それでもあたしたちと目を合わせた。どうしてそんなことができたの？」

「わからんね」マウヌス先生は言った。「わかりたくもないよ」

14　後家《ごけ》さん

ニコはでこぼこした金属《きんぞく》の鏡《かがみ》をかかげて、あたしにのぞかせた。

「さて。ご感想《かんそう》は?」ニコは言った。

どう答えればいいものか、自分でもよくわからなかった。あたしの髪《かみ》はたしかに馬のしっぽみたいにごわごわだけど、すくなくとも量が多くて長かった。おしりに敷《し》けそうなぐらい長かったのだ。でもいまでは、手の幅《はば》より長い毛は一本もない。しかもごわごわだから、四方八方にぴんぴん立ってしまって、それはまるで……まるで、なにみたいといえばいいんだろう。トロル、かな?　それとも地の下にすむばけもの?　なんにせよ女の子ではない。ましてひざまでとどく、マウヌス先生の毛織《けお》りのシャツに着がえたいまは、ぜったい女の子に見えない。手がかくれないよう、そではちょんぎって雑《ざっ》に縫《ぬ》いあげた。マウヌス先生はシャツの幅《はば》よせ用に、革《かわ》ベルトも貸《か》してくれた。さいわいリンネルの長いズボン下ははいていたので、糸が出るようすをほぐし、長い革《かわ》ひもでしっかりとくくると、男の子のズボンらしくなった。よっぽどじっくり見られないかぎり、あたしは走り使いをして町じゅうを飛《と》びまわっている、男の子たちのひとりとして通るはずだった――お金をはらう余裕《よゆう》のある人のために、たきぎやゴミや水を運んでは小銭《こぜに》をかせぐ、まずしい男の子のひとり。

「どんな身分《みぶん》の人間でも、男ならとにかくだんなさん、女は奥《おく》さんと呼《よ》びなさい。それからだれの目も見ないこと」マウヌス先生が注意した。

「道にまよわなきゃいいけど」あたしは心細かった。「だって、勝手がよくわからないんだもの」

「もう一度復唱《ふくしょう》してごらん」科学者《かがくしゃ》先生が言った。

「戸を出て左。最初《さいしょ》の階段《かいだん》を下《お》りる。武器蔵《ぶきぐら》まえ広場に入る。東塔《ひがしとう》にそって鍛冶屋《かじや》に向かう。鍛冶屋の横の小さい門をぬけて、車横町《くるまよこちょう》に入る。武具師《ぶぐし》の館《やかた》を通りこし、そのまま歩いてうまや横町に入る。左に曲がり、下手門《しもてもん》をぬける――門番が通してくれたらだけど。これだけ歩いて、やっと城下《じょうか》に出るだけなんだから！」玄関《げんかん》を出たら街道《かいどう》に立ってるような、うちのあたりとは、ちょっとようすがちがう。

「門を出れば、疑《うたが》いをまねかずに安心して人にたずねられるよ。だがわたしの言ったことをおぼ

えていれば、すぐにめざす後家《ごけ》さんの家が見つかるはずだ」

「気にくわないな」ニコが言った。「衛兵《えいへい》のだれかが、この子の顔をおぼえてたとしたら？」

「この変装《へんそう》で？　まずないだろう」マウヌス先生はあたしのベルトのぐあいを直し、市《いち》に出す自《じ》慢《まん》の牛を見るような満足《まんぞく》げな顔《かお》で、あたしをながめた。

「一人前の男の仕事を子どもに押《お》しつけて送りだすなんて、よくない」ニコは暗い声で言った。

「道にはずれてますよ」

「あたしはもうすぐ十一才だもん！」あたしは言いかえし、マウヌスは鼻を鳴らして、ニコをきつくにらんだ。

「おまえが、またはわたしが、衛兵につかまるまでに、どこまでたどりつける？　答えていただきたいものだな、バカさま。この子ならうまくいく。なぜなら子どもだからだ」

「この子も追われているんですよ！」ニコは泣《な》かんばかりだった。

「追われているのは、恥《はじ》あらわしの娘《むすめ》だ。この子が恥あらわしの娘に見えるか？」

「なんとかなるって」ねらったほどではなかったけど、すこしはおちついた声で、あたしは言った。「ここには知りあいがいないもの。通りすがりの薪《まき》はこびに、わざわざ目を向けたりする？」

「目が合ったら、いやでも気がつくよ」ニコの声が、ナイフのように空気を切りさいた。ニコはマウヌス先生にも、自分にも、腹《はら》を立てていたのだ。もっといい計画を考えつけなかったから。

「もちろん、そんなことないから。マウヌス先生が、髪《かみ》の毛をこんなふうに切ってくれたんだもの、だいじょうぶだと思う」前髪はほとんど鼻の上にかかっていた。ちょっとうるさい感じで、しょっちゅうかきあげたくなるのを、いっしょうけんめいこらえた。でもほんのすこし下を向《む》くだけで、目を完全《かんぜん》にかくしてくれた。

ニコはぐちをこぼしつづけたが、結局《けっきょく》はマウヌス先生の決めたとおりになった。あたしはいいほうの腕《うで》で、薪《まき》かごをひょいとかつぎ、もう一方の手の親指をベルトにひっかけて、傷《きず》ついた腕がぶらぶらたれないようにした。傷口は治《なお》ったとはとてもいえないが、かさぶたができていたし、はじめのころのようにずきずき痛《いた》むことはなかった。でも、薪かごがからっぽでよかった。何日か寝《ね》たきりだったので、立つとすこしふらふらした。

「行きなさい、ディナ。聖《せい》アデラ教会うらの、薬屋のペトリの家だ。万が一留守《るす》だったら、ペトリの後家《ごけ》さんはどこかとたずねてごらん。亭主《ていしゅ》に死に別れて未亡人《みぼうじん》になって以来、そう呼《よ》ばれているんだ。たいてい近所にいるはずだよ」マウヌス先生は、はげますように笑《わら》いかけてくれた。

「道をまちがうことはない」

「そうだといいけど」あたしはつぶやくと、戸口から鼻を突《つ》きだした。外はがらんとしていたので、足音をしのばせて、左の、すぐそばの階段《かいだん》へと向かった。階段を下《お》りたところで、衛兵《えいへい》が壁《かべ》によりかかり、豚肉《ぶたにく》をかじっていた。脂《あぶら》でひげと指がてらてら光っている。ひざがかたかた鳴るのがわかった。ベッドに長く寝《ね》ていたせいではなかった。でもひざを鳴らしながらつるつるの石段を下《お》りるあいだ、むこうはろくにこちらを見もしなかった。あたしは薪《まき》かごを背負《せお》った男の子でしかないのだ。うつむいてまえを通りながら、マウヌス先生に言われたように、「おはようございます、だんなさん」とていねいにあいさつした。相手はなにかもぐもぐ言うと、肉をかじりつづけた。首すじの下がぞわぞわして、いまにもうしろから「おい、待て！」と声をかけられるのを覚悟《かくご》した。でも衛兵《えいへい》の頭には、豚肉《ぶたにく》しかないみたいだった。こうしてあたしは、武器蔵《ぶきぐら》まえ広場に入った。

そこは大きかった。これまでに見たなかでいちばん大きな広場で、これまで見たことがないぐらいたくさんの人と動物であふれていた。八角形の大きな建物は武器蔵で、広場の名前はそこから来ている。武器蔵の奥《おく》は鉄格子《てつごうし》で、門がひとつあった。それを見て、ぞっとした。あれはドラゴンの門だ。飼育場《しいくじょう》につながる入り口なんだ！　でもそのことと、びっくりするほど広いことをのぞけば、村の広場とあまり変わりがなかった。とんでもなくさわがしい。井戸《いど》のまわりをガチョウの群《むれ》がよたよた歩き、わめいたりつついたりして、アヒルやハトを追いはらっている。ヤギが四匹《ひき》つながれて乳《ちち》をしぼられるのを待っていて、うち一匹の子どもがべえべえ鳴きながら歩きまわっては、どんどん母ヤギからはぐれていく。おなかに白いまえかけを巻《ま》いた、がっしりした体つきのはげオヤジが、たまごだかセロリだかを買いにやらせたらしい〝クソガキ〟を大声で呼《よ》んでいる。一軒《けん》の家の軒先《のきさき》に、死んだブタがさかさまにつるされ、切りわけられるのを待っている。どうやらこの広場全体で、口を動かしてないのは、そのブタだけみたいだった。

ここで足を止め、市《いち》を見たことのない赤んぼみたいに、ぽかんと見とれたりしてはまずい。それどころか、こんなところ毎日来てるんだい、という顔をしてないといけない。それにしても、鍛冶屋《かじや》はどこなの？　東塔《ひがしとう》にそったところ、とマウヌス先生は言ってたから……ああ、たしかに鉄を打つ音が聞こえてきた。馬が二頭つながれて、新しい蹄鉄《ていてつ》を待っている。

でも車横町《くるまよこちょう》に通じるせまい門を通ろうとしたそのとき、汗《あせ》くさい男の一団が、黒い木造家屋《もくぞうかおく》からどやどやとあらわれて、あたしは鍛冶屋の壁《かべ》に押《お》しつけられてしまった。上半身《じょうはんしん》はだかなのが何人かまじっていたが、ほとんどは衛兵《えいへい》の、灰色《はいいろ》の制服《せいふく》すがただった。

「屈強《くっきょう》な男を、ってきまりだろう」制服すがたのひとりがわめいた。「剣《けん》をにぎったこともない、そこらへんのちんぴらは、お呼《よ》びじゃないんだ」

「入れば屈強になるさ」はだかのひとりで、黒っぽい髪《かみ》のわかいやせっぽちが言った。「もとの地位身分《ちいみぶん》にかかわらず、と書いてあったろ。ことばどおりにしないなら、そんなこと書くんじゃねえよ」

「おまえ、ドラゴン公《こう》をうそつき呼ばわりする気か？」筋肉《きんにく》もりもりの制服男がわめくなり、やせっぽちをすぐ横の壁《かべ》に押《お》しつけた。あたしは頭を下《さ》げて、腕《うで》があたるのを避《さ》けた。なんとか小さくなってすりぬけようとしたけど、あたり一面、汗《あせ》まみれの男でいっぱいだ。

「おちつけ、ドレース」最初《さいしょ》の制服《せいふく》が、すこしおだやかな声になって割《わ》って入り、筋肉男《きんにくおとこ》の腕《うで》をつかんで、やせっぽちをもう一度たたくのをやめさせた。

「ドラカンさまは、約束《やくそく》を守るおかただ。仕《つか》える気があるなら、だれでも受けいれてくださる。だがな、きょうは流れもの、あしたは騎士《きし》、なんてぐあいにすんなりいくわけじゃないことは、頭に入れときな」

「おれは酒屋《さかや》の小僧《こぞう》だ。流れものじゃねえ」

「よしよし、酒屋だろうが流れものだろうが、兵隊《へいたい》でないのはおなじだ。だが兵隊になりたいのなら、おきてにしたがわなきゃならん。できるか？」

「できるとも」

「それなら武器蔵《ぶきぐら》の奥《おく》の要塞門《ようさいもん》に申《もう》しでてくれ。隊長《たいちょう》が、初年兵《しょねんへい》の肩書《かたが》きをくれたと言うんだ。わかったか？」

「わかりやした！」酒屋の小僧は、直立不動《ちょくりつふどう》になった。なんでもいいから肩書きをもらえたことで、不満《ふまん》はおさまったみたいだ。

「そこの三人もいっしょに行って、おなじことを言え」隊長にはだかの三人連れを指《ゆび》さした。そのうちふたりは、はじめの男とおなじようににしゃぎながら、これこそ男っぽい兵隊《へいたい》ふうだと思ってるらしい、妙《みょう》にしゃっちょこばった足どりで、広場を横ぎっていった。でもひとりが、井戸《いど》端《ばた》でガチョウにつつかれまいとあわてておとびのいたので、せっかくの男っぽさも半減《はんげん》だった。

残った三人めは、くたびれた毛織《けお》りのシャツを、のろのろとかぶった。ほかのものより年かさで、頭がうすく、ひげと胸《むね》のもじゃもじゃの毛に、白いものが混《ま》じっていた。「初年兵《しょねんへい》だとさ」むくれた声で三人めは言った。「うまい言いかただ。でもあのあほたれ三人組とはちがって、おれはただの新米《しんまい》、って意味だとわかってる」

「それがどうした、ごま塩ひげ。だれにでもはじめはあるんだ」

「まあな。でもこれをはじめにしていいものか、まようよ。おれとしては、ってことだが」

「たしかに、あんたはちいと年が食《く》いすぎだ。なんで来たんだ？」

ごま塩ひげは目をそらした。「アイディンのちょいとはずれに、小さな家と鞍《くら》つくり場《ば》をかまえてた。そしたら、やくざものどもが来たんだ。がっさりとうばわれ、残りは焼《や》かれちまった。あのあほたれどものひとりは、うちの息子《むすこ》だ。残されたたったひとりの家族だよ」

「じゃあ、ついて行きなよ、ごま塩ひげ。腕《うで》のいい鞍《くら》つくりなら、いつでも出番がある」

ひげ男はうなずいて、申込所《もうしこみじょ》に向かった。制服《せいふく》のひとりが大きく道をあけてくれたので、あたしもようやくすりぬけられた。文字どおりさわろうと思えばさわれるところにいたのに、衛兵《えいへい》はあたしに目も向けなかった。ここまではマウヌス先生の言うとおり。薪《まき》かごをぶらさげたよごれ仕事の子どもなんて、だれの目にもとまらないのだ。

隊長《たいちょう》は筋肉男《きんにくおとこ》のはだかの肩《かた》をたたいた。ぱちんと大きな音が横町にひびいた。「さてと、次の連中《れんちゅう》に声をかけるか。長い一日になりそうだぞ」

衛兵《えいへい》たちがまた黒い木造建物《もくぞうたてもの》に消えたので、あたしはめでたく人目に立たないまま、横町《よこちょう》を急いだ。人通りが多い。あたしとおなじ年ごろの女の子が、おなかの大きな赤茶色の雌牛《めうし》を二頭引いて、やってきた。すぐそばをすれちがったので、雌牛のあたたかくてなめらかな横腹《よこばら》が、腕《うで》をかすった。

やがて道幅《みちはば》が広がり、気がつくとそこは、ドゥンアークについた日、ドラカンに馬から抱《だ》きおろされた広場だった。あのときはほとんどひと気《け》がなかったけど、昼間のこの時間だと、人と動物であふれていた。もちろん、動物はほとんどが馬だ。なぜってマウヌス先生の話だと、道の右《みぎ》側《がわ》にある大きな建物は、お城《しろ》のうまやだから。あたしは急いでうまやの角《かど》を左に曲がり、下手門《しもてもん》に向かった。ふだん町の人が出入りする門だ。

ところが門にはまた人だかりがしていた。衛兵たちが外に出る人たちをじっくり調べているのを見て、肝《きも》がちぢんだ。身なりのいい若者《わかもの》が帽子《ぼうし》をむしりとられ、車を押《お》す力もないように見えるやせこけたおばあさんが、荷車《にぐるま》に積んだ袋《ふくろ》をふたりの衛兵に全部さかさにされて、大声でわめき、かみついている。どう見ても、だれかをさがしているのだ。その〝だれか〟がニコなのは、考えなくてもわかった。ニコ、それにあたし。

あたしはしばらくその場で、通りぬけようか、引きかえすほうがいいのか、心を決めかねて立っていた。もっとかんたんに出られる場所があるんじゃないかな。ドラカンとあたしが入った裏手《て》の門とか？　でもあそこにも衛兵《えいへい》がいるはずだし、第一あそこからだとドゥンアークの町を出てしまう。そうなったらぜったいに後家《ごけ》さんの家は見つかりっこない。

あたしは列にならんだまま、かごをかつぎあげて顔がかくれるようにした。母さんがよくいうんだけど、病気になったとき、自分は元気だと思いこめば、治《なお》りの早いことがあるそうだ。百日ぜきのときはそのやりかたがきいたから、衛兵にも使えるかもしれない。あたしは目を閉《と》じて、想像《そうぞう》した。もう門は通りぬけたんだ、衛兵は、背中《せなか》を丸めた薪《まき》はこびの男の子には、これっぽっちも目を向けなかったんだ、それから……

「小僧《こぞう》、どこに行く？」

胃《い》が石に変わった。ほんとうに石になったにきまってる。こおるように冷たくて、灰色《はいいろ》で、じっとりしめった一トンもの石に。一瞬《いっしゅん》、頭のなかが音ひとつしなくなった。いますぐくるりと向きを変えて、逃《に》げだしたくなった。でも、この人ごみのなかではいくらも進めないことはわかりきっている。

そのとたん、自分の口から、もごもごとたどたどしい声が出ているのが聞こえた。いつもの自分のとは、まったくちがう声が。

「家、れす、おえらあい、だんなさん」もぐもぐ言いながら、だれの声だか気がついた。白樺村《しらかばむら》のうすのろマルテが、ちょうどこんなしゃべりかたをする。

「ああ。そうだろうとも」衛兵《えいへい》が不機嫌《ふきげん》に言った。「で、家はどこなんだ？」

「おかあちゃんの家れす」

衛兵はいらいらして、槍《やり》の柄《え》でこづいた。「おい。おまえ、人をばかにしてんのか。それとも本物のばかなのか？　母ちゃんはどこに住んでるんだ、ちびすけ」

「うちんちれす。教会のうらの」

「どこの教会だ？　アデラか、マグダか？　ちゃんと言え！」また槍の柄で、今度はまえよりきつくなぐったので、あたしはうすのろマルテになって、はなをすすり、泣《な》いてるみたいにひいひいしゃくりあげた。

「マ、マ、マグダれすぅ、おえらいだんなさぁん。なぐんないでくらさいよぉ、だんなさぁん……」

「かまうのはおやめよ。その子が足りないのは、だれにだってわかるじゃないの」列のうしろから、だれかが口をはさんだ。洗濯物《せんたくもの》のかごを背中《せなか》にかついだ、がっちりと大柄《おおがら》なおばさんだ。

「あたしらはね、昼までここにいるようなひまはないんだよ」

「行かしてやれよ、マチス」横の衛兵《えいへい》が不機嫌《ふきげん》な声を出した。「どうせあのどぶ板横町《いたよこちょう》の、いかれたやつのひとりだろ。びんたはたっぷり、食い物《くもの》はちょっぴりの、父《て》なし子《ご》だ。それともなにか？　こいつが領主《りょうしゅ》の若《わか》さまだとでも？」

「わからんぜ。領主さまがおしのびで、どぶ板横町にお立ち寄《たよ》りになったのかもしれん。ま、いい。ガキめ、さっさと行くんだ。もすこしぴしっとしな」

「あい、だんなさぁん」あたしははなをすすった。「すんません、だんなさぁん」


マウヌス先生の言うとおりだった。迷子《まいご》になれってほうがむりだ。だって門を出るなり、聖《せい》アデラ教会の塔《とう》とあかがねの屋根が見えるのだもの。教会の裏手《うらて》に薬草園《やくそうえん》があり、その薬草園を囲《かこ》む白壁《しらかべ》の奥《おく》、柳《やなぎ》の木立《こだ》ちとハマナスの茂《しげ》みにちょうどはさまれて、薬屋で後家《ごけ》のペトリさんの家があった。薬草園の戸をくぐったとたん、はじめて来たところなのに、わが家《や》に帰ったみたいに思えた。ニレの木荘《きそう》の、母さんの薬草畑とまったくおなじにおいがしたのだ。サルビアや薬用《やくよう》セロリのぴりりとさわやかなにおい、スイカズラやニワトコの、重くあまったるいにおいなど。秋の日をあびて、ミツバチが眠《ねむ》そうにブンブンと飛《と》びかい、今年最後《さいご》の花のみつを集めていた。そして砂利《じゃり》を敷《し》いた通路《つうろ》の脇《わき》で、女の人が畑の畝《うね》にひざをつき、ニンニクをぬいていた。顔は麦わら帽子《ぼうし》のかげにかくれている。秋風に飛《と》ばないよう、帽子は水色のスカーフでしっかりとゆわえてあった。

「ペトリさんですか？」自信《じしん》がなかったので、あたしはおずおずとたずねた。後家《ごけ》さんと呼《よ》ばれているくらいだから、全身黒ずくめにちがいないと思っていたのだ。でもこの人は、スカートはモスグリーンで、ブラウスは黄色だった。肩《かた》に巻《ま》いたショールときたら、鹿皮《しかがわ》みたいにふかふかのうす茶色だ。

「そうだけど？」その人は答えて、背《せ》をのばした。見ると想像《そうぞう》していたより、わかい。麦わら帽子のかげの顔に、しわはほとんどない。眉間《みけん》に一本、口の両端《りょうはし》に一本ずつあるくらい。きっと母さんぐらいの年なのだろう。すくなくとも、想像していたようなよぼよぼのおばあさんじゃない。汗《あせ》ばんだ額《ひたい》にはりついた金色の髪《かみ》にも、白いものは混《ま》じっていなかった。

「マウヌス先生の使いで来ました」

「そうなの」後家さんは立ちあがり、スカートの泥《どろ》をはらいながら、じっとこちらを見た。あぶないところで思い出し、相手と目を合わせないようにうつむいた。「それなら、入ってもらうほうがいいわね。いい子だから、そのかごを持ってくれる？」

ご親切なことを言ってくれるじゃない。あたしは薪《まき》かごを運んでいて、左手しかあいてないのに。後家さんのかごの取っ手まで持てるかどうか、自信がなかった。左手の小指と薬指が、いま

もうまく使えないのだ。ためしに取っ手をつかんでみたが、持ちあげようとすると手がすべり、ニンニクが土の上に転がった。

「すみません」顔が赤くなるのがわかった。「腕《うで》がきかないんです」

「だから先生は、ここによこしたの？」

「いいえ」あたしはかがんで、ニンニクを拾いはじめた。

「そのままにしとけばいいわ。あとで拾うから」そういうと、後家《ごけ》さんは置《お》いてあったかごを取った。あたしはあとから、砂利道《じゃりみち》を灰色《はいいろ》の石づくりの家へと向かった。

「すわって」後家さんは台所の青いいすにうなずいてみせた。「そしたら、マウヌス先生の言《こと》づてを話してくれるあいだに、あんたの腕をみてあげられる」

あたしは腰《こし》を下《お》ろし、興味津々《きょうみしんしん》であたりを見まわした。そこはふつうの台所みたいでいて、そうでなかった。薪《まき》をたくかまどと、作業台《さぎょうだい》と、ポンプがある。すごい。室内ポンプなんて！　そして、棚《たな》があった。濃《こ》い灰色《はいいろ》のスレート床《ゆか》からタール塗《ぬ》りの垂木《たるき》まで、青く塗った棚が一面にぎっしり。棚には、ガラスびんやつぼやかめが、きちんとならんでいる。ドラカンの家来《けらい》にこわされるまえにマウヌス先生の家にあったより、ずっとたくさんだった。

後家さんはかまどの火を吹《ふ》いて起こし、新しい薪をくべた。

「おなか、すいてる？」そう聞きながら、銅《どう》のやかんにポンプの水を注いだ。

あたしはうなずいた。マウヌス先生のひとり分の食料で、三人が食《く》いつながなければならなかったのだ。だって食料の消費量《しょうひりょう》が急に増《ふ》えたら、おかしいと思われるから。

「それで、あのうるさがたのお年よりは、わたしになんのご用ですって？」

「ドラゴンに追われるものが、すくいをもとめていると、マウヌス先生からの言《こと》づてです」

後家《ごけ》さんは、ぴたりと手を止めた。ポンプからしばらく水がちょろちょろと流れ、そして止まった。

「それぐらい、予想《よそう》するべきだったわね」後家さんはしずかに言った。「先生は、いつもあの子につきっきりだったもの。先生が正しければいいけれど」

「もうひとつ言うことがあります。天下《てんか》を取ろうとたくらんだのは、ほかならぬドラゴンなんです」

後家さんはふいにふりかえり、あたしをにらんだ。「へええ、そんなことも言うわけ。そんなまいきなことばを言ってのけるあんたは、いったい何者なの？　人の命にかかわるかもしれないことばなのよ」

大きな声ではなかったが、その声には独特《どくとく》のひびきがあった。鍛冶屋《かじや》が真っ赤に焼《や》けた刃《は》を、水おけにつけるときに上《あ》がる音を思わせるひびきだった。

「あたしはディナ・トネーレ」あたしは言って、テーブルに目を落とした。「恥《はじ》あらわしの娘《むすめ》です」

「恥《はじ》あらわしの……」後家《ごけ》さんは三歩で目のまえに立ち、片手《かたて》であたしのあごをつかむと、もう一方の手で濃《こ》い前髪《まえがみ》をかき上《あ》げた。そしてたいていの人より長く、あたしの目を見つめた。それから手をはなして、テーブルのむかいにどさりと腰《こし》を下《お》ろした。「恥あらわしの娘《むすめ》、ね」後家さんはつぶやいた。「そうか。そうね。信《しん》じるわ。それで、あんたを送りだしたのはマウヌス先生だと、誓《ちか》える？」

「はい。先生の姉さんはがみがみ女で、その娘はもっとひどい、と言うように、って」

後家さんはほほえんだ。「あんたを信じるわ。見当がついてただろうけど……あの人はわたしのおじなの。あの人の姉の娘が――わたしなのよ」後家さんはもう一度立ちあがり、かまどにやかんをかけた。「それで先生は、わたしにどうしろと？」

「手紙をあずかってます。でも読むには、この包帯《ほうたい》をほどかないと」

敵《てき》が本気で捜索《そうさく》にかかったら、なにをしてもむだだと、マウヌス先生は言っていた。傷口《きずぐち》を見たら、ただ犬にかまれただけだなんて、だれも信《しん》じてくれないだろうと。

後家さんは包帯をはずすのを手伝ってくれた。三角の大きな傷口を目にすると、眉《まゆ》を引きあげた。

「いったいこれはまた、なにをやらかしたの？」

「ドラゴンにかまれたんです。這《は》って歩く本物のドラゴンです。でもこのときはそいつ、さいわい死にかけてたから、それほどひどくなかったんです」

後家《ごけ》さんは鼻を鳴らした。マウヌス先生の鳴らしかたと、そっくりだった。「それほどひどくない？　先生がそう言ったの？」

「先生は、腕《うで》がまだついてるだけでも、運がいいって」

「たしかにそうだと思うわ。でもたしかに……そうね、それほどひどくないのかも。炎症《えんしょう》はないし、きれいなかさぶたになっている。でも傷口《きずぐち》が開《ひら》くといけないから、いじらないでね」

後家さんは包帯《ほうたい》のなかにあった小さい紙きれを広げた。紙きれは一見、なにも書いてないように見えた。でも後家さんは、自分のおじさんをよくわかっているらしい。なにも言わずにろうそくに火をともし、紙きれを、炎《ほのお》に慎重《しんちょう》にかざしたのだ。すると、ととのった茶色の文字が、うすくうきでてきた。でも、それではまだ読めなかった。

「悪《わる》がしこいキツネじいさんね。見えないインクで、しかも鏡文字《かがみもじ》か」つぶやきながら、後家さんはとなりの部屋《へや》に消えた。出てきたときには、手鏡《てかがみ》を持っていた。銀張《ぎんば》りで、クジャクの尾《お》をかたどった手のついた、古い上等《じょうとう》の鏡だ。マウヌス先生の書いた字を後家さんが読むうちに、やかんはしゅうしゅううなりだし、ゆっくりと湯気《ゆげ》を上《あ》げはじめた。

「なんと書いてあるか、知ってる？」読みおえると、後家さんは聞いた。

「マウヌス先生は、あたしが知りすぎないほうがいいって」

後家《ごけ》さんはうなずいた。「慎重《しんちょう》でいるのは賢明《けんめい》ね、たしかに。言われたとおりにすると伝《つた》えて。でもあさってまで待って、と」

そう言うと、紙きれにもう一度目を通した。それからかまどのふたを開け、紙きれを炎《ほのお》に投《とう》じた。

ふたたび薬草園《やくそうえん》に出たときは、太陽が家の西側《にしがわ》をすべりおりていた。後家さんはかごに薪《まき》をつめこんだ。ふつう、からっぽのかごで城《しろ》にもどる人はいないからね、と言うのだ。ついでに、あたしのおなかにもつめこんでくれた。黒パンと薫製《くんせい》ニシンと、リンゴジュースを混《ま》ぜた濃縮《のうしゅく》ミルクだ。ここ何日かで、こんなにおなかいっぱいになったことはなかった。

かごは重かったけど、とっても気分がよかった。最悪《さいあく》の部分は終わった、と思えた。無事《ぶじ》に城《じょう》下《か》に出られた。迷子《まいご》にもならなかった。伝えるべき言《こと》づては、なにもわすれなかった。あとはマウヌス先生の家に帰るだけだ。それにやつらは、城内に入る人間には、それほど目を光らせていないはず。

教会わきの広場に、屋台《やたい》がいくつかたっていた。にぎやかな市場《いちば》ではなく、革製品《かわせいひん》とか、なべかま類《るい》とかが、すこしならべてある。炭火《すみび》でソーセージをあぶる人や、りんご酒《しゅ》売りがいた。かごをかついでのろくさ歩きながら、めずらしそうに品物《しなもの》をながめてみたが、だれも売りつけに来なかった。あたしはポケットにお金を持っているような客に見えないのだろう。いかけ屋などは、あたしがなにかをちょろまかすのではないかと、疑《うたが》うような目で見ていた。

なんとなくいい気分だった。もちろん、泥棒《どろぼう》とまちがえられたことではなく、恥《はじ》あらわしの娘《むすめ》だと思われていないこと、自分がだれなのか、人に知られていないことがだ。特別《とくべつ》だれの注目も引かないで、ドゥンアークの端《はし》から端まで歩けるなんて、考えただけでふしぎだった。だれもうしろでこそこそうわさしない。だれも目をそらしたり、目を見られないよう道のむこうに逃《に》げたりしない。ほんの一瞬《いっしゅん》だけ、あたしは誘惑《ゆうわく》にかられた。このまま行ってしまおう。城内《じょうない》にもどるのを、厚《あつ》い壁《かべ》とせまいかくれ場と見つかる恐怖《きょうふ》のなかにもどるのを、やめよう、って。でもそれは一瞬だけ。ニコとマウヌス先生が、心配しながら知らせを待っている。それにうまくいけば、あさってには全員そろって町から脱出《だっしゅつ》できるのだ。あたしが知ってはならないあの言《こと》づての意味は、きっとそういうことなんだと思った。

「おいっ、おれの目は節穴《ふしあな》だというのか？」

あたしははっと目を上《あ》げ、また急いでうつむいた。りんご酒屋台《しゅやたい》の客は、たまたまあたしの耳もとでどなっただけで、あたしに向かって言ったのではなかった。客がりんご酒売りのシャツをつかんで、屋台の小さなテーブルの上まで持ちあげたので、りんご酒のコップはがたがたと踊《おど》り、がちゃんとひっくりかえった。

「このペテン師《し》やろう。一杯《ぱい》三スキリングもふんだくったうえに、目盛《めも》りまでごまかしやがって！」

「ごまかしなんかするもんか」りんご酒売《しゅう》りは言いかえし、体をふりほどこうとした。「そんなに高いと思うんなら、べつの店に行きな！」

このさわぎに、早くもやじうまたちが集まりはじめていたが、あたしはあわててその場をはなれた。文句《もんく》をつけた客の黒いケープに、かがやく新しいバッジが見えたからだ。口をがっと開《ひら》いたドラゴンの頭をかたどったバッジだった。

「ドラゴン隊《たい》の隊員《たいいん》にそんな口をきいていいのか！」男はどなった。「すこしは敬意《けいい》をはらえ。この犬め！」

「なにかといやあ、ドラゴン、ドラゴンか」りんご酒売りは、ぶつくさ言いながら、ようやく身をふりほどいた。「いつからそんなご大層《たいそう》な身分《みぶん》になったんだよ。まえに見たとき、あんたは酒《さか》場《ば》の用心棒《ようじんぼう》だったぞ。それのどこがえらいんだ？」

「これが目に入らねえのか？」男はドラゴンのバッジを、りんご酒売りの目のまえに突《つ》きつけた。

「絵のついた木ぎれだろ。それがなにか？」

「これはなあ、お兄さんよ、おれがドラゴン隊の見習い騎士《きし》だって意味だ。見習い期間がすぎた日には、晴れてドラゴン隊《たい》の騎士《きし》になる。そのあかつきには、おまえみたいなペテン師《し》めも、おれを騎士さまと呼《よ》んで、どうか長靴《ちょうか》にくちづけさせてくださいと、泣《な》いておねがいするわけさ。だからいまのうちに……もう一杯《ぱい》よこせ。そしたら、はかりのごまかしと反抗《はんこう》の罪《つみ》で逮捕《たいほ》するのを、手かげんしてやってもいいぞ」

「なんてこったい、まったく」りんご酒《しゅ》売りはぼやいた。「バッジの絵の具もかわいちゃいないのに、もうわいろをほしがる気か。すばらしい軍隊《ぐんたい》じゃないかね。まあ、そういうもんだ。クズは出世《しゅっせ》しても、やっぱりクズでしかないのさ」

「いいかい、あんた。ちっとは口に気をつけるがいい。領主《りょうしゅ》のドラカンさまにたてつく気じゃあるまい？　まさかドラゴン公《こう》の敵《てき》ってことは――ないよなあ？」

「まさか」りんご酒売りは、明らかに自信《じしん》なさげになった。「そんなはずがないだろう。ただ……」

「ドラゴンは敵をゆるさない。カラス一族《いちぞく》のように、罪人《ざいにん》に対してしりごみしたり、見ぬふりをしたりはしないんだ。ドラゴンが罪人をどうあつかうか知りたけりゃ、あした城に来るといい」

りんご酒売りのまえをすりぬけ、人ごみからのがれようとしたそのとき、最後《さいご》のことばが足を止めさせた。あしただって？　いったいドラカンは、あしたなにをするつもりなの？　罪人って、いったい……？

「罪人《ざいにん》ってだれだい？」やじうまのだれかがたずねた。

「あの怪物《かいぶつ》をつかまえたのか？」

見習い騎士《きし》は首をふった。「まだだ。けど、やつとつるんでた、にせの恥《はじ》あらわし魔女《まじょ》を、つかまえてるのさ」

恥あらわし魔女？　それって母さんのこと？

「恥あらわし魔女って、なんのことだよ。なんの話をしてんだい？」あたしはどなった。

「ちょいとした見せものだ」そう言った見習いは、人々の注目の的《まと》になったのを、見るからに楽しんでいた。「にせの恥あらわしってのはな、あの人殺《ひとごろ》しの怪物を逃《に》がそうとたくらんだ女だ。そいつは魔法《まほう》と裏切《うらぎ》りの罪《つみ》で、あした処刑《しょけい》される。見に来るがいいぜ」

「それがどうした」いかけ屋が言った。「どっかの運の悪いやつがつるされるのを見に行って、まる一日分の商売をふいにしろと言うのか？」

「つるされるんじゃない」見習いはにやりと笑《わら》った。「八《や》つ裂《ざ》きにされるんだ。役人は、そいつをドラゴンのエサにする気さ」

あたしは身動きできなかった。息も吸《す》えなかった。耳のなかにひゅうひゅう音がして、全身ががくがくふるえた。母さんがどこにいるか、これでわかった。ドラカンにつかまっているのだ。あしたあいつは、母さんをドラゴンに食《く》わせるつもりなんだ。

「どうだ？」見習い騎士は、りんご酒売《しゅう》りにカップをつきつけた。「これなら話の種《たね》になるだろ?」

りんご酒売《しゅう》りは答えなかった。ひしゃくを樽《たる》につっこみ、カップにあふれるほど注《つ》いだだけだった。よく見れば、その手がほんのほんのわずかだが、ふるえているのがわかったはずだ。

15 ドラゴンをつなぐ

どうやってりんご酒《しゅ》の屋台《やたい》をはなれて町にもどったのか、いまだに思い出せない。城内《じょうない》に入る門で止められたかどうかすら、おぼえていない。もし止められたとしても、あたしのようすは、うすのろマルテより妙《みょう》だっただろう。わけのわからないことばかり言ったはずだ。頭のなかでなにもかもがでんぐりかえって、外のできごとなんか、まるっきり気がつかなかった。ちゃんと帰りつけたのは、奇跡《きせき》みたいなものだ。

おぼえているのは、マウヌス先生の仕事場の炉端《ろばた》にすわり、火がごうごう燃《も》えているのにがたがたふるえていたこと。ニコとマウヌス先生がけんかをしてたこと。ニコがあんまり大声でわめくので、階段の見張《みは》りに聞きつけられないよう、マウヌス先生はしずかにさせなければならなかった。そのあとふたりは、口から出ることばのはげしさにまるでそぐわない、へんに押《お》しころした声で、けんかをつづけた。

「先生、あの悪魔《あくま》がディナの母親をいやらしいドラゴンに食《く》わせようというときに、ぼくがしっぽを巻《ま》いて自分の身を守ると思ったら、大まちがいですよ」ニコは言いはった。

「なにを言う。頭をどこかにふっとばしたのか？　これは罠《わな》なのがわからんのか」

「じゃあどうしろと言うんです。手紙でも送りましょうか？『拝啓《はいけい》ドラカンどの。これが罠なのは承知《しょうち》している。だからディナの母親を殺《ころ》すのをやめていただけないだろうか？』そしたらやつがただちに、あの人を釈放《しゃくほう》するとでも思うんですか？」

「おちつきなさい。分別《ふんべつ》をなくしてどうする？」

「おくびょう者になって、ちぢこまっているよりは、ましでしょうが」

「それなら、全知《ぜんち》の創造主《そうぞうしゅ》があたえてくださったその頭脳《ずのう》を、使ってみなさい。わずか一分でいい！　もしもおまえが自《みずか》らドラカンのもとにおもむき、かわりにドラゴンの餌食《えじき》にされたら、わたしたちはどうなる？　どんなよいことがある？　そうすればドラカンは、恥《はじ》あらわしを釈放《しゃくほう》するか？　ディナは？　わたしは？　後家《ごけ》さんは？」

「ぜったい口を割《わ》ったりは――」

「そのつもりではいるだろう。すぐには白状《はくじょう》もしないだろう。だがやつは、自分の敵《てき》をひとり残らずあぶりだすまで、やめないぞ。その敵も、たいした数にならないだろう。やつがおまえをかたづけてしまえば、とくに。そうなったら、カラスの一族《いちぞく》は真《しん》に絶《た》え、やつが必死でかくそうとしている真実《しんじつ》、つまり、ドラカンが殺人者《さつじんしゃ》であり、真の怪物《かいぶつ》なのだ、という真実を語るものは、ひとりもいなくなる。考えなさい。よく考えるのだ」

「先生はいつもそうおっしゃる。なにしろ考えるのが仕事ですからね。どんな悪事《あくじ》も、理由だの動機《どうき》だのと、それればかりだ。だが考えるだけでなにもしないのは、おくびょう者ですよ」

マウヌス先生は怒《いか》りのあまり、ふだんは赤みがかった顔色を真っ白にして、ものをいわなくなった。室内には沈黙《ちんもく》が、大きな黒い鳥みたいに、どっしりといすわった。それからマウヌス先生は、ふいとニコに背《せ》を向けて、暖炉《だんろ》の火を穴《あな》が開《あ》くほどにらみつけた。まるで、踊《おど》る炎《ほのお》のなかに大切なものを落としてしまったように。

「よかれと思うようにすればよい」奇妙《きみょう》にかさついた生気《せいき》のない声で、先生は言った。「わたしはもう、おまえの先生ではない。だがすくなくとも、ディナを後家《ごけ》さんのところへ行かせなさい。そうすれば、これ以上無用におおぜいの命を危険《きけん》にさらさずにすむ」

「またですか?」マウヌス先生が降参《こうさん》したので、ニコはすこしおちつきを取りもどしていった。

「すこし危険すぎませんか?」

「ここのほうが安全とでも思っているのか? おまえが英雄《えいゆう》ごっこをはじめたら、この子には町のどこも安全でなくなる。すぐに後家さんの家に向かわせて、そこに……なにもかもかたづくまでいさせるほうが、安全だ」

マウヌス先生が「そこに」の次のことばを寸前《すんぜん》で言いかえたのは、明らかだった。ほんとうは、どういうつもりだったのだろう。いつまで？　母さんが命を落とすまで？　それともニコがつかまるまで？　もっと縁起《えんぎ》のいいことばを想像《そうぞう》するのは、いまはむずかしかった。

「おっしゃるとおりです」ニコは言った。「ディナ、きみは後家《ごけ》さんの家にいるほうがいいようだ」

あたしが無言《むごん》でうなずいたので、ニコはちょっとおどろいたみたいだった。なにか言いかえすと思っていたのだろう。でもいまは言いあらそう気力《きりょく》がなかったし、言われたとおりにすると思わせとくほうが、楽《らく》なのだ。

「手紙か、きちんとした言《こと》づてをちょうだい」あたしは言った。「夜になって門が閉《し》まるまでに、通りぬけないと」

ふたりはそろって、妙《みょう》な顔をしてあたしを見つめた。

「ぐあいはどうだね？」マウヌス先生がたずねた。「腕《うで》はだいじょうぶか？」

「なんとかだいじょうぶ。だから伝言《でんごん》を書いてください」

「先にお茶でも一杯《ぱい》飲んだら？」ニコが言った。「すこしようすがへんだもの。つらいことだったろうからね、そんな……お母さんのうわさを聞いたなんて」

あたしは立ちあがった。火のぬくもりも役に立たないいま、なにかしているほうがよかった。それに、これ以上ふたりのけんかを聞きたくなかった。

「いますぐ出発するつもり」あたしは言った。

さいわい階段《かいだん》の見張《みは》りは交代していた。豚肉《ぶたにく》をかじっていたあの男なら、おなじ薪《まき》はこびが一日に何度も往復《おうふく》するのを見て、へんだと思ったかもしれないけれど。新しい見張りは、戸口で武《ぶ》器蔵《きぐら》まえ広場のほうを向いて立ち、首をのばしていた。あたしが通りぬけるのも、ろくに気づかなかった。それほど、広場のむこうのなにかのできごとに気を取られていたのだ。

「くそ。つまんねえ」見張りは毒《どく》づいた。「ここからは、なにも見えやしねえ」

あたしは広場のほうをながめた。たいへんな人だかりがしていた。

「なんですか？」あたしは用心しながらたずねた。

「ドラゴンさ」見張りは言った。「あそこにつなごうとしてるんだ。あしたにそなえて」

あたしはこおりついた。次に歩きだした。ただし、さわぎのほうに向かって。なぜだかわからない。いったいどうして、母さんを殺《ころ》すために引きだされたドラゴンなんか、見たくなったのだろう。でも、実際《じっさい》見たくなったのだ。あたしのようすがへんだとニコが言ったのは、きっと正しかったのだ。

最初《さいしょ》は、大人《おとな》たちの広い背中《せなか》にじゃまされて、なにも見えなかった。でも、においだけはした。鼻にしっかりしみついた、腐《くさ》った肉のにおいをかぎつけたのだ。それから、ドラゴンのでないのはたしかな、かぼそい声が聞こえた。あたしは、ののしられたりひじ鉄を食《く》らわされたりしてもものともせず、群衆《ぐんしゅう》のなかをかきわけていった。

ようやくまえに出ると、衛兵《えいへい》たちがドラゴン飼育場《しいくじょう》の鉄格子《てつごうし》に、かざりたてた子ヤギをつないでいるのが目に飛《と》びこんできた。子ヤギは自由《じゆう》になりたくて、ぐいぐい綱《つな》をひっぱっている。その気持ちはわかった。だって鉄格子のむこうに、怪物《かいぶつ》が二頭、よたよた、ずるずると、近づいてきていたのだ。一方のドラゴンがもう一方を威嚇《いかく》して、強引《ごういん》にまえに出ようとした。寒い夜中より、午後の太陽にてらされているほうが、明らかに動きがすばやい。あのときは夜でよかった。でなけりゃいまごろは、あたしもニコも、ドラゴンのおなかのなかだった。

子ヤギの鳴き声はますますせっぱつまり、さかんにとびはねて綱をひっぱるものだから、とうとうもんどりうって、あおむけにたおれた。やじうまの何人かがそれを見て笑《わら》ったが、あたしの口には、吐《は》き気《け》をもよおすすっぱい味《あじ》が広がっただけだった。おびえきった子ヤギにかけよって、綱《つな》を切ってやりたかったけど、どうしても勇気《ゆうき》が出なかった。

二頭のドラゴンはいまにもかみつきあいそうだった。牙《きば》が白く光って見えた。どちらも相手をいけにえに近づかせる気はなく、おまけに鉄格子の穴《あな》は、二頭とも入れるほど大きくはなかった。

そこで大きいほうのやつが相手の前足を、がぶりとやった。かまれたドラゴンはかん高い声でほえ、のたのたと引きさがった。そのすきに大きなほうがまえに出て、檻《おり》にはりついた。そいつは穴《あな》をすっかり埋《う》めてしまうほど図体《ずうたい》がでかいため、はじめはどんなにがんばっても、頭を出すことができなかった。

「いまだ。開けろ！」衛兵《えいへい》のひとりがのども裂《さ》けよとばかりにさけび、部下《ぶか》がふたりでレバーを押《お》しあげた。すると檻の一部がするすると開いた。

ドラゴンが頭を突《つ》きだし、子《こ》ヤギの脇腹《わきばら》に歯を立てると、子ヤギはたまげるような悲鳴《ひめい》を上《あ》げた。かざりたてた胴体《どうたい》が血に染《そ》まったが、つぎの瞬間《しゅんかん》子ヤギは、ドラゴンの牙《きば》からうまくのがれでた。でもドラゴンはもう一度食《く》いつき、今度は頭をぱっくりくわえこんだ。子ヤギの声はもう聞こえず、しばらくうしろ足がもがくのが見えるばかりだった。

「鎖《くさり》！」と隊長《たいちょう》がさけび、ドラゴンが口いっぱいに子ヤギをほおばっているあいだに、勇敢《ゆうかん》な衛兵がひとり、太い鉄鎖《てつぐさり》をそいつの首に投げかけて、しめつけた。ドラゴンはさかんに首をふって、前足の爪《つめ》で衛兵をひっかこうとしたが、檻の外には出られない。ようやくうしろに下《さ》がればのがれられると気づくまえに、鎖はがっちりとしまってしまった。

「おそれを知らぬ男だなあ」見物人のひとりがつぶやいた。上着にぴかぴかのドラゴンのバッジをつけた、屈強《くっきょう》な男だった。「あんなふうにドラゴン使いごっこをさせられるんだったら、たんまりおあしをいただかなくっちゃ」

「銀貨《ぎんか》十マークをもらえるって話だよ」となりの男がいった。「考えてみろ。銀貨十マークだぞ。うちの家族なら、冬の半分生きのびていける」

めったに使われない古い歯車が、きりきりぎしぎし悲鳴《ひめい》を上《あ》げた。ドラゴンのうしろに格子《こうし》が下《お》りてきて、広場に面した格子が上がっていった。怪物《かいぶつ》がはげしく首をふると、鎖《くさり》ががちゃがちゃ鳴り、子ヤギの血の雨が、ドラゴン使いに降《ふ》りそそいだ。ドラゴン使いはいらだったように顔をぬぐうと、あわててけだものの攻撃《こうげき》のとどかないところまで下《さ》がった。

そこへドラゴンが、どすんどすんと進んできたので、とたんにまえに出たがるやじうまは、ひとりもいなくなった。実際《じっさい》ほとんどの人が、無意識《むいしき》にうしろに下《さ》がってしまい、気がつくとあたしは、ひとりで最前列《さいぜんれつ》に残されていた。

ここでほかの人といっしょに引きさがればよかったのに、あたしはぼうぜんと立ったまま、ドラゴンを見つめていた。灰緑色《はいみどりいろ》のうろこにおおわれた足を、黄色い目を、口の両側《りょうがわ》にぶらさがった子ヤギの血まみれのかたまりを、見ていたのだ。

恐怖《きょうふ》に麻痺《まひ》してしまって、ニコに押《お》されなければ歩けなかった、ドラゴン飼育場《しいくじょう》でのあのときと、いまとは事情《じじょう》がちがう。今度は、ドラゴンがここまで来られないのがわかっていた。あたしは、事態《じたい》をのみこみたかったんだと思う。ドラカンが本気で実行《じっこう》するために、この子ヤギ、鎖、ドラゴン使い、銀貨《ぎんか》十マーク、といった小道具《こどうぐ》をそろえたんだ、母さんを、子ヤギみたいにドラゴンに投げあたえて、殺《ころ》すつもりなんだと、のみこもうとしていたのだ。

「気をつけな」うしろで声がして、肩《かた》に手がかかった。あたしはきっとふりかえり、見あげた。その手は衛兵《えいへい》のものだった。見物人をドラゴンのとどかないところまで下《さ》がらせるつもりだろう。

「やつは毒《どく》を吐《は》きかけるかもしれんから、そんなところ——」

そこで動きが止まった。あたしははっと気づいた。知らないうちに衛兵と目を合わせていたのだ。あたしはすばやく頭をたれてうなずいた。

「近づくのはやめます」あたしは言った。「それに、すぐに家に帰るって、約束《やくそく》してたから……」あたしは手をふりはらい、急いで家に帰らないといけない男の子に見せかけようとした。

「待て……」衛兵が、また手をのばしてきた。命令《めいれい》するというより、自分でもなぜ行かせまいとしているのかわからずに、とまどっているような声だった。

「遅《おそ》くなると、母ちゃんにしかられるんです」あたしは肩ごしに答え、人ごみをかきわけようとした。

衛兵が答えなかったので、これなら薪《まき》はこびと目を合わせてなぜ妙《みょう》な、いやな気分になったのかなんて、考えないでくれそうだ、と希望《きぼう》がわいた。人ごみをぬけだし、しっかりした足どりで広場の石畳《いしだたみ》をふみしめて、車横町《くるまよこちょう》に向かった。すがたを見うしなったら、あたしのことなんかすぐにわすれるだろう。あとほんの二、三歩で……

「止まれ！　かごをかついだおまえ！　そこを動くな！」

心臓《しんぞう》がバクバクしたが、あたしは衛兵《えいへい》の呼《よ》び声《ごえ》が聞こえないふりをした。あとわずか二、三歩で、あいつの視界《しかい》からはずれる。

「ドレース、そいつを止めろ！」衛兵がさけんだ。だれに言ったのかたしかめるため、ちらとふりかえってみた。そこには昼まえに見た、筋肉男《きんにくおとこ》が立《た》っていた。ドラゴン隊《たい》に入りたがる新米連《しんまいれん》中《ちゅう》にかっかしていた、あの男だ。そいつはでかいくせにすばやかった。一瞬《いっしゅん》まえは黒い板壁《いたかべ》にだらしなくよりかかっていたくせに、次の瞬間《しゅんかん》には毛むくじゃらのごつい手をぬっと出して、あたしのシャツをつかんだのだ。

「どこへ行こうってんだ」そいつは言うと、ぐいとひと引きしただけで、あたしを黒タールの建物に引きずりこんだ。シャツがにぶい音を立てて裂《さ》け、敷居《しきい》につまずいたあたしは、かごを落とし、ふみかためられた土間《どま》によつんばいになってたおれこんだ。悪いほうの腕《うで》にするどい痛《いた》みが走ったが、さするひまもなく、筋肉男に首根《くびね》っこをつかまれて、むりやり立たされた。「どこへ行くつもりだった？　止まれと言われたのが、聞こえなかったのか？」

ヤジュウに首すじをがっしりくわえられたネズミの気持ちが、わかるような気がした。筋肉男につくつかまれて、そのほかのことは頭にうかびもしなかった。足が地面についていなかったような気もする。なんにしても、足には体を運ぶ気力《きりょく》がなかった。

「おい、ドレース、手かげんしろよ。ほんの子どもだろう」

ハネスから逃《に》げようと考えるぐらいにゃ、育ってるぜ」ドレースはそう言ったものの、手をはなした。おかげであたしはよろけて、また床《ゆか》に転がってしまった。

「たしかにそうだ」ドレースをたしなめた男がつぶやいた。こちらも昼まえに見た隊長《たいちょう》だった。

この建物はどうやら、衛兵《えいへい》の訓練場《くんれんじょう》らしい。黒い板壁《いたかべ》にはいたるところに、棒《ぼう》、槍《やり》、棍棒《こんぼう》、かぶと、よろい、剣《けん》など、あらゆる武器《ぶき》や武具《ぶぐ》がかかっている。

「で、ハネスは、この子羊《こひつじ》をどうするつもりなんだ」

「知らんよ」ドレースはいった。「けどこの小僧《こぞう》は、止まれといわれても止まらなかったんだ」

そのとき入り口に、最初《さいしょ》の衛兵があらわれた。

「おお、つかまえたか」衛兵はいって、走っているあいだにまくれあがったらしい制服《せいふく》を引きさげた。

「ああ、まあそういうことだ。こいつをどうする気だ?」隊長はかぶとをぬぐと、汗《あせ》ではりついた、茶色の短髪《たんぱつ》をかいた。

「そうさなあ……」ハネスは急にひるんだようだった。「ただ、こいつには気になるところがあるんだ」

「気になるところ、ときたな」隊長《たいちょう》は、いじわるくくりかえした。「ふうん。そりゃあ、えらいことだ。すぐに穴《あな》にでもほうりこむか？」

ハネスはさらにぐあいの悪そうな顔になったが、あきらめなかった。

「どっかで見た気がするんだ……というより、なにかを思い出すというか……」

隊長はためいきをついた。「立て、小僧《こぞう》。なぜ止まらなかった？」

あたしはのろのろと立ちあがり、こわがってるか恥《は》ずかしがってるふりをして、首をたれた。

「おれのことだなんて、思わなかったんです。それに……母ちゃんに早く帰るって言ってきたし……」

「たいした極悪人《ごくあくにん》をつかまえたもんだぜ、なあ？」隊長は、ばかにして鼻を鳴らした。「ぬすんだものでも持ってるか、さがして見ろ。なければ母親のもとに返してやれ。おれたちには、もっとましな仕事があるはずだぞ」

「盗人《ぬすっと》なんかじゃないです！」できるだけ怒《おこ》ったふうにいってみた。「なんもぬすんじゃないんだから！」

ドレースはあたしを壁《かべ》に押《お》しつけ、片手《かたて》でしっかりおさえながら、もう一方の手でマウヌス先生のベルトをはずした。ベルトを投げられたハネスは、革袋《かわぶくろ》のひもをほどいて、中身を左手にぶちまけた。

「銅貨《どうか》四枚《まい》、パンのかけら、紙きれ一枚、綿《わた》ぼこり少々」ハネスはいった。

「紙にはなんと？」ドレースがたずねた。

「あーんと……おれは読むのが苦手でなあ……」

「貸《か》してみろ」隊長《たいちょう》がいって、紙きれを取りあげた。「薪《まき》ふたかかえ。支払《しはら》い済《ず》み。銅貨四枚」と隊長は読みあげた。

「ごまかしてないって、薪屋のおかみさんに証明《しょうめい》するんです」あたしはいった。今度は、マウヌス先生、まえよりもっと頭がさえてたな、と思った。先生ははじめのときのように、まず見えないインクで書き、真っ白いままで人に不審《ふしん》がられないよう、その上にふつうのインクで、薪の受けとりを書いたのだ。

ハネスは四枚の銅貨をじっとながめていた。あたしは息をのんだ。ハネスが頭をしぼっているのが、ひしひしと感じられたのだ。なにかがあることが——一見どうってことのない薪はこびの男の子に、気になるなにかがあることが、ハネスにはわかっている。ただそれがなんなのか、説《せつ》明《めい》できないでいる。

「その子に財布《さいふ》を返して、放免《ほうめん》してやれ」隊長が言ったので、あたしは安心のあまりひざがへなへなになった。ドレースがあたしをはなし、ハネスがベルトと革袋《かわぶくろ》とお金《かね》をわたしてよこした。ベルトをしめるときに三だふるえたが、なんとかできた。

「これもわすれるなよ、小僧《こぞう》」隊長《たいちょう》が紙きれをさしだした。「ごまかしてないことを、おかみさんに証明《しょうめい》するんだろ」

「すんません、だんなさん」あたしは紙をつかんだ。

隊長ははなさない。

あたしたちは紙の両側《りょうがわ》を持ったまま、立っていた。なぜ相手がはなしてくれないのか、あたしにはわからなかった。

「だんなさん？」自分の声がほんのすこしわななくのがわかった。「紙を返してもらえませんか？」言いながら、なんとか顔を上《あ》げないようにがまんした。

「おまえの手は、きれいすぎる」隊長が言った。

最初《さいしょ》はなにを言われたのかわからなかった。予想《よそう》もしないことだったから。それに言われたことがなかったから。きたない手ね、といつも母さんは言う。言われると、ポンプのところへ手を洗《あら》いに行かなければならない。でないと食べ物とか、母さんの果汁《かじゅう》びんとか、薬草《やくそう》の名札《なふだ》とかに、さわらせてもらえない。手がきれいすぎるなんて、これまでだれにも言われたことがないと思う。

それからようやく、なにがまずかったかがわかった。あたしは、粉屋《こなや》の兄弟の手や、うすのろマルテの手を、思い出した。ギザギザの爪《つめ》、茶色のインクでしわを書きこんだみたいに指や関節《かんせつ》によごれがしみついた、無骨《ぶこつ》な手を。あたしは紙をはなし、あわてて手をひっこめたけど、もちろん手おくれだった。隊長《たいちょう》はあたしの手首をがっしりつかんでいた。

「これは男の子の手じゃない」隊長は言った。「まして薪《まき》はこびの手であるはずがない」

あたしは身をよじって、腕《うで》をはなさせようとした。でもその結果《けっか》、ドレースにけがをしたもう一方の腕をつかまれた。あたしは悲鳴《ひめい》を上《あ》げないよう、きつく唇《くちびる》をかみしめた。

「ていうと……女の子なのかい？」

隊長はあたしのあごに親指をかけ、むりやり顔を上《あ》げさせた。「よく見ろ。もちろん女の子だ」

あたしは目を閉《と》じたが、それでもまつげのすきまから涙《なみだ》があふれでるのがわかった。ドレースにつかまれた腕が、ずきずきと燃《も》えるように痛《いた》んだ。もうちょっとで逃《に》げられると思ったのに、結局《けっきょく》はつかまってしまった。がまんもこれまでだった。

「こっちを見なさい」隊長がしずかに、やさしいともいえる声で言った。「こっちを見るんだ、嬢《じょう》ちゃん」しつけをする動物を呼《よ》びよせているような口ぶりだった。

そうなの。そうしてほしいのなら、見てあげようじゃないの。あたしはそう思って目を開《ひら》き、相手と目を合わせた。

「**はなしなさい**」あたしはできるだけ恥《はじ》あらわしらしい声を出した。「**それが、自分より弱い人間をあつかうやりかたなの？**」

ふたりがぱっと手をはなした。あたしは戸口のほうにあとずさった。ドレースはだれかにハンマーで頭をなぐられたような顔で、首をふっていた。隊長《たいちょう》は、ただしずかに立っていた。目をしばたたきながら、それでもあたしに向きなおった。

「恥《はじ》あらわしの娘《むすめ》だな」隊長は言った。

「そう。今度はあたしもドラゴンのエサにするつもり？　そしてお客に見せて、お金《かね》を取るんでしょう？」がんばったけど、あたしの声はあんまりそれらしくひびかなかった。声はたよりないうえ、怒《いか》りで裏《うら》がえっていた。「まるで見せものかなんかみたいに……」声が声にならなくなり、それ以上ことばそのものが出なくなった。隊長は目をふせて、床《ゆか》をにらみつけた。

「あんたにはなにもしないよ」隊長は言った。「母親も放免《ほうめん》されるはずだ。ほんとうの犯人《はんにん》が申《もう》しでさえすれば」

「だれが犯人だか、わかってるの？　考えてみたことがあるの？　ほんとうはだれが……」

それ以上しゃべれなかった。ハネスがうしろからつかみかかり、あたしの口を手で押《お》さえたのだ。

「つかまえたぞ」ハネスはさけんだ。

あたしは力いっぱい手にかみついてやった。

「いてぇっ、こんちくしょう！」ハネスはわめいた。「かみやがった。悪魔《あくま》の小娘《こむすめ》がかみやがった！」

「毒《どく》が回って死んじまえ！」あたしは金切り声をあげて、むこうずねをけとばしてやった。でもさんざん悪態《あくたい》をつきながらも、ハネスはあたしをはなさなかった。しかもドレースも元気を取りもどした。すばやく壁《かべ》のかけくぎから古マントをはずして、あたしの頭にかぶせた。なにも見えなくなった。そのうえ、息もろくに吸《す》えなくなった。ハネスだと思うけど、ひとりがあたしに足ばらいをかけてたおし、背中《せなか》をひざらしいもので押《お》さえつけた。

「ベルトをよこせ」ドレースがうなるような声で言い、すぐにあたしはマントごとなにかにぐるぐる巻《ま》きにされて、腕《うで》を動かせなくなった。

背中の重みはなくなったものの、まだ起きあがれなかった。マントはすえて泥《どろ》くさく、おまけにごわごわで、窒息《ちっそく》しそうだ。体に巻《ま》きつけられたベルトが、けがをした腕に食《く》いこんでしめつけるし、ドレースにつかまれたせいで、ドラゴンのかみ傷《きず》が開《ひら》いたにちがいない。ぬるりとあたたかいものが、ひじから手首へと広がった。あたしは苦労しながら、いいほうの腕を、つぎに背中を下にするよう体をひねり、起きあがろうとした。

「かみやがった」ハネスはおびえたような声でくりかえした。「血が出てる……」

「しばらくポンプの水に打たせておけばいい」隊長《たいちょう》が言った。

「けど、もしかして……こいつ、死んじまえって言ったぜ？」

「そしたらどうする？　そのまま死ぬのを待つのか？　この子に毒牙《どくが》があるわけではないだろう。すぐにポンプのとこへ行け。それからドレースは、その子を連れてくるんだ。引きずっていって、上の指示《しじ》をあおごう」

ドレースはベルトをひっぱってあたしを立ちあがらせた。それから世界がひっくりかえった。ドレースがまるで荷物《にもつ》のように、あたしを肩《かた》にかつぎあげ、頭を下にぶらさげたのだ。あたしは足をばたつかせて下《お》りようとしたが、ドレースは低い声で言っただけだった。

「やめな。その気になりゃ、足をしばることもできるんだぞ」

あたしはあばれるのをやめた。早くもすっかり望《のぞ》みをくじかれていた。


ドレースはあたしを荷物のように運び、荷物のようにほうりだした。あたしは見ることも、手をのばして体をささえることもできなかった。厚地《あつじ》のマントがすこしは守ってくれたけど、それでも肩《かた》とひざをひどく打ちつけ、腕《うで》にはまた燃《も》えるような痛《いた》みが走った。

「ほう」冷《ひ》ややかな声がした。「それはいったいなに？」

「娘《むすめ》です、奥《おく》さま。恥《はじ》あらわしの娘をつかまえました」

「なぜ冬至《とうじ》祭《まつ》りのおくりもののように、荷づくりされているの？」

「奥さま、それは……」隊長《たいちょう》はことばにつまり、すこし気おくれしたようにせきばらいをした。

「その目がですね、奥《おく》さま……」

「子どもなのよ、隊長《たいちょう》。大《だい》の男が三人がかりで押《お》さえきれないとは。しかも目かくしまでされて。ほどいてやりなさい」

「上の指示《しじ》」と聞いて、あのときだれを思いうかべたのだったか。思い出せない。でもドレースにベルトをはずされ、息のつまるマントが取りのぞかれたとき、最初《さいしょ》に見えたのは、たっぷりした青い絹《きぬ》のスカートだった。そして顔を上《あ》げると、金糸《きんし》の刺繍《ししゅう》をほどこした胴着《どうぎ》と、真珠《しんじゅ》のネットできつくまとめた黒髪《くろかみ》が、そして最後《さいご》に――このときだけは、相手の目を見たくないのはあたしのほうだった――死人のように青ざめ、やせて骨《ほね》ばった顔が、目に入った。がいこつ夫人《ふじん》。ドラカンのお母さん、リゼア夫人だ。

ほんとうと思えなかった。頭のなかでいろんな絵がやたらとぐるぐる回った――ナイフ、雪のように舞《ま》う白い羽毛《うもう》、あまりにするどくかん高く、人間のというよりタカの鳴き声に聞こえる、あの怒《いか》りあふれるさけび。

夫人が首をのばしてきたので、あたしは思わず首をちぢめた。でも相手は、あたしの腕《うで》に軽くふれただけだった。

「血が出ているわ、お嬢《じょう》ちゃん。このものたちがなにかしたの？」

あたしは自分の耳を疑《うたが》った。てっきり、またもナイフをふりかざして、ただちにあたしののど首を切りさくだろうと思っていた。なのに夫人《ふじん》ときたら、かまれたあたしの腕を本気で気づかっているような声を出す。おどろきのあまり、口もきけなかった。

やつれた白い手が、あたしのそでをまくりあげると、ぐっしょり血がにじんだ包帯《ほうたい》が目に入った。

「それは、わたしどものしたことではありません」隊長《たいちょう》がいった。

「もちろん、あの怪物《かいぶつ》が傷《きず》つけたにきまっています」リゼア夫人は、そでをもとどおりにのばした。「かわいそうに。あれがもっとひどいことをするまえに、逃《に》げだせてよかったわね。ここなら安全です」

あたしは口を開《ひら》き、また閉《と》じた。なにを言えばいいと言うの？　ニコをかばいたいけど、それはまずい。ニコの居場所《いばしょ》を知っていると、さとられないのが一番だ。

「動転《どうてん》しているのね。そうでしょう？　さあ――いすにすわって。ところで、なんという名なの？」

「ディナ」声がひっくりかえった。まるでだれもが予想《よそう》と正反対《せいはんたい》のことをする、呪《のろ》われた城《しろ》にまよいこんだみたいだった。どうしてこんなにやさしいの？　隊長とその部下《ぶか》がそばにいるから？

夫人はあたしのいいほうのひじを持って、そうしないとたおれないかと心配だ、とでも言いたげに、体をささえてくれた。

あたしをすわらせようとしたいすは、赤い革《かわ》ばりで、豪華《ごうか》な金襴《きんらん》のクッションが置《お》いてある。あたしのみたいに、うすよごれてすり切れたズボンをのせるために、つくられたものではない。

「なにがあったか話してちょうだい、ディナ」夫人《ふじん》はいった。「あのものから、どうやってのがれたのです？　どこに閉《と》じこめられていたの？」

夫人の香水《こうすい》が、見えない雲のようにまといついた。マントとおなじで、息がつまる。あたしはなんと答えればいいか、わからなかった。

「母さんはどこですか？」答えるかわりにあたしはたずねた。「なぜ母さんを殺《ころ》すの？　母さんは、なにもまちがったことをしていないのに」

あたしは夫人の目をとらえようとしたが、夫人はあたしに向かって話しているくせに、隊長《たいちょう》を見ていた。

「おまえの母親は、いつわりを語り、つとめをなおざりにしました」夫人は言った。「それは重大な罪《つみ》です。ただおそらくは、おまえの命が心配なあまりに、そうしたのでしょう。でも、いまでは娘《むすめ》は安全に保護《ほご》されたと聞けば、おまえの母親も、言い分を変えてくれるでしょうよ。それにおまえが、怪物《かいぶつ》ニコデマスの逮捕《たいほ》に協《きょう》力《りょく》してくれるなら……そうね、母親を無罪放免《むざいほうめん》してやれるかもしれない」

夫人は一歩しりぞいたが、まだあたしと直接《ちょくせつ》目を合わせようとしなかった。それでいてあたしを観察していることは、わかっていた。夫人《ふじん》は片手《かたて》をいすの背《せ》もたれに、もう一方の手をあたしの肩《かた》にかけ、期待《きたい》にみちて、しずかに立っていた。なにを待っているかは明らかだった。はっきりと言ったも同然《どうぜん》だったから。ニコをこちらにわたせば、おまえも母親も自由《じゆう》だよ、と。

なぜだかわからないけど、あたしは粉屋《こなや》のシラと、王女さまのプロポーズごっこをしたあの日のことを、思い出した。あの日あたしは、シラをよく知っていて、どこが急所《きゅうしょ》かをこころえていたはずだったのに、シラを見あやまった。ピンクのショールと黄色いダリアの冠《かんむり》のシラ……あの子は安手《やすで》のまがいものでしかなかった。リゼア夫人こそ、本物のお姫《ひめ》さまだ。外側《そとがわ》は、絹《きぬ》のドレスと、笑顔《えがお》に負けないほどかがやく真珠《しんじゅ》とで、きらきらとまばゆい。でもこの人とのゲームでへまをしたら、命にかかわる。ナイフだって本物の刃物《はもの》だ。見つけたらこの連中《れんちゅう》がニコをどうあつかうか、想像《そうぞう》しただけで吐《は》き気《け》がこみあげた。

あたしはこの女を信用《しんよう》しない。母さんを助けるためならあたしはなんでもするだろうと、承知《しょうち》している女だ。ドラゴンが子ヤギの頭にかみついたときに立てたあの音は、いまだに耳に残っていた。たとえ、あたしがニコの命を母さんの命と引きかえにしたとしても、そのときがいこつ夫人が自分の側《がわ》の約束《やくそく》を守るなんて、あてにできない。

そしてニコ……あの牢獄《ろうごく》で、毒《どく》が入っていると見当をつけながらも、ドラカンの酒を飲んだようすが、思いうかんだ。あたしにはわかっていた。ニコが勇気《ゆうき》をふるいおこすため、どんなに努《ど》力《りょく》しているか、それでもなお、首切り人の刃《やいば》を、人にどなられ、はやされ、女子《おんなこ》どもと老人《ろうじん》を殺《ころ》したやつだとにくまれて死ぬことを、どんなにおそれているかを。

肩《かた》に、リゼア夫人《ふじん》の細く骨《ほね》ばった指が、食《く》いこんでいた。あたしにふれないでくれればよかったのに。腕《うで》はずきずき痛《いた》み、そのしみはゆっくりと広がり、大きくなっていくばかりだ。自分のすることが、正しいかまちがっているか、かしこいことか、とんでもなくばかなことか、判断《はんだん》できなかった。でも、すばやくふりかえってやった。相手が目をそらすすきをあたえなかった。

「**あなたの息子《むすこ》がビアンを殺《ころ》したわけを教えなさい**」あたしは言った。子どもだなんて、子どもを殺すなんて、なによりもひどいことだ。もしもこの女が恥《はじ》や罪《つみ》を感じてるとしたら、いちばん心がうずくのはビアンの死のはず。

夫人の目は、黒といっていいくらい濃《こ》い青だった。顔にはまるで表《ひょう》情《じょう》がなかったが、ほんの一瞬《いっしゅん》だけ、夫人の怒《いか》りが自分のもののようにわきあがった。

「大公《たいこう》は、わたしを猟犬《りょうけん》か馬のように追いはらったのよ」夫人は、ほとんど聞きとれないほどの声をしぼりだした。「わたしに嫌気《いやけ》がさすと、そうやって追いはらった……そして、わたしの息子は大公の冠《かんむり》にふさわしくない、私生児《しせいじ》だから位《くらい》につけない、などと……あれは正義《せいぎ》だったのよ！　正しいことをしたまでよ！」

それからその顔が、とつぜん無表情《むひょうじょう》にもどった。夫人があたしをひどく乱暴《らんぼう》に押《お》しのけたので、いすがたおれ、あたしは落ちて片《かた》ひざをついた。

「魔女《まじょ》の小娘《こむすめ》めが！」夫人《ふじん》はさけんだ。「隊長《たいちょう》。このものをつかまえて！　母親とおなじ、にせものだわ。おなじようにせものので、おなじように危険《きけん》です！」

夫人はあたしに背《せ》を向けると、手で顔をおおった。細い肩《かた》がふるえている。まさか泣《な》いてる？　隊長とハネスとドレースは、こおりついたように夫人を見つめている。さっきの夫人の答えが聞こえたのだろうか。そもそも聞こえるほどの声で言っただろうか。それとも恥《はじ》あらわしだけに聞こえる声だったのかしら。こんなに棒立《ぼうだ》ちになっているのは、あたしの問いかけを聞いたせいなのかもしれない。

「わたしの命令《めいれい》が聞こえませんでしたか？」リゼア夫人は、わずかだがおちつきを取りもどした声でさけんだ。「その悪魔《あくま》の娘を逮捕《たいほ》しなさい。みんなが呪《のろ》いをかけられないうちに！」

16　氷の人形

　その夜以来、いまもあたしはときどきあのときの夢《ゆめ》を見る。暗いなかで目をさまして、なにも見えないとき、やつらが使った目かくしの肌《はだ》ざわりを感じることがあるのだ。そして一瞬《いっしゅん》、がいこつ夫人《ふじん》のにおいが、鼻のなかによみがえる。むっとあまったるい香水《こうすい》と、ドラゴンの悪臭《あくしゅう》がまじった、吐《は》き気《け》をもよおすようなあのにおい。

　母親っぽく腕《うで》を気づかってくれたあの女の態度《たいど》は、たちまち消えうせた。あたしをしばりあげたとき、やつらにはなんの思いやりもなく、腕なんてかまってもくれなかった。まったく見えないけれど、気配《けはい》とにおいだけはわかるどこかの場所に向かって、廊下《ろうか》や階段《かいだん》を引きずっていくときもおかまいなしだった。着いたところは寒く、床《ゆか》は大理石《だいりせき》のように固くてつるつるだった。灰《はい》と石けんのにおいがする。どうやら牢獄《ろうごく》ではないらしい。すくなくとも、ふだんは牢獄として使ってはいないところのようだ。どこかで水がぽとぽとたれる音がする。お風呂《ふろ》かなにかなのかな？　でも、川縁《かわぶち》にあるうちのお風呂みたいな、小さな木の掘《ほ》ったて小屋《ごや》なんかじゃない。

声が、石壁《いしかべ》にあたってこだましている。隊長《たいちょう》の声ではない。ハネスとドレースの声でもない。知らない声。いま目の見えないあたしには、顔が思いうかばない声だ。

「そうかい。ドラゴンが母親を食《く》うところを見たいのか。特別席《とくべつせき》を用意してやるよ」

「まぢかにいられるようにしてやろう。血しぶきをかぶるくらい、すぐそばにな」

液体《えきたい》がぴしゃっと顔にかかり、鼻のなかに入った。あたしはせきこみ、くしゃみをした。ことばから思いうかべたまぼろしがあまりにあざやかで、はじめは、かかったのは血だと信《しん》じこんだほどだった。一瞬《いっしゅん》、村の畜殺小屋《ちくさつごや》にただようような重くしつこいにおいが、鼻の奥《おく》に広がった。何秒《びょう》かたってようやく、頭にかけられたのはワインだと、鼻と舌《した》が教えてくれた。

「おまえの母親は、魔女《まじょ》だってなあ。けど魔女の子どもらでも、やっぱり母親が好《す》きなものかね」

「おまえは母ちゃんのことなんか、ぜんぜん好きじゃないのか？　ちっとぐらいは好きか？」

二本の手につかまれ、壁に押《お》しつけられ、ゆすぶられた。なめらかな石壁に、頭ががんがんあたった。

「母親を嫌《きら》うなんて、それでも実《じつ》の子か」どなり声が部屋《へや》じゅうにひびき、しめった突風《とっぷう》みたいにおそいかかった。酒くさい息とつばのしぶきだらけの突風だった。

「ドラゴンが母ちゃんを引きさくとき、どんな音がするか聞きたいか？　聞きたいよな？　こんな音だ」すぐ耳もとで、ローストチキンのもも肉をくだくような、ぐしゃっと湿《しめ》った音がした。

あんまりだ。胃《い》がぎゅっとちぢみ、口もとにすっぱい吐き気《はけ》が上《のぼ》ってきた。あたしはつばを吐きだし、吐きだし、どれかが相手にあたってくれればいいと思った。頭にあふれそうで、のがれようのないまぼろしも、吐きだしてしまえればいいのに。

「はなして」あたしはさけんだ。さけび声というより、泣き声《なごえ》だったけれど。「はなして、はなして、はなしてよ……」あとは泣き声にのみこまれた。

「はなしてやれ」これまでいやなことばかり言った連中《れんちゅう》のとはちがう、新しい声が聞こえた。押《お》さえていた手がはなれた。あたしは床《ゆか》に転がったが、だれか――新しい声の主《ぬし》？――が起こしてくれた。

「この子にひどくあたってはいかん」声の主が、泣いているあたしを、やさしく抱《だ》きしめた。

「この子が悪いのではないだろう？　人を三人殺《ころ》したのは、この子じゃないんだ」

あたしはなかば起きあがり、声の主のひざによりかかったかっこうで、たまらず泣きつづけた。声の主はまるで母さんみたいに、頭をなでてくれた。会ったことのない父さんも、こうしてくれるものだろうか。

「よしよし」声はつぶやいた。「なにもかもうまくいくよ。あんたは自由《じゆう》だ。お母さんも自由の身だ。だれもドラゴンに食《く》われたりしない」

まえぶれもなく、体から力がぬけた。声にささえられ、あやされ、はげまされるうち、急に相手が信《しん》じられた。なにもかもうまくいくのだ。もうこれ以上悪くなりっこないんだ。

「あんたのせいじゃない」声が、すぐ耳もとでささやいた。首すじに息づかいを感じるほど、まぢかから話しかけているのだった。「あの男のせいだ。なにもかもあいつのせいなんだ。あいつの居場所《いばしょ》さえわかれば、なにもかもうまくいく」

このままささえてもらい、あやされていたかった。頭のなかで、おそろしい血まみれの情景《じょうけい》がてんやわんやにからまりあうのを、止めたかった。なにもかももとどおりになってほしかった。母さん、ダビン、メリ、あたし。ドラカンに会うまえ。ニコに会うまえの日々に。いまのいま、あたしはニコに心から腹《はら》を立てていた。腹を立て、にくんでいた。なぜってニコが、なにもかもをめちゃくちゃにして、運命《うんめい》をかえてしまったのだから。あたしが窮地《きゅうち》に立たされているのも、ニコのせい。ニコか母さん、母さんかニコ。どちらを選ぶ？　まわりの世界がこんなふうになったのは、どうしてなの？　この人が言うように、みんなニコのせいなのだ。

「話してくれるね」声はささやいた。「そうすれば目かくしを取って、手のひもをほどいてやろう。やつはどこだ？」

もうすこしで言いそうになった。言わないでいるのは、どんなにつらかったか。だけどあの女が声を出さなくたって、音も立てず、まるでそこにいないふりをしていたって、あのにおいはわかった。がいこつ夫人《ふじん》だ。あたしはシラを思いうかべ、愛想《あいそ》のいい人間が信《しん》じられるとはかぎらないことを思い出した。

「知らないの」あたしはすすり泣《な》いた。「ほんとうに知らないの」

「最後《さいご》に見たのはどこだ？」

「ドラゴン飼育場《しいくじょう》の回廊《かいろう》。いっしょに連れてってくれなかった。町から逃《に》げないといけない、それにはあたしは足手《あしで》まといだって。あたしは連れて行かないって……」傷《きず》つき腹《はら》を立てたようすで泣いてみせるのは、かんたんだった。

「それからあんたはどうしたんだ？　この服は、どこで手に入れた？」

「も……物干《ものほ》しから取りました。でも、泥棒《どろぼう》じゃない。しかたなかったもの。泥棒なんかじゃないんだから。それから、薪《まき》はこびをさがしていたおばさんに会って。その人、かご一杯《ぱい》分運べば半ペニーくれるって言ったから。だから……」あたしはまた、すすりあげた。「だから、これでお金をかせごう。そしたらお金をはらって、連れて帰ってもらえると、思ったの。でもここは、なんでも高くて……」

「母親は？　母親を置《お》いて、帰るつもりだったのか？」

「だって、知らなかった……きょうまで知らなかったの……ここで……母さんが……」

「つかまっていることを？」

「はい。知らなかったんです」

しばらく沈黙《ちんもく》があった。それから男はあたしを押《お》しやった。乱暴《らんぼう》でも怒《おこ》ってるふうでもなく、でも腕《うで》に痛《いた》みが走るくらいにはきつく。どこかで戸が開き、すこしして閉《し》まった。それからまたしずかになった。これであたしはひとり？　自信《じしん》がなかった。あたしはなめらかで固い石床《いしゆか》にすわったまま、こごえ、恐怖《きょうふ》にちぢこまっていた。どこもかしこも痛《いた》かった。信じさせられたかどうか、わからない。みんなはそのことを議論《ぎろん》するために、出ていったのかもしれない。

ふたたび戸が開いた。足音が聞こえた。

「わたしの声が聞こえる？」がいこつ夫人《ふじん》の声だ。低くてきびしい。夫人のにおいがあたしをつんだ。「聞こえるの、魔女《まじょ》の娘《むすめ》？」

「はい……」とあたしはささやいた。それしかなかった。

「おまえの母親はあした死ぬのよ、魔女の子。おまえの母親はあした死に、怪物《かいぶつ》はそのへんを歩きまわり、しゃべり、飲《の》み食《く》いし、息をしつづける。おまえの母親が、血まみれの肉と骨《ほね》の山になったあともずっと。それがおまえの望《のぞ》みなの？　それでうれしいの？」

この瞬間《しゅんかん》、あたしは氷になったのだと思う。それ以外に説明《せつめい》がつかない。べつにあたしの体の血や心臓《しんぞう》が止まったり、痛《いた》みを感じなくなったりしたわけじゃない。ただそういうことに、なんの意味もなくなっただけ。まるで自分が、あらゆることから遠ざかり、自分の頭の奥《おく》に引きこもったような感じだった。いつもと変わらない、あたたかい皮膚《ひふ》の下で、あたしは像《ぞう》になったのだ。固く透《す》きとおって動かない、氷の人形像に。

がいこつ夫人《ふじん》は待ちかまえた。でも氷の人形は、しゃべる気がなかった。あたしは口をきかなかった。すると夫人は、急にくさいにおいでもかぎつけたように、ふんと鼻を鳴らし、あたしから一歩しりぞいた。絹《きぬ》のスカートがこすれる音が聞こえた。

「この子はきたない。におうわね。洗《あら》ってやって、ほうりだしなさい。悪魔《あくま》の子を、これ以上うちに置《お》きたくありません」

むこうはさっきから待ちかまえていたのだろう。首をちぢめるひまもなかった。氷のような水が、まず前から、次に後ろから、最後《さいご》に上からかかった。大きなバケツ三杯《ばい》分の水。あたしはすっかりぬれねずみになった。それからまたもや引きずっていかれたが、今度はそう長くなかった。短い階段《かいだん》を上《あ》がり、戸をくぐる。冷たい夜気《やき》が顔にあたり、押《お》されてひざまずかされると、そこはなめらかな石の床《ゆか》でなく、ごつごつとがった敷石《しきいし》だった。

「あばよ、魔女《まじょ》むすめ」顔のない声が、かみつくように言った。「母ちゃんが気《き》の毒《どく》だな」ちくりと痛みが走るのと同時に、するどい鋼《はがね》が手首のいましめを切った。腕《うで》が体の両側《りょうがわ》にすとんと落ちた。自由《じゆう》にはなったが、長いあいだしばられていたので、人形の腕《うで》みたいに、だらんと生気《せいき》がなくなっていた。とどめに背中《せなか》をぐいと突《つ》かれ、あたしは夜露《よつゆ》にぬれて冷たい敷石《しきいし》に、うつぶせにたおれこんだ。

あたしは長いあいだそのままで、次にこづかれるのを待っていた。足音が遠ざかっていったけれど、みんないなくなったとは思えなかった。でも時間がすぎても、やっぱりしずかだった。ドラゴンにかまれた腕はいうことをきかないが、もう一方の腕にすこし力がもどったので、起きあがることができた。こわばった指で、目かくしの布《ぬの》をつかんだ。結《むす》び目はかたく、しかもきつく巻《ま》きつけてあるので、鼻から下にさげられない。でもようやくおでこのほうからぬきとれて、また目が見えるようになった。

あたしは武器蔵《ぶきぐら》まえ広場の中央《ちゅうおう》にいた。月は西塔《にしとう》の真上にかかっている。あたりには人《ひと》っ子《こ》ひとり見えない。ほんの三十歩足らずむこうのドラゴン門のかげに、つながれたドラゴンが、かごに入ったヘビみたいにとぐろを巻いていた。あたしのなかの氷人形は、ドラゴンが冷たい夜気《やき》にあたって動きがにぶいあいだに殺《ころ》してやろうかと、冷静《れいせい》に考えていた。でも槍《やり》がないし、力も足りない。第一あの奥《おく》には、ほかにもドラゴンがいる。また新しいのが、連れてこられるだけだ。

あたしは立ちあがった。足が冷えてたよりない。体じゅうで冷えていないのは、ドラゴンにかまれた腕だけで、まるでそこにもうひとつ心臓《しんぞう》があるみたいにどきどきして、燃《も》えていた。あたしは感覚《かんかく》のない足で、広場を横ぎった。井戸《いど》のわきで足を止め、水の入った手おけは持ちあがらないので、馬の水飲み場から飲んだ。水は冷たく、石とコケの味がまじっていた。全身ずぶぬれなのに、のどはからからにかわいていた。

おなかが水ではちきれそうになるまで飲むと、さらに車横町《くるまよこちょう》をぬけた。計画《けいかく》があったわけじゃない。頭はまるで働かなかった。かごも薪《まき》も持たず、町を出るいいわけもなにひとつ持たないずぶぬれの浮浪児《ふろうじ》など、通すわけのない門番のことさえ、頭にうかばなかった。ところがいざ門にたどり着くと、小さなくぐり戸は開いていて、門番は壁《かべ》によりかかったまま、堂々《どうどう》といねむりしていた。あたしはそのまま門をぬけ、眠る城下《じょうか》に出ていった。

ここにいる唯一《ゆいいつ》の知りあいは、あの後家《ごけ》さんだ。心のなかが氷のようになってしまっていても、薬草園《やくそうえん》の家の青い台所と薪ストーブを思っただけで、せつなさに胸《むね》が痛《いた》んだ。〝聖《せい》アデラ教会のうら……道をまちがえることはない……〟

聖アデラ教会の塔《とう》は町の上に黒い槍《やり》のようにそびえ、月の光にかがやいていた。一歩ごとに、ぐちゃぐちゃといやな音を立てる長靴《ちょうか》をふみしめ、のろのろと歩いていった。こんなに遅《おそ》くたずねたら、機嫌《きげん》を悪くされるだろうか。ううん。あの人はちがう。きっとストーブわきの青いいすにすわらせてくれて、あの大きな銅《どう》のやかんを、火にかけるだろう。ぬれた服をぬがせてくれ、やわらかな鹿皮色《しかがわいろ》のショールを貸《か》してくれるかも。そして台所は、ニレの木荘《きそう》の母さんの台所みたいに、カモミールやニワトコや樺《たば》の皮の、強いいいにおいがする……

そこであたしの空想《くうそう》はとぎれた。母さんはニレの木荘《きそう》にはいない。もう帰ってこないかもしれないのだ。一撃《いちげき》を受けたように、心のなかの氷がくだけた。あたしはよろめいて、がくりとひざを折《お》り、両手《りょうて》をついたはずみに、けがをした腕《うで》に燃《も》えるような痛《いた》みが走った。石の上にひざをついてずきずき燃える腕をかばったそのとき、その音をはじめて聞いた。はじめは自分の足音が石壁《いしかべ》に反響《はんきょう》したのだと思った。でもこの音はちがう。ぐしゃぐしゃ鳴るあたしの足音よりかわいていて、用心ぶかい。

起きあがって、半分ふりかえってみた。からっぽの通りに目を走らせる。でもなにも見えない――月光にうかぶ敷石《しきいし》と、壁のかげばかりだ。そしてかげが動く気配《けはい》はない。

空耳《そらみみ》かしら？　あたしはしばらく壁にもたれ、ドラゴン腕をおさえながら耳をすました。でも聞こえるのは自分の息づかいと、通りいくつか向こうでほえる犬の声ばかりだ。

また歩きだす。でも今度は、歩きながら耳をすました。するとまた聞こえた――低いしのび足の音。あたしが足を止めると止まり、歩きだすとまた聞こえる。

聖《せい》アデラ教会を回りこみ、りんご酒《しゅ》売りが屋台《やたい》をかまえていた小さい広場をぬけた。後家《ごけ》さんの家はすぐそばで、薬草園《やくそうえん》の植物のにおいがかぎとれるほどだ。どんなに足を止めたかっただろう。どんなに薪《まき》ストーブわきのいすに腰《こし》を下《お》ろし、あとは後家さんにまかせてしまいたかっただろう。でもうしろには足音が聞こえる。つごうよくいねむりしていた、あの門番……そして自分は頭がいいとうぬぼれ、あたしはばかだとあなどったにちがいない、がいこつ夫人《ふじん》。あたしがお風呂場《ふろば》みたいな部屋《へや》のなかで目かくしされてしばられてるあいだに、連中《れんちゅう》が相談《そうだん》する声が聞こえるような気がした。あの娘《むすめ》を逃《に》がそう。きっとそう言ったんだ。逃がして、どこにかけこむか見てやろう、って。

だから後家《ごけ》さんの家のしっくい壁《かべ》にたどりついても、あたしは歩きつづけた。べつの通りに入り、教会からはなれて、ひとりとして知りあいのいない、見知らぬ町に足をふみ入れた。

17　足音とかげ

相手がひとりだけなのか、それとも何人もいるのか、わからなかった。何度かは、うしろをつけてくる者なんかひとりもいないと、思いこみそうになった。あれはたぶん、ただの犬か猫《ねこ》、でなければたまたまおなじ方向に歩いていく人なんだ、って。ああ、そうだったらどんなにいいだろう！　そしたらすぐ、いますぐここで向きを変え、後家《ごけ》さんの家にもどっていくんだ……いまでももどる道がわかれば、だけど。あたりの道は曲がりくねって勝手がわからず、聖《せい》アデラ教会の塔《とう》も、もう見えなかった。

ほとんどの家も、窓《まど》はよろい戸をおろし、戸口はかんぬきをかけて、暗く閉《し》めきっていた。通りで、明かりがついているのは一軒《けん》だけ。そこは酒場《さかば》で、亭主《ていしゅ》が最後《さいご》の客を追いだしているところだった。開いた戸からあふれる四角い光が敷石《しきいし》をてらしていて、明かりとぬくもりが恋《こい》しいあたしの足は、止まった。何人かの客が大声でさわぎ、亭主《ていしゅ》をぐうたら犬《いぬ》とか、金《かね》をはらったのにろくな酒を出さないけちんぼうとか、ののしった。なかでもいちばん大声でわめいている男は、シャツに新しいドラゴンのバッジをつけていた。おかげで近づきたい気持ちがきれいに失《う》せた。

あたしは家二軒にはさまれたせまい小路《こうじ》に入ったが、そこでまたまえに進めなくなった。道のまんなかに、こちらに背《せ》を向けて女の人がひとり立ち、厚手《あつで》の黒いスカートをいっぱいに広げて、妙《みょう》なかっこうで溝《みぞ》をまたいでいたのだ。はじめはなにをしているのか、わからなかった。でもそれから、音が聞こえた。その人は溝にまたがって、馬みたいに勢《いきお》いよくおしっこをしていたのだ。声をかけるような雰囲気《ふんいき》ではない。あたしは、このまま進んでいいものかとうろたえた。うろたえているあいだに、その人はおしっこをすませ、ぶるっと体をゆすると、なにもなかったような顔で、また歩きだした。

「すんません」あたしは小声で言った。「すんません、奥《おく》さん……」

女の人はゆっくりとふりかえった。ゆっくりと、というのは、どうやら足がもつれぎみだかららしい。七歩ぐらいはなれていても、ブランデーのにおいがした。

「奥さんって、あたしのこと？」女の人はたずねた。

あたしは無言《むごん》でうなずいた。よくよく見れば、なるほどいい家の奥さんとはいいにくい。チョッキはだらしなく開いているし、第一はげてしみだらけで、まるでカレイの皮みたいだ。朝にはきっちりとまげに結《ゆ》っていたはずの髪《かみ》の毛は、半分たれさがり、半分はねあがって、首すじにぺったりはりついている。夜寒《よさむ》にもかかわらず、ショールもマントもつけていなかった。

「おやま、礼儀《れいぎ》ただしいこと。だけどお帰り。あんたみたいなきたない子にあげるおあしはないよ」

「いいえ、お金がほしいんじゃないんです」あたしはあわてていった。「そのう、奥《おく》さん、教えてくれませんか……教会はどこなのか、聞きたいだけなんです」

「教会だって？ そんなの、ここをまっすぐに行って、そこの門をぬけて、右に曲がれば……」

「どうも、奥さん」あたしは言いながら、そばをすりぬけた。「おやすみなさい」

「ちょっと」女の人が呼《よ》びとめた。「どうせむりだよ。きょうびは教会だって、戸なんか開《あ》けてくれやしない……」

まっすぐ行って、門をぬけ、右に曲がる。と、たしかにあった。教会だ。でもひとつだけ、まちがっていた。そこは聖《せい》アデラ教会ではなかった。まったくべつの建物で、見た感じがずっと重《おも》重《おも》しくて暗く、月の光に黒々《くろぐろ》とそびえていた。まわりをするどい槍《やり》みたいに先のとがった鉄柵《てっさく》が囲《かこ》んでいて、柵と教会のあいだは土地不足だとばかりに、ぎっしりとお墓《はか》がならんでいた。人のひしめくかいわいにあるのに、ここにはどことなく、見すてられたようなふしぎな雰囲気《ふんいき》があった。墓石《はかいし》のあいだには草が長く青白く茂《しげ》り、鉄柵《てっさく》をつかむと、指のあいだでさびが細《こま》かくくずれた。

一瞬《いっしゅん》あたしは立ちすくみ、柵にとりついて、ぼんやりとお墓をながめた。これはきっと、聖《せい》マグダ教会なんだ――でも、聖アデラ教会と後家《ごけ》さんの家はどちらの方角なんだろう。まるで見当もつかない。道をもどってみて、もしもまだいるなら、あのおしっこおばさんに聞いたほうがいいかもしれない。

おばさんはまだいた――だけどひとりではなかった。男ふたりに、それぞれ腕《うで》をつかまれていて、通りをいくつもはなれたところからでも大声が聞こえた。

「はなせよ、ちくしょうが……あたしはなにも悪いこと、してないだろ。はなせったら、とんまやろう！」

男のひとりが女の人を壁《かべ》に押《お》しつけ、あたしには聞こえない声で、なにか言った。女の人はさからうのをやめた。

「なんでよ」女の人はけげんそうにいった。「あの子は教会がどこか、たずねただけなのに……」そして、ちょうどあたしのいる道のほうを見た。男もふりかえったので、やみのなかにうかぶ青ざめた満月《まんげつ》のような顔が見えた。男はおしっこおばさんの腕をはなし、あたしに一歩近づいた。

「こっちへおいで」と男は言った。でもあたしにその気はなかった。ただちに向きをかえると、犬に追われる野ウサギみたいに、必死で逃《に》げだした。

まだ走る力が残っていたなんて、自分でも信《しん》じられなかった。でもどうやら残っていたらしい。足が敷石《しきいし》にあたって、ぬれた音を立てた。ふたたび門をぬけて左へ、教会と逆《ぎゃく》の方向へ。できるかぎり教会からはなれるんだ。小路《こうじ》を、門を、広場を、ジグザグにぬけて走り、生《い》け垣《がき》をすりぬけ、塀《へい》の穴《あな》をもぐり、堆肥《たいひ》やゴミの山を乗りこえ、一度などはせまいブタ小屋の、太って眠《ねむ》たげなメスブタを押《お》しのけてすりぬけた。たえずせまくて暗くてきたないほうの道を選びながら、うしろの男たちが、あたしを追いかけるにはのろすぎるか、にぶすぎるか、かよわすぎるか、とりあえず図体《ずうたい》がでかすぎてくれればいい、とねがいつづけた。

もうどうにも走れなくなって、とうとう足を止めたときには、足もとに敷石《しきいし》はなく、まわりにはガラス窓《まど》のある石づくりの家もなくなっていた。このへんの通りは、というか、これを通りと呼《よ》べるならだけど、粘土《ねんど》か木の壁《かべ》にはさまれた、ぬかるみと砂利《じゃり》だらけのすじにすぎなかった。地名の表示《ひょうじ》も水ポンプも排水溝《はいすいこう》もなく、街灯《がいとう》さえ見あたらなかった。薪《まき》の煙《けむり》とゴミと、動物と人間両方《りょうほう》の大小便《だいしょうべん》のにおいがまじりあい、家はくっつきあって立っていて、たいていの場所では両腕《りょううで》をのばすだけで、道の両側《りょうがわ》にある荒《あら》けずりで色あせた木壁《きかべ》にふれることができた。馬車ならぜったいに通りぬけられない。手押《てお》し車《ぐるま》だって、やっとだろう。ドゥンアーク一暗くてせまくてきたない区域《くいき》、どぶ板横町《いたよこちょう》に入りこんだのだと判断《はんだん》するのは、むずかしくなかった。

あたしはぬるぬるの粘土《ねんど》壁《かべ》に背中《せなか》をはりつけ、耳をすましながら、用心ぶかくすり歩いた。深《しん》夜《や》だというのに、うすい壁の奥《おく》では人声《ひとごえ》やそのほかの音が聞こえた。素焼《すや》きやスズの道具のふれあう音、言いあらそう声、靴《くつ》か石をぶつけられたどぶネズミの上《あ》げるかぼそい悲鳴《ひめい》、など。でも足音はひとつも聞こえなかった。

長いあいだすわったまま、だれかが小路《こうじ》のせまい入り口にあらわれないかと待ってみた。ほんとうに男たちから逃《に》げおおせたのだろうか。もしもいま見つかったら、なにをされるか見当もつかない。そんなにかんたんに、逃がしてくれるはずがない。すぐにまたあたしを、ひきずっていくだろう。用ずみの猟犬《りょうけん》を鎖《くさり》でつなぐように、あたしもつながれるのかもしれない。もうくたくたで、どうなってもよかった。いや、よくはないけど、ただ……めんどうだった。いまやつらがドラゴンを引きつれて小路の入り口にあらわれたとしても、こちらはもう一歩も動けない。それに、いまつかまえにくるのなら――すくなくともあたしを猟犬代《りょうけんが》わりには使えなかったわけだ。ニコは見つかっていないということだから。それにやつらを、後家《ごけ》さんの家にも連れていかずにすんだ。

そうやってどれぐらい長くすわりこんでいたのか、わからない。目を開けながら、すこしだけいねむりしたかもしれない。あれほど芯《しん》からこごえなければ、また立ちあがったかどうかさえあやしい。走っていたときは汗《あせ》まみれだった。でもこうしてしずかにすわっていると、夜気《やき》が倍のきびしさでかみついてきた。服も髪《かみ》もずぶぬれで、歯ががちがち鳴っていた。それでも小路《こうじ》のはずれに、足音も人かげもあらわれない。うまく逃《に》げきったみたいだった。どこかにあたたかくてかわいたかくれ場を見つけて、すこし眠《ねむ》れればいいんだけど。そしたら明るくなるのを待って、後家《ごけ》さんの家を見つけだそう。

足はふるえて、体をささえきれなかった。しかも道はひどいぬかるみで、歩くたびにぐしゃぐしゃいった。あたしはヤギが三頭いる屋根つきの囲《かこ》いを見つけ、ほんのしばらく、やわらかい干《ほ》し草《くさ》と、それからたぶんあったかいヤギのミルクにありつけないかと夢《ゆめ》みた。でも現実《げんじつ》はそうはいかなかった。一頭は短気《たんき》な老《お》いぼれヤギで、あたしがもぐりこむそぶりを見せただけで、編《あ》み囲《かこ》いに角《つの》で突《つ》きかかった。

しかたなくあきらめかけて、壁《かべ》に体をもたせてすわりこもうとしたとたん、ほんわりといいにおいが鼻に入りこみ、あたりの悪臭《あくしゅう》をかすませた。パンだ。焼《や》きたてのパンだ。においにひかれて角《かど》を曲がると、どぶ板横町《いたよこちょう》のなかではまだましに思える、せまくて小さな長屋《ながや》に入った。中庭はふみかためた粘土《ねんど》で、ゴミやぬかるみもあまりなく、たまにはそうじしているようすだった。中庭に面した建物は、木骨《もっこつ》がむきだしの土壁《つちかべ》づくりで、むかしは白しっくい仕上げがしてあったようだ。

家の片面《かためん》はよろい戸が大きく開いていて、ばかでっかいかまどと赤茶色のれんがでできた煙突《えんとつ》に占領《せんりょう》されているようすが見えた。パン焼《や》き職人《しょくにん》のすがたは見えないけれど、こんなかっこうのままのびこむほど、あたしだってばかじゃない。どんなに人がよくて話のわかる親方《おやかた》だって、パン焼き室にこんな泥《どろ》まみれのガキがいたら、頭に血が上《のぼ》るだろう。でも外側《そとがわ》の、ちょうど角《かど》のあたりの壁《かべ》に、荷車《にぐるま》が立てかけてあった。この下にもぐりこんだら……ちょうど降《ふ》りだしたこぬか雨と、追っ手の目を避《さ》けることができるだろう。それに煙突《えんとつ》の通っている壁だから、気持ちよくあったかいはずだ。

あたしは腹《はら》ばいになり、車輪《しゃりん》と壁のあいだに体を押《お》しこんで、荷台の下のやみにありがたくもぐりこんだ。暗くて、かわいていて、あたたかく、寝《ね》られるようなわらまですこしあった。かんぺきなかくれ場といっていいと思った。

ところがそのとき、手がなにかにあたった。それはやわらかくてあたたかく、生きていて、こうおどした。「出ていけ。あたしにさわんな。ナイフを持ってんだからね!」

18　ローサ

それがローサとの出会いだった。もしもあんなにくたびれていなかったら、三言《こと》以上のことばは交わさなかっただろう。あたしはさっさと出ていったと思うから。でも、もう限界《げんかい》だった。これまで殺人犯《さつじんはん》とドラゴンとがいこつ夫人《ふじん》と大男の衛兵《えいへい》たちと戦《たたか》ってきたのだ。ねぼけておびえた女の子なんて、ナイフを何本持っていようが、こわくもなんともなかった。

「ふたり分の場所があるじゃないか」あたしは言った。「でなけりゃ、そっちがべつの場所をさがせば？　今夜《こんや》はもう一歩も動かないからね」

しばらくしずかだった。真っ暗だったので、その子の顔は、かすかに光る目がついた、ややうすい灰色《はいいろ》のかげになって、ぼんやりと見わけられるだけだった。

「あんたのしゃべりかた、変わってんね」間《ま》を置《お》いて、その子はいった。「どっから来たの？」

「白樺村《しらかばむら》」答えてから、しゃべりすぎるのはまずいと、気づいた。町じゅうが、恥《はじ》あらわしの出《しゅっ》身地《しんち》を知っていたら、どうしよう？

「どこさ、それ。すっごくいなか？」

〝すっごくいなか〟。〝すっごくまぬけですっごくとろい〟と言われたように聞こえた。でもつかれていて、けんかする気にもならなかった。

「そう。すっごくね……」

煙突《えんとつ》の壁《かべ》は、思っていたよりずっと熱《あつ》かった。あたしは壁にもたれかかり、体をあぶった。まぶたが落ち、体のふるえがじょじょにおさまった。

「なんでそんなびしょぬれなの？」やみのなかで女の子がたずねた。

「雨だから」とだけあたしは答えた。

「それほど降《ふ》ってないよ」声はかたく、疑《うたが》いぶかそうだった。「追われてんの？」

「ううん」あたしはうそをついた。ちょっとだまって、あたしを寝《ね》かせてくれないかしら。

「うそだね」その子はいった。「でなきゃ、なんでこんなとこにかくれんのさ」

「そっちこそ、なんでかくれてるの？　こっちは寝る場所がほしいだけだよ」

その子はしばらくだまった。「じゃあ、そういうことにしましょ」そうはいったものの、あたしのことばを信《しん》じた声ではなかった。ただなぜだか、疑《うたが》いぶかさはほとんど消えていた。あたしが追われているらしいことで、かえってまえより安心したみたいだった。へんな子。でもあたしはくたびれすぎて、ふしぎがる余裕《よゆう》も、頭を使う余裕もなかった。なにをする余裕もなく、ただただ眠《ねむ》くて眠くて……


横腹《よこばら》にひじが食《く》いこんでいた。

「ちょっと。ちょっと、ねぼすけ！　目をさませ！」

あたしは目を開けた。まぶしいほど明るくはなかったが、もう夜は終わりかけていた。

「どいてよ。外に出たいの。でも、あんたがじゃまなんだよ」

あたしはしぶしぶ首を回した。金髪《きんぱつ》のおさげがほどけかけている女の子が横にいて、横腹をこづいている。これはだれ？　あたしはどこ？　なんでこんなひどい気分なんだろう？

それからいちどきに、記憶《きおく》がもどってきた。母さん。ドラゴン。きょうなんだ。きょうそれがあるのに、あたしはどぶ板横町《いたよこちょう》の裏庭《うらにわ》で荷車《にぐるま》の下に寝《ね》ている。ニコとマウヌス先生は、あたしが後家《ごけ》さんの家にいると信《しん》じこんでいるのに。そしてこの金髪のおさげの女の子は、夜の終わりにかくれ場を分けあった相手だ。あたしは目を合わせないようにすばやく目をつむったが、むこうはまったく気づいていなかった。

「ほらあ、このぐうたら。どいてよ」

「わかった、おちついて」自分はおちつかないくせに、あたしはそう口のなかで言って、起きあがろうとした。

動いた拍子《ひょうし》に、かまれた腕《うで》が急にずきんと痛《いた》んで、ほとんど息ができなくなった。閉《と》じたまぶたから涙《なみだ》がいく粒《つぶ》かこぼれ落ち、ほおを伝《つた》いおりた。

「どっか痛いの？」

「ちょっと……腕をけがして」歯のあいだから、なんとかことばをしぼりだす。ずきん、ずきん、ずきん……いいかげんにおさまってくれてもいいのに。

女の子が寝床《ねどこ》がわりにかき集めていた干《ほ》し草《くさ》が、がさがさ鳴った。

「ああ、ほんとだ」その子はいった。「血がしみてる――すごく血が出たんだね」

あたしは目を開け、自分で見た。ほんとうだ。肩《かた》からひじにかけてそで全体が、かわいた血のしみで黒くそまっていた。なのに、人目に立たずに後家《ごけ》さんの家をたずねもどれると思っていたなんて。この腕を見て、あたしを見とがめない人なんかいるわけがない。

横目で女の子を見てみた。上にかぶっているセーターは、残り糸で編《あ》んだのだろうか、茶色と灰色《はいいろ》と白がなんともいえない色あいでまじっていた。下には足首までとどくぶかぶかの黒のワンピースを着ていた。

「なにをあげたら、服を取りかえてくれる？」あたしはたずねた。

「やっぱりそうだ！　追われてるんだね！」

あたしは聞こえなかったふりをした。「銅貨《どうか》四枚《まい》持ってる。すぐにわたせるよ」とだけ言った。「それに、あとで服を返すときに、もっとあげられるかも。場所は、話に乗ってくれたら言うから」

女の子は、しばらく考えた。

「でも、あんたにだまされてないって、どうしてわかんのさ。新品《しんぴん》の服に銅貨四枚なんて、安すぎるじゃないか」

これにはどう答えていいかわからなかった。「だますなんて……」とはいえ、この子を納得《なっとく》させられるほどのいいわけなんて、思いつけなかった。

「この服だって、もらったばっかなんだよ」その子はワンピースをつまんで見せた。「母ちゃんが洗濯仕事《せんたくしごと》させてもらってる家の奥《おく》さんがくれたんだ。それも、ほとんど新品みたいなやつを。えらいさわぎになっちまうよ、もしも……」そこでことばを切って、あたしの目をとらえようとしたが、もちろんあたしは相手の目を見かえさなかった。もうこちらには、これ以上言うことがなかった。だから腕《うで》をかばってすわったまま、相手が心を決めるのを待っていた。

「うちにおいでよ」やにわに女の子はいった。「あたしのスカート、貸《か》したげる。どうせもう着られないやつがあるからさ。それにこのセーターも。これにはいまあげてもいいよ」

今度は相手を信用《しんよう》していいかどうかまようのは、あたしのほうだった。家って……家があるのなら、なぜここにいるわけ？　そしてこの子についていったら――もしもこの子が、あたしの正体《しょうたい》に感づいてるとしたら？　そうでなくても、〝追《お》っ手《て》〟にわたせばお金《かね》になると考えてるとしたら？　でも、ほかにあたしになにができるだろう。選べる道はそうたくさんありはしない。それにこの子は、人をだますような感じがしない。たとえナイフやらなにやらの、ぶっそうな話をしたとしても。

「どう？　来る？」その子はいった。

あたしはうなずいた。「うん」

「じゃあ、行こうよ」

その子はセーターを頭からぬいで、あたしに手わたした。そのとき、朝までこんなところでつらい思いをする事情《じじょう》があるのは、あたしだけじゃないのだとわかった。その子の首すじも肩《かた》も、あざで青黒くなっていたのだ。あたしがまじまじと見ているのに気づいたくせに、その子はなにも言わなかった。

「名前、なんていうの？」あたしはたずねた。

「ローサ。あんたは？」

恥《はじ》あらわしの娘《むすめ》の名は、知られてるのかしら？　一瞬《いっしゅん》だけど、安全のためにべつの名前を使おうかと、誘惑《ゆうわく》にかられた。でもなぜだかわからないけど、そうしたくなかった。ローサにうそをつくのは損《そん》だと、心に声がしたのだ。

「ディナっていうの」

女の子の名前を聞いても、ローサはおどろいたように見えなかった。たぶん男の子の服を着たあたしを見るまえに、暗やみで声を聞いていたからだろう。とにかくローサはうなずくと、てのひらにつばを吐《は》き、その手をさしだした。取引《とりひき》をするときのならわしだ。あたしもつばを吐き、ふたりは握手《あくしゅ》した。これがどういう取引なのか、ふたりのどちらもはっきりわかってなかったと思う。でもそうしたおかげで、あたしたちふたりはたがいを……そう、信用《しんよう》しあえる気持ちになったはずだ。

ローサは、これまであたしが見たなかでも、とびっきりせまい家に住んでいた。入り口を入って、はしごと呼《よ》ぶほうがいい細い階段《かいだん》を上《あ》がると、入り口の上がローサの家族の家だった。

「しずかにするんだよ」階段を上《のぼ》りながら、ローサはささやいた。「だれも起こさないほうがいいんだ」

部屋《へや》はひとつきりだった。細長くて、幅《はば》のせまいひと部屋。奥《おく》の壁《かべ》は寝所《ねどこ》ふたつでいっぱいで、カーテンの奥からいびきが聞こえた。ビールと、中身を捨《す》てていないおまるの、むっと鼻につくにおいがしている。この家に住むのが自分でなくてうれしかったが、それにしても荷車《こぐるま》の下の干《ほ》し草《くさ》ベッドよりはましじゃないかしら？

ローサは、一方の寝所《ねどこ》の壁側《かべがわ》に置《お》かれた、物入《ものい》れ箱《ばこ》のまえにひざをついた。開けると、ふたがきしんだ。大きな音ではなかったが、気《け》どられないほどではなかったようだ。

「ローサ？　おまえなの？」片方《かたほう》のカーテンの奥《おく》の大いびきはとぎれなかったが、もう一方のカーテンの奥で動く気配《けはい》がした。

「そうだよ、母ちゃん」ローサはささやいた。「いいから、寝てて」

「どこに行っていたの？」ローサのお母さんがあらわれた。寝間着《ねまき》がくしゃくしゃで眠《ねむ》そうな顔をして、白髪《しらが》がハリネズミのようにつったっている。怒《おこ》っても悲しんでもいない。ただくたびれていた。お母さんというより、おばあちゃんみたいだった。とにかくうちの母さんより、ずっと年上だ。寝間着から出た足は、ニワトリみたいに細くてしわだらけだった。

「外」ローサはすねたように言った。あたしもこんなふうに、母さんに口答えしてみたいものだ。でもローサのお母さんはためいきをついただけで、なにが恥《は》ずかしいのか、目をそらした。それから言った。「ローサや、この家は、あの子のものなんだよ。いまではあの子が、この家の主人なのさ」

「うん。あいつはいつもそう言ってるよね」ローサは大声で、するどく、苦々《にがにが》しそうにいった。

「しーーっ、おまえ……」お母さんはたしなめた。でももう手おくれだった。太いいびきが急にやんで、ベッドがきしんだ。

「なんなんだよ、うっせえな」もうひとつの寝所《ねどこ》から声がしたと思うと、カーテンが荒《あら》っぽく引かれた。勢《いきお》いあまってつり輪《わ》がくぎからはずれ、カーテン全体が床《ゆか》に落っこちたほどだ。真っ赤に血走った目をしたわかい男が、けわしい顔でこちらをにらみつけた。

「こいつぁ、なんなんだ」男は言って、あたしを指《ゆび》さした。

「友だち」ローサは短くいった。「すぐに出ていくから。また寝《ね》て」

「こんなにさわがしくて、だれが眠《ねむ》れるってんだ？　それに箱《はこ》に手ぇつっこんで、なにしてる？　なにを取ろうってんだ？」

「自分のものしか取らないよ」

「自分の？　この家じゃ、おれがやるもの以外は、パンくずひとかけ、糸くず一本おまえのもんじゃねえ。箱から手をはなせ。おれのもんとおまえのもんの区別《くべつ》を、骨身《ほねみ》にしみるように教えてほしくねえなら、さっさと出ていきな。この泥棒猫《どろぼうねこ》！」

「この家の泥棒がだれか、ってんなら――」ローサがわめきたてると、お母さんが割《わ》って入った。

「兄さんに大声を出すんじゃないよ、ローサ。アウン、この子は悪気《わるぎ》があって言ってるんじゃあ……」

アウンはことばでは返さなかった。ただ寝所《ねどこ》から飛《と》びだすと、ローサのお母さんを押《お》しのけ、箱《はこ》のふたを荒《あら》っぽく閉《し》めた。ローサはあぶないところで指をひっこめ、なんとかはさまれずにすんだ。アウンははだしの足でふたを押《お》さえ、前かがみになって、ローサの目をまぢかにのぞきこんだ。

「ゆうべはどこにいたんだ、このアマ」

「べつに」

「夜中に外をうろつく娘《むすめ》がどんな目にあうか、わかってるな？　最後《さいご》は道ばたに立つことになるんだぞ。客ひとり取って六ペニーだ。そうやって、おれに下宿代《げしゅくだい》をはらうつもりだったんか？」

ローサはその場を動かなかった。一歩たりともしりぞかなかった。わずかもゆずる気配《けはい》がない。ただことばはひと言《こと》も発しない。あごがふるえるほど歯を食《く》いしばっているのが、そばで見てもわかった。

「金《かね》をはらわないんならな——言うことを聞けってんだよ」

アウンは、ゆっくりとローサの首すじに手をのばした。ちょうど青黒くあざになっているところだ。アウンはちょっとドラゴンに似《に》てる、と思った。やつらみたいな動きかたをする。ゆっくりと、大儀《たいぎ》そうに……そのくせぞっとするほどおそろしい。青いズボン下をはいているだけで、上半身《じょうはんしん》ははだかだ。その上半身は、肩幅《かたはば》が広く、筋肉《きんにく》が引きしまっていた。長めの茶色い巻き毛《まげ》は、朝日を浴《あ》びた栗《くり》みたいにつやつやだ。血走った目をべつにしたら、どこを取っても、白樺村《しらかばむら》のシラがくすくすかわいく笑《わら》って見せ、矢車草色《やぐるまそういろ》の目を見張《みは》ってみせるような男の子だった。あたしなら、火ばさみでだってさわりたくない相手だけど。いや、逆《ぎゃく》に大きくて重い火ばさみでだったら、なぐってやりたいかも。どうしてローサに向かってこんな態度《たいど》が取れるわけ？　だってお兄さんなんでしょう？

「たしか、ゆうべおまえにあることを言いつけたよな。おぼえてるか？」

　ローサはあいかわらず、ひと言《こと》も答えない。するとローサのみじめな青黒い首すじにかかった手に、力がこもるのがわかった。

「おぼえてんのかよ、クソアマ」

　それでも答えはない。アウンの手に力がさらにこもり、関節《かんせつ》が真っ白になった。ローサはようやく、目に見えないほどうなずいた。

「おれはどうしろと言ったっけな。ええ？」

　ローサはお母さんに目を向けた。なんとかして、とその目はうったえていた。兄さんを止めて、と。でもお母さんは寝所《ねどこ》のふちに腰《こし》かけているだけ。老《お》いぼれてちぢこまり、こおりついたように床《ゆか》を見つめているだけだった。

「おれはなんと言ったんだ？」スズミの首なら折《お》れそうなほど力をこめてひねりながら、アウンは憎々《にくにく》しくささやいた。

「兄さんの長靴《ちょうか》をみがいとけ、って」ローサが蚊《か》の鳴くような声で答えた。

「で、そうしたのか？」

沈黙《ちんもく》。それからとつぜんローサが、ほんのすこし首を上《あ》げた。

「自分でみがきな」ささやき声でしかなかったけど、それを聞いたアウンは、信《しん》じられないという顔でこおりついた。

「なんだと？」

「てめえの長靴はてめえでみがきな、って言ったんだよ！」ローサはろうそくみたいにまっすぐに立つと、アウンに正面切ってどなりつけた。アウンはガマガエルでものみこんだような顔をした。ほんの一瞬《いっしゅん》ふたりはそのままにらみあっていた。つづいてアウンがローサをなぐりつけ、ローサは細長い部屋《へや》のむかい壁《かべ》までふっとんだ。

「なまいきなクソアマめ！」アウンはローサを引きずり起こすと、頭の反対側《はんたいがわ》を、またなぐりつけた。

「アウン……」お母さんがたしなめたけど、弱々しい、おもねるみたいな泣《な》きごとでしかなかった。「おまえの妹じゃないか」

「妹なんかであるもんか！」アウンはどなりながら、ローサのおさげを一本つかんだ。「こいつはおふくろが、父さん以外の男とのあいだにつくった、私生児《しせいじ》だろ！　いますぐこっから、たたきだしてやる！」

アウンはローサを引きずっていき、開いた戸からせまい廊下《ろうか》に押《お》しだした。「消えな、私生児」アウンはわめいた。「そのお上品《じょうひん》なお友だちもごいっしょにな！」

ばかなことだとわかっていた。でももうがまんできなかった。

アウンがあたしに向きなおったとき、あたしはその目をとらえた。

「**なんてなさけないやつなの**」

「なっ――？　こいつ――」

「**本心はそんなにおくびょうなの？　そんなにこわがりなの？**」

アウンは心底《しんそこ》どぎもをぬかれたように、ローサのおさげをはなした。でもあたしの気はおさまらなかった。

「あんたは本物の男なんでしょ？　そんなに大きくて強くて、それでも小さな女の子をなぐる気？　この家の主《あるじ》だって？　はん、なんて主かしら！　あんたがなにをこわがってるか、教えてあげようか？　どう？　あんたはね、あたしたちみんなが、心ではあんたを笑《わら》いものにしてるだろうと、びくびくしてるんだ。教えてあげようか。あたしたち、ほんとうにそう思ってるかもね。**あんたはそのていどの人間なんだ！**」

アウンは頭をなぐられた牛みたいに、ぼうぜんとした。あたしは相手が目をふせるまで、目をはなさなかった。アウンはぜいぜい息を切らし、いまにも泣《な》きだすんじゃないかと思えた。それから無言《むごん》でローサを押《お》しのけると、ふらふらと階段《かいだん》を下《お》りて、出ていった。

ローサとお母さんは、あたしの頭がとつぜん三つに増《ふ》えたような目で、あたしを見つめた。

「どうやったの？」ローサはささやいた。「なんでなぐられずにすんだの？」

「すこしは恥《はじ》ってものを知ってたみたい」あたしはそっけなく言った。「でも、ききめが長くもつとは思えない。さ、いるものを箱《はこ》から出して、出ていこうよ。時間があまりないの」

ローサはあたしについてきた。後家《ごけ》さんの家まで道案内《みちあんない》をするためと、スカートを返してもらうためだ。アウンがもどってきたときに、家にいたくない、というのもあったかもしれない。ローサは髪《かみ》に巻《ま》くスカーフも貸《か》してくれた。あたしたちはローサのお母さんのかごを両側《りょうがわ》から持って、ならんで歩いていた。洗濯物《せんたくもの》を運ぶ女の子のふたり連れ、ってわけ。でもしばらく歩くうち、ローサがしくしく泣《いた》いているのに気づいた。

「どうしたの？　痛《いた》むの？」なにしろアウンは、あとが残るほどなぐったのだ。

「ううん」

「じゃあ、なにが……」

「なんでもない」くすんくすん。

あたしはかごの、自分の持つ側《がわ》を地面に下《お》ろした。ローサはしかたなく足を止めた。「ローサ……」

「ああん、もう。やめてよ」ローサは涙《なみだ》半分、腹立《はらだ》ち半分の声で言った。「あんたがうちのこと、どう思ってるかわかってる。あたしのことも。母ちゃんのことも。でも気にしないからね。いいかい、気になんかしてないよ！」

「ローサ……」

「あたしが私生児《しせいじ》だから、なんだっていうのさ。あたしのせいじゃないだろ？　それに私生児だって、生きてく権利《けんり》はあるんだ……」

「あたし、そんなことちっとも——」

「思ってるね。わざわざ言うこともないさ。そう思ってるのがみえみえだもん。あんたってば、あたしの目をちっとも見やしない……アウンが、ああ言ってから……」

ああ、そうなのか。あたしはアウンがご主人さまごっこをするまえからも、一度もローサの目を見ていない。でもローサは、いまようやくそのことに気づいたのだ。

「ローサ……うちの母さんも結婚《けっこん》してないんだよ」

「ふん。それじゃどうして、そんなにお高くとまってられるのか、わかんないね」

「お高くとまってなんか……」

「じゃあ、なんであたしの目を見ないのさ？」

あたしはすこしだけ目を閉《と》じた。ローサのことが好《す》きだ。ローサはひたむきで正直《しょうじき》だ。シラみたいに人をだましたりしない。宿屋《やどや》のサーシャみたいに、友だちに背《せ》を向けたりもしない。ローサはウジ虫みたいな兄さんに立ちむかい、自分の長靴《ちょうか》ぐらいみがけと言える根性《こんじょう》がある。あたしはいつのまにか、ちょっぴり夢《ゆめ》を見はじめていた。なにもかもうまくいく。ふたりして母さんを救《すく》いだしてドラカンの悪事《あくじ》を世間《せけん》にあばいてやるんだ。そしてローサとあたしは生涯《しょうがい》の友だちになる……そんな夢に、ローサがずばりと矢を打ちこんだのだ。もちろんローサの言うとおりだ。たがいに目を見あえない人間は、友だちになれない。

あたしはすばやくあたりを見まわし、ローサをかごごと、二軒《けん》の家にはさまれたせまい、ひと気のない片《かた》すみにひっぱっていった。それからゆっくりと目を上《あ》げて、相手の目を見すえた。

「あたしの母さんは三人子どもがいるけど、一度も結婚《けっこん》したことはないの。恥《はじ》あらわしが結婚するのは、めずらしいのよ」

ローサは目を見はった。アウンになぐられた両ほおは赤くはれあがり、緑の目は涙《なみだ》と――なによりもおどろきであふれた。

「恥あらわし……」ローサの頭を思いがかけめぐるようすが見て取れた。「あんた、恥あらわしの娘《むすめ》なんだ！」

「そう。ディナ・トネーレっていうの」あたしは待った。とうとうやってしまった。じきにローサのまなざしがゆらいで、目をそらそうとするだろう。もしかしたら母さんを魔女《まじょ》だと、あたしを悪魔《あくま》の子だと呼《よ》ぶかもしれない。ほかの人たちみたいに。

　ローサは目をそらさなかった。

　まだ目をそらさない。

　やがて目のまえがぼやけはじめた。牢獄《ろうごく》でニコといたときに起こったのとおなじだ。ローサをなぐるアウン。お母さんをなぐるアウン。ローサを追いまわしながら、「私生児《しせいじ》！」「私生児！」とはやす近所の子どもたち。そう。ローサは恥《は》じていた。心の底《そこ》から恥じいっていた。恥ずかしく思う理由《りゆう》なんて、ないのに。

　知らず知らず、あたしは力を使っていた。人に恥《はじ》を思い知らせるのとは逆《ぎゃく》だけど、やりかたはおなじといえる。あたしはローサに自分自身を見せてやった。勇敢《ゆうかん》でひたむきで正直《しょうじき》な、あたしから見たローサのすがたを見せたのだ。それから、母さんが結婚《けっこん》していようがいまいが、あたしにはたいしたことではないこと。アウンがなぐったのは、ローサのせいではないこと。アウンがお母さんをなぐるときも、やっぱりローサのせいではないこと。そんなこともすべて見せた。ローサはがんこだった。ローサはさからった。でも最後《さいご》にはようやく成功《せいこう》した。ローサから、恥ずかしく思う気持ちを取りのぞけたのだ。

あたりの景色《けしき》がゆっくりともどってきた。敷石《しきいし》、壁《かべ》、ふたりのあいだの洗濯物《せんたくもの》かごも。あたしはローサを見た。力を使わないふつうの目で。ローサのほおを、いまもしずかに涙《なみだ》が伝《つた》っていた。ローサはなにも言わなかった。けれど、あたしの手を取った。


もちろんほかにもたくさん説明《せつめい》することがあったので、あたしはできるだけ急いで説明した。そしてほとんどなにもかも話しつくした。でもたったひとつ、マウヌス先生とニコのかくれ家《が》だけは、もらさなかった。それだけは話す気になれなかった。もちろんローサがぺらぺらしゃべることはないと知っていたが、世のなか、なにが起こるかわからないものだから。

話が終わったとき、ローサは「えーっ、かわいそう」とか「わあああ、こっわーい」などのことばで、時間をむだに使わなかった。かごの取《と》っ手《て》をつかむと「それじゃ急いだほうがいいよ」と言っただけだった。ほかに言う必要もなかった。だってあたしには、もう自分がひとりでないことがわかったのだ。

ドゥンアークはローサのなわばりなのが、すぐにわかった。うろうろとまよってばかりだったゆうべとは、大ちがいだった。だれかにつけられていないか、人目を引いていないかと、ふりかえり、ふりかえり歩いたのに、それでも聖《せい》アデラ教会から後家《ごけ》さん宅《たく》までは、まよいもせず、あっというまに着いた。あやしむ人はひとりも見あたらなかったので、あたしはほっとして、薬草《やくそう》園《えん》に入る戸を押《お》し開けようとした。

「行こう」ローサが戸のまえでぐずぐずしているので、あたしは言った。「きっと朝ごはんを食べさせてくれるよ」

「あたしにも？」ローサはとまどっていた。「だってあたしのこと、知らないのに」

「おいでってば」あたしは言った。「そういう人なのよ」

あたしは青塗《あおぬ》りの、勝手口の戸をたたいた。ほとんどすぐ、「お入《はい》り」と言う後家《ごけ》さんの声が聞こえた。そしてあたしは、青い戸棚《とだな》でぎっしりの、半分台所で半分仕事場、ミントとニンニクのにおいがここちよいあの部屋《へや》に、もどっていた。

「ディナ！」後家さんはつかれて、顔をこわばらせていた。

「こんにちは、ペトリさん」あたしは言った。「友だちのローサです……」

そこであたしは、ふいをつかれた。ミントやニンニクなどの薬草の、なじみのにおいがあふれている台所に、かぎなれないにおいがまじりこんでいたのだ。パイプ煙草《たばこ》のあまいかおりだった。

あたしはふりかえった。まうしろの、戸口のそばのいすに、衛兵隊長《えいへいたいちょう》が腰《こし》かけて、安物《やすもの》のパイプから青い煙《けむり》の輪《わ》を吐《は》いているのだった。

「やれやれ、やっと来たか、このろくでなしが」隊長は言った。「ずっと待ってたんだぞ」

19 隊長《たいちょう》

外に逃《に》げだすことはできない。隊長がすぐ横にがんばっているから、ぜったい通してなんかくれないだろう。ほかに出口があるかどうかは、わからなかった。なにしろ後家《ごけ》さんの家は、この部屋《へや》ひとつしか知らないのだ。

あたしは必死に、後家さんを見つめた。助けて、とあたしは念《ねん》じた。どこから逃げればいいの、なにか言って、なにかしてよ！……でも後家さんは腕組《うでぐ》みをし、顔になんともいえない表情《ひょうじょう》をうかべて、こわばって立っているだけだった。この人が、裏切《うらぎ》ったわけ？　そんなこと、信《しん》じられない。でも裏切り者がいるはずだ。

「隊長は、助けにきたと言っているの」ようやく後家さんが言った。

はじめは自分の耳が信じられなかった。助けに？　だれを？　あたし、のわけ、ないよね？

あたしはふりかえった。隊長《たいちょう》はあいかわらずパイプをくわえたまま、おちつきはらってすわっている。立ちあがりもしないし、縄《なわ》や袋《ふくろ》を手に衛兵《えいへい》たちが飛《と》びだしてくるようすもなかった。

「あんたにはたいした力があるよ、恥《はじ》あらわしのお嬢《じょう》さん」隊長は言った。「どうやら自分で思ってるより、ずっと」

「どういうこと？」あたしはささやいた。なんのつもりなの？

「ゆうべは眠《ねむ》れなかったよ。あんたが奥方《おくがた》さまに言わせたあのことばのせいでな」

奥方さま？　それってつまり……ドラカンのお母さんのことだよね。あのがいこつ夫人《ふじん》。なぜビアンを殺《ころ》したかと聞いたとき、正しいことをしたまでだ、と答えたっけ。隊長はあのことばを聞いたのだ。

「おれは十七才のガキのころから、カラス一族に仕《つか》えてきた」隊長は言った。「だから、ニコデマス若《わか》さまが身内《みうち》を殺すような怪物《かいぶつ》だとは、なかなか信《しん》じられなかった。ナイフを持って手を血まみれにしたすがたを見なければ、だれひとり信じなかっただろう。それにいまもまだ、説明《せつめい》のつかないことが残ってる。そして、ニコデマスさまは無実《むじつ》だと言った恥あらわしを、ドラカンが殺《ころ》したがっているというのなら……裏《うら》があるにちがいない。なにも裏がないのなら、無実と言ってもまちがいではないのだから。ご家族を殺害《さつがい》したのが若《わか》さまでないなら、犯人《はんにん》はほかにいる。このことで得《とく》をするだれかが」

ドラカン側《がわ》の人間《にんげん》が近くにいないとわかっているこの場でさえ、隊長《たいちょう》ははっきりと犯人《はんにん》の名を口にしなかった。ニコが無実《むじつ》だと言っただけでドラゴンのエサにされるのなら、殺人犯《さつじんはん》はドラカンだと声高《こわだか》に言ったとたん、なにが起こるかわかったものでないからだ。

「このことを、ほかのだれかに話したの？」後家《ごけ》さんが聞いた。

隊長のパイプから、輪《わ》がまたひとつ立ちのぼった。「ほんのわずか。信用《しんよう》できるわずかな人間にだけだ」

「で？」

「われわれは、恥《はじ》あらわしを救出《きゅうしゅつ》し、ニコデマスさまの身の安全をはかるため、全力をつくすつもりだ。現時点《げんじてん》ではドラゴン隊《たい》がドゥンアークを制圧《せいあつ》している。だがそう長くはつづかないだろうし、つづけさせないため、できるかぎりのことをする。誓《ちか》うよ」

「けっこう」後家さんは言った。「信《しん》じましょう——もしもディナの目を見て、その誓いをくりかえすならね」

隊長はたじろいだ——こちらだって、おなじ気持ちだった。あたしはくたびれて、目が回りそうだった。腕《うで》は痛《いた》むし、頭もずきずきする。知らない人の目を見すえるなんて、まっぴらごめんだ。

鍛冶屋《かじや》のリケルトがいつも言ってる。ねがいごとをするときは、かなった場合を頭に置《お》いて、慎重《しんちょう》にしないといけない、って。あのとき――いったい何日まえの話かしら？　何年もまえみたいに思える――あのときあたしはふくれっつらで、ひとり白樺村《しらかばむら》を歩きながら、みんながあたしの目を見てくれればいいのにと、ねがったっけ……あのときは、もしもみんながほんとうにそうしたら、自分もつらい思いをするなんて、考えもしなかった。だけど後家《ごけ》さんの言うとおりだ。人を信用《しんよう》するにはそれが一番の方法だ。また、村のあの日以来、わかったことがひとつある。大人《おとな》は子どもよりずっと、だましたり裏切《うらぎ》ったり出しぬいたりする名人だ、ってこと。

顔を上《あ》げてあたしと目を合わせるのは、隊長《たいちょう》にはとてもつらいことだった。それでもやってのけた。

「おれは、ニコデマスさまにお仕《つか》えすると誓《ちか》う」ゆっくりおごそかに、隊長は言った。「力あるかぎり、ドラゴンの統治《とうち》を終わらせるよう努《つと》めることを誓う。またあんたの母親を自由《じゆう》にすると誓う」

隊長の目はあたしの目を見つめたままだ。

「ありがとう」あたしは言い、隊長が真実《しんじつ》をのべていると信《しん》じた。ふたりのあいだでは絵が点滅《てんめつ》していた。くたびれすぎてるあたしには、意味を読みとれない、いくつもの絵が。燃《も》えあがる家、ころがるむくろの上に舞《ま》うほこり、刃《やいば》のひらめきと血の味《あじ》など。でもそこにはかすかな後悔《こうかい》があるだけで、うそと恥《はじ》は見あたらなかった。

「でもわからない……どうやって隊長《たいちょう》さんはペトリさんの家を見つけたの？」

あたしはいまも隊長の目を見つめていて、相手もそれを受けとめていた。しかもほほえみさえうかべていた。それから黄ばんでくしゃくしゃになった紙きれを、こちらにさしだした。

「必死で取りかえしたがった、この書きつけだ。見えない文字をあぶりだすのに多少時間がかかったが、ようやくうまくいったよ」

あたしは紙きれを取った。マウヌス先生は、名前を書くほど不用意ではなかったが、それでも頭を使える人にかかれば、書きつけの出所は明らかだったのだろう。マウヌス先生が注文した大量の麻酔薬《ますいやく》を入手《にゅうしゅ》できるような姪《めい》は、ドゥンアークにたくさんはいないはずだ。いったいなんに使うつもりなんだろう。町の人口の半分に？　それともドラゴン一頭に？　先生もニコも、あたしに計画を明かしてくれなかった。

「ディナ？」後家《ごけ》さんがじれったそうな声で言った。「この人を信用《しんよう》してもいいの？」

「と思います」あたしは答え、隊長の視線《しせん》をはずした。隊長はぶるっと体をふるわせ、やれやれというようにパイプをふかした。

「けっこう」後家さんはコップを四つ、青く塗《ぬ》ったキッチンテーブルにならべ、ニワトコ酒《しゅ》の栓《せん》をぬいた。「では、みんなで計画を練《ね》りましょうか」

「だめです」あたしは、大人《おとな》、でなければそれに近い、自分で決定を下《くだ》せる半大人《はんおとな》と思わせる声で言いきった。わがままでうるさくて、くたびれたぐずり虫の子どもと思われたくなかった。

「それには賛成《さんせい》できません！」

後家《ごけ》さんはちらとあたしを見た。苦しくなるほど長い時間ではなく、あたしの表《ひょう》情《じょう》をたしかめるため、ほんのちらりと見ただけ。

「これがいちばん安全なの。あなたがいっしょに行きたいと言いはれば、全員を危険《きけん》におとしいれることになるわ。まさか、もう追《お》っ手《て》はいなくなったなんて思ってるわけではないわね？」

そんなこと、思っていない。でも後家さんのところで留守番《るすばん》をして、現場《げんば》のようすを知らされないままなんて、作戦《さくせん》は成功《せいこう》したのか、それとも全員逮捕《たいほ》されたか、最悪《さいあく》の場合、武器蔵《ぶきぐら》まえ広場の敷石《しきいし》に死んで横たわっているのか、なにも知らされずにいるなんて……まるで、また袋《ふくろ》を頭からかぶされるみたいなものだ。もう目かくしされるのは、かんべんだった。なにがあってもいやだ。

「それでなくても危険なんだ」隊長《たいちょう》がとげのある声で言った。子どもは言われたとおりにして、ごちゃごちゃさからわないもんだ、と言いたいらしい。

「みんなでもどってくるからね」後家さんがなだめるように言った。「わすれられたり置《お》いていかれたりの心配はいらないの」

はいはいはい。これじゃああたしが、わがままでうるさくて、くたびれたぐずり虫で、しかもひとりで残《のこ》されるのがこわい子どもみたいじゃないの。

「そういうことじゃなくて……」なぜこの台所はこんなに寒いの？　あたしは両手《りょうて》を、ローサに借《か》りたセーターのそでにひっこめたけど、指は冷たくこわばったままだった。

「あたしがついてるから」ローサが言った。「ひとりで待ってるわけじゃないんだから……」

「ありがと」あたしは心から言った。「でもそれだけじゃないの……どうなってるかわからないとしたら、つまり、その場にいられないのは……」

「その場にいないですむことを神さまに感謝《かんしゃ》するべきだな――」隊長《たいちょう》がお説教《せっきょう》をはじめたところで、後家《ごけ》さんが手をひとふりし、話をさえぎった。

「ディナ、どうしても成功《せいこう》させなければならないのよ――あなたがいると、うまくいかないかもしれない。それは、わかるでしょう？」

あたしはうなずいた。目の奥《おく》で涙《なみだ》が熱《あつ》く燃《も》え、泣《な》き虫《むし》か赤んぼに思われるのがこわくて、声が出せなかった。

「どんなふうにするのか、計画をはっきり話せば、すこしは気持ちが楽《らく》になるかしら？　できるだけのことを話せば？」

あたしは後家さんの顔をぬすみ見た。この人には、どうやらあたしの気持ちがお見とおしみたいだった。あたしだって心の底《そこ》では、みんなの言うとおりだと思っている。あたしの正体《しょうたい》がばれたら——衛兵《えいへい》のひとりでも、あたしと目を合わせたりしたら——あたしはせきばらいをした。そしてもう一度うなずいた。

「わかりました。あたし、ここで待ちます」声はほとんどふつうになっていた。「でも計画は話してね。なにもかも話してくださいね」

隊長《たいちょう》は鼻を鳴らし、立ちあがった。

「けっこう。納得《なっとく》できるまで話せばいい。だがおれは失礼《しつれい》する。城《しろ》に不意《ふい》打《う》ちをかけ、家を見張《みは》られて身動きできないあのふたりを解放《かいほう》し、ドラカンの三百の兵《へい》からまんまとのがれるためには、準備《じゅんび》することが多少あるのだ」

後家さんは隊長の腕《うで》に手を置《お》いた。「あなたがいなければどうにもならなかったわ」しずかな声で言った。「自分の声に正直《しょうじき》にしたがう勇気《ゆうき》のある殿方《とのがた》と知りあえて、よかった」

隊長は赤くなった。隊長は顔に深くしわがきざまれた、いかつい五十がらみの男で、賭《か》けてもいいけど、人のことばで赤くなったことなんて、何年もないはずだ。でも後家さんのことばには赤くなったのだ。隊長は口のなかでなにかもごもご言った。それから自分のごつい手を、おずおずと恥《は》ずかしそうに後家さんの手に重ね、軽く力をこめた。

「どうも」と隊長は言った。「それから、あー……いや、もう行くよ」

隊長《たいちょう》を送りだしたあと、後家《ごけ》さんはこれからの計画を、かんでふくめるように説明してくれた。計画というのは、こうだった。これからまもなく、制服《せいふく》を着た正規《せいき》の衛兵《えいへい》がひとり、隊長自筆《じひつ》の命令書《めいれいしょ》をもらって、武器蔵《ぶきぐら》の部署《ぶしょ》をはなれる。予定《よてい》の交代時間よりすこし早いのだが、それというのも隊長が、城《しろ》の給水《きゅうすい》のほとんどをまかなう貯水槽《ちょすいそう》の、外壁《そとかべ》を点検《てんけん》することを思いついたからだ。後家さんも、きょうにかぎっておじのマウヌス先生を訪《たず》ねていこうと思いつく。また西《にし》塔《とう》の衛兵《えいへい》たちは、城のコックと賭《か》け事《ごと》をして洋ナシ酒《しゅ》を手に入れ、それを飲んでよっぱらって寝《ね》てしまう。じつはこのコックは、たまたま隊長の親友なのだ。隊長に忠実《ちゅうじつ》な部下《ぶか》がひとり、武器蔵まえ広場を歩いているとちゅう、ふとかがみこんで、ドラゴン飼育場《しいくじょう》からそうはなれていない処刑台《しょけいだい》につないである鎖《くさり》を調べてみる。部下は鎖に緑の小びんの液体《えきたい》をふりかける。どうかどうか、ふりかけている場面をだれにも見られませんように、とあたしは祈《いの》った。だってびんには、マウヌス先生たち科学者《かがくしゃ》がアクア・レギアとか王水《おうすい》とか呼《よ》ぶ液体が入っているはずだから。王水とは塩酸《えんさん》と硝酸《しょうさん》の混合液体《こんごうえきたい》で、どんな金属《きんぞく》でも溶《と》かしてしまうのだ。そのあいだにまた別の部下が、武器蔵の垂木《たるき》のあいだを這《は》いまわり、マウヌス先生の発明品《はつめいひん》を取りつける予定になっている。そんなとき、不意《ふい》のお客など訪ねてきませんように。神さま、どうかどうかお助けください。

「これ以上知りたいことはある？」最後《さいご》に後家さんが聞いた。

あたしは首を横にふった。

「よかった。では、もう行くわね。ドラカンがいつお母さんを武器蔵《ぶきぐら》まえ広場に引きだすつもりか、わかっていないから。それまでには用意万端《よういばんたん》ととのっていないといけないの」

あたしはうなずいた。涙《なみだ》はいまもあふれそうになっていた。後家《ごけ》さんが青い戸から出ていくところを思いうかべ、あたしは心のなかで追いかけた。石の地下室に連れていかれ、なにも見えないまま母さんの運命《うんめい》についてひどいことばを投げつけられたときにもどったみたいだった。想像《そうぞう》するのと実際《じっさい》とでは、たいてい想像のほうがひどいのは、なぜかしら。

「いまでもできるなら……」

「ええ。わかってるわ」後家さんは言った。「待つしかない身は、つらいものよ。でもあなたは、ここにいてくれないと。あなたをむかえに来られるまでどれぐらいかかるやら、見当がつかないの。ただふたりとも、いつでも出られるようにしておいて」

後家さんは出かけるために立ちあがり、あたしのほおをさっと軽くなでて、急にたじろいだ。

「熱《あつ》いわ」そしてあたしのおでこに手を置《お》いた。「熱《ねつ》があるの？」

「いいえ」あたしは言った。ちっとも熱くなんかなかった。寒いぐらいだった。

「緊張《きんちょう》しているせいかしら」半分は自分に言いきかせると、茶色のショールを肩《かた》にかけた。

「留守《るす》のあいだ、だれも家に入れないでね」

あたしたちは待った。後家《ごけ》さんはパンとソーセージと、ニワトコ酒《しゅ》をもう一本出しておいてくれた。ローサは目のまえにあるのがこの世で最後《さいご》のパンみたいな勢《いきお》いで、食べに食べていたが、あたしはひと口も食べられなかった。ニワトコ酒もすこししか飲めず、便利《べんり》な室内ポンプでくんだ水だけを、ひたすら飲んでいた。

ローサがいてくれてよかった。でなければ、頭がおかしくなったにちがいない。その場にいないのに、武器蔵《ぶきぐら》まえ広場が見えるような気がした。壁《かべ》だとかテーブルだとか、一ヵ所をまじまじと見ていると、絵が踊《おど》りでる。恥《はじ》あらわしの目で人を見つめるときと、おなじことが起こるのだ。顔、三角の目、どなりわめく口、押《お》しあうひじ、ふみならす足、ふりあげたこぶし、そんなものがたえまなく見えた。

ローサがなにかしゃべるときだけ、絵が止まった。だから口のはしにパンくずを、指にソーセージの脂《あぶら》をつけ、緑の目にもの問《と》いたげな表情《ひょうじょう》をうかべて、まえにすわっているローサを見ているほうが、ずっとましだった。

「あんたの住んでるのは、どんなとこ？　ほら、その村、なんて名前だっけ、えっと……」

「白樺村《しらかばむら》……」

「それそれ。どんなとこ？　人はたくさん住んでる？」

「すこしはね。ここほどたくさんはいないけど」そしてあたしは話しはじめた。鍛冶屋《かじや》のリケルトとエリンのこと、宿屋《やどや》のサーシャと粉屋《こなや》のばか娘《むすめ》シラのことを。

「いじわるな子なんだね」ローサは言うと、お返しにどぶ板横町《いたよこちょう》のおとなりの話をしてくれた。そこの娘はシラの三倍も悪い子なんだって。そんなふうに時間がすぎていった。後家《ごけ》さんが出かけるときによろい戸を閉《し》めていったので、台所はうす暗かった。こうしておけば、人は後家さんが留守《るす》だと思う。ときどき大きな薪《まき》ストーブが、ごおっと大きな音を立てた。それでもあたしは寒かった。

「あんたんちみたいな兄さんがほしいなあ」すこしダビンとメリの話をしてあげると、ローサはためいきをついた。「めんどうを見てくれて、話し相手になってくれるような兄さんかあ。それにくらべて……」

ローサはそれ以上言わなかった。でもなにを考えているか、わかった。妹を私生児《しせいじ》と呼《よ》び、気の向くままになぐり、痛《いた》めつけ、家から追いだす兄さん。アウンはどう見ても、夢《ゆめ》のお兄さんじゃない。悪夢《あくむ》というならべつだけど。ダビンにだって腹《はら》が立つことはあるけど、アウンとくらべたら、まるでおとぎ話の王子さまだ。

「なにもかもが兄さんのものってところが、わからないな」あたしは言った。「あそこはお母さんの家じゃないの？」

ローサは首を横にふった。金髪《きんぱつ》のおさげが踊《おど》った。「ちがう。あれはまま父の家だったの。その人が死んだんで、アウンが家と家具と仕事場をそっくりゆずりうけたんだよ。まま父は靴職人《くつしょくにん》だった。けどアウンは、靴をつくりたくなかったんで、仕事場を売っぱらって、商売人《しょうばいにん》になるって言ったんだ。いっつも将来《しょうらい》するつもりだっていう、うまい取引《とりひき》の話ばっかりしてる。けど兄ちゃんの取引ってのは、酒場《さかば》のおやじ相手に、ビールの値段《ねだん》をいくらに下《さ》げさせるかってやつくらいなんだよね」ローサはふんと鼻を鳴らした。「だいたい、なんもかんも兄ちゃんのだなんて、まるきり不公平だよ。あたしのほんとうの父ちゃんのことがなかったら、あの家も追いだされてたとこさ」

「じゃあ、お父さんがだれか知ってるの？」アウンの言いぐさを聞いてたから、内心《ないしん》そうとは信《しん》じられなかった。

「もちろん」ローサはうなずいた。「四度会ったよ。あたしの父ちゃんは、金持ちなんだ。本物の商売人だよ。銅貨《どうか》一枚《まい》で粉《こな》を二袋《ふくろ》買ったぐらいで、自分をすご腕《うで》の商売人とかんちがいしてるようなよっぱらいじゃないよ。それにアウンだって、ちょくちょくお金がとどけられてたころは、あんなにひどくなかったさ。だけど父ちゃんが死んだら、それも止められちまった。だって奥《おく》さんには、はらう気なんてありゃしないんだもん。余裕《よゆう》はあるくせに、ケチなんだ。だから母ちゃんは、洗濯《せんたく》の仕事もさせてもらえなくなっちまった。その家は、スズ座《ざ》通りの大きな石のお屋敷《やしき》で、上得意《じょうとくい》さんだったんだけどね。できあがった洗濯物をとどけると、いつもお勝手の女中《じょちゅう》さんにおいしいものをもらえたものさ……」

ローサはちらりとあたしを見た。あたしはあれこれ思いにふけりながら、上等《じょうとう》のライ麦《むぎ》パンをこなごなにちぎっていた。後家《ごけ》さんはとちゅうで止められることもなく、マウヌス先生とニコのもとにたどりつけたかしら？　父親がきれいな部屋《へや》で暮《く》らしていて、たった四回しか会う時間をさいてくれなくて、しかも自分はお勝手の女中さんのところにしかいられないことを、ローサはへんだと思わなかったのかしら？　でもあたしには、そのことをあれこれいう資格《しかく》はない。自分の父親に会ったことも、たぶんないんだもの。

「あんたの父ちゃんはどうなの？」あたしの考えを読みとったみたいに、ローサがたずねた。

「だれが父さんなのか、知らないの。母さんは言ってくれないし。あたしたちには母さんがいるから、それで十分《じゅうぶん》だって言うの。トネーレ一族の故郷《こきょう》では、それがしきたりなんだって」

「故郷ってどこ？」

「カンパーナに何人か親戚《しんせき》がいる。でももともとは、もっと遠くから来たんだって。コルモンテってところ」

「聞いたことないね」

「だって、とてもとても遠くなの。環《わ》の海をこえたむこうだって、母さんは言ってる」

「考えてみたらさ――」ローサは話しだした。でもそのあとなにを言うつもりだったのかは、わからずじまいだった。ちょうどそのとき、だれかが戸をたたいたのだ。ていねいなノックではなくて、荒々《あらあら》しくおどすようななぐりかただった。

あたしたちは草地の二羽《わ》の子ウサギみたいに、完全にこおりついた。ローサの目は、恐怖《きょうふ》でまん丸になっていた。あたしの目もおなじだったにちがいない。とにかく心臓《しんぞう》はどくどく音を立て、ひゅうひゅう耳鳴りがした。

「開けろ！」知らない男のどなり声が聞こえ、また戸ががんがん鳴った。「開けるんだ、ドラゴンの名において」

あたしは飛《と》びあがって、台所の裏口《うらぐち》に向かって走った。ローサもすぐあとについてきた。裏口のかんぬきにしがみついて引いたが、かたくてびくともしない。おそろしくてべそをかきながら、台所に取ってかえし、包丁《ほうちょう》でも火かき棒《ぼう》でも、とにかく武器《ぶき》になりそうなものをさがそうとした。けれども三歩と進まないうちに、木がめりめりときしみ、ばりんと割《わ》れる音がして、表《おもて》の戸口から日の光が台所になだれこんだ。ドラゴンの軍服《ぐんぷく》とくさりかたびらに身をつつんだ男がひとり、ばらばらになったよろい戸を苦労して乗りこえ、なかに入ってきた。うしろのほうにアウンの真っ赤に上気した顔が、ちらりと見えた。

「いたぞ！」アウンはさけんだ。「黒髪《くろかみ》のほうのチビだ。そいつが魔女《まじょ》の娘《むすめ》だ！」

20　恥《はじ》あらわしと恥知《はじし》らず

〝ねがいごとをするときは、かなった場合を頭に置《お》いて、慎重《しんちょう》にしないといけない〟お城《しろ》についていきたい、なんてねがうんじゃなかった。だっていますぐ、ねがいがかないそうなんだもの。

「ちゃんと言ったのに」ローサは腹《はら》を立てながらも、申《もう》しわけなさそうに言った。「ここにいることは兄ちゃんに言わないようにって、ちゃんと言ったのに」

ローサのすがたは見えなかった。やつらは魔女《まじょ》の娘《むすめ》をとらえるつもりだったから、当然袋《ふくろ》を持ってきていた。あたしは力のかぎり、わめいてさからったが、相手は大きくてすばやくて容赦《ようしゃ》なかった。あたしに目を合わせるすきもあたえなかったのだ。ひとりがあたしの腕《うで》をつかまえ、もうひとりが袋をかぶせ、三人めが首に縄《なわ》を回して、戦《たたか》いはおしまいだった。

「締《し》めすぎるなよ」ひとりがいった。「ドラカンさまは娘を生きたままつれてくるようお望《のぞ》みだ

――とりあえずはな」だから男たちはあたしを、しばらくは生かしておいてくれるらしい。

かぶせられた袋《ふくろ》はちくちくして、ぷんと羊《ひつじ》のにおいがした。羊毛《ようもう》を入れてあったのだ。粉袋《こなぶくろ》でなくてよかった。もっと息がしにくかっただろうから。

足を下《お》ろす場所が見えないので、しょっちゅうころびそうになった。つまずくたびに、衛兵《えいへい》が姿勢《しせい》を立てなおさせるのだけど、ドラゴンにかまれた腕《うで》をつかむので、ひっぱられるたびに気が遠くなり、ますますまっすぐに立っていられなくなった。

「ちゃんと言ったのに」

「だれに言ったの？」あたしは小声で言いながら、地面が上《のぼ》りなのか下《くだ》りなのか、勘《かん》を働かせようとした。

「母ちゃんに。でも兄ちゃんはいつだって、母ちゃんを思いどおりにしちまうんだ」

「お母さんに？　後家《ごけ》さんの家に行くって、お母さんに話したの？」

そういえば思い出した。あたしの頭にまくスカーフをさがして、箱《はこ》をひっくりかえしながら、ローサとお母さんは頭をよせあってひそひそやってたっけ。「だれにも言っちゃいけなかったのに」

「だってさ、まさか……こんなことになるなんて――もしものときにと思って。だってほら、あのときはまだ……」

あのときはまだ、あたしたちは目を合わせていなかった。あのときはあたしはまだ、借《か》り着《ぎ》にお金《かね》をはらいたがる妙《みょう》な女の子というだけだった。

「あたしだって――」言いかけると、腕《うで》を荒《あら》っぽくゆすぶられた。

「しゃべらないで歩くんだよ、アマっこ」つかんでいる衛兵《えいへい》が言った。

衛兵たちは急いでいて、休ませても、ぐずぐずさせてもくれなかった。まわりにはたくさんの人がいた。音が聞こえ、気配《けはい》がした。押《お》しあいへしあいする群衆《ぐんしゅう》のなかを、あたしたちは苦労しながら通りぬけていった。

「いらんかね。香《こう》はいらんかね。お香を買っとくれ」物売《ものう》りが、すぐ耳もとでわめきたてた。

「魔女《まじょ》の邪眼《じゃがん》と呪《のろ》いから身を守れるよ。お香はいらんかね！」

「ごらんよ！」とつぜん女の声がした。「魔女の娘《むすめ》をつかまえたんだ」

「ちくしょうめ」あたしをつかまえている衛兵がつぶやいた。「これじゃ、ぬけられんぞ」

〝魔女の娘〟ということばは、まわりの群衆のあいだをささやくこだまのようにかけめぐり、押しあいへしあいは、投《な》げ縄《なわ》がしまるように、どんどんきつくなってきた。

「悪魔《あくま》の子だ」だれかがさけんだ。

「ほんの子どもじゃないか……」すぐそばで、べつのだれかがいった。

「場所をあけろ！」衛兵のひとりが、さわぎのなかでもとどろくような声でいった。「ドラゴンの名において、場所をあけろ！」

大さわぎのなか、道を切りひらくためにドラカンの兵《へい》は槍《やり》の柄《え》と盾《たて》を使いはじめたらしく、どすっ、がしゃっ、とにぶい音が聞こえた。ぬるりと冷たい物が肩《かた》にかかったが、正体《しょうたい》はわからなかった。

「ローサ！」あたしはさけんだ。

「ここだよ」うしろで声がした。「もうすぐ門につくところ」

とつぜん衛兵《えいへい》の手がはずれ、あたしはなにかに、たぶん人の足につまずいた。ひざをついてたおれたあたしは、見えない手と足が荒《あ》れくるう、嵐《あらし》のなかにほうりこまれた。袋《ふくろ》をけんめいにひっぱった。ぬぎたかった。外を見たかった。でもドラカンの衛兵があたしをすくいあげ、ただの羊毛袋《ようもうぶくろ》みたいに肩にかつぎあげた。衛兵の鎖《くさり》かたびらはひやりと冷たく、まるでドラゴンにさわったようだった。

「あばれるんじゃねえ。落っことされたくなかったらな」衛兵はいった。

あたしはあばれなかった。ただ袋をはずそうともがきつづけた。頭が下になったおかげで、すこしやりやすくなった。袋の端《はし》がなんとか破《やぶ》れ、とりあえず口が出て、息がしやすくなった。でも見ることはできなかった。

「門を開けろ！」と命令《めいれい》すると、鉄のちょうつがいのこすれたりぶつかったりする音がした。とたんにまわりに場所があき、やじうまのさわぎがやや遠ざかった。かわりにべつの音が聞こえてきた。いかめしい大公屋敷《たいこうやしき》ラーベンス家の泉《いずみ》から水が噴《ふ》きだす音だ。ふだんなら町の人々は門の格子《こうし》ごしにうかがい見ることしかできない。

「上を下への大さわぎだ」衛兵《えいへい》のひとりがいった。「やじうまども。処刑《しょけい》など、生まれてはじめて見るわけじゃあるまいに」

「ドラゴンが出るってのは、はじめてだからな」べつのひとりが言った。「だからこんなに人出がしてるんだろうよ」

「まだはじまってなきゃいいが」三人めが言った。「仲間が門《もん》の上に特等席《とくとうせき》を用意《ようい》してくれたはずなんだが、あーあ、魔女《まじょ》のアマっこの捕《と》り物《もの》にかりだされるなんてな」

「だいじょうぶ、まにあうよ」あたしをかついでいる衛兵が言った。「おれたちが行くまで、ドラゴン公《こう》さまは待っててくれるはずだ」

あたしたちが武器蔵《ぶきぐら》まえ広場に着けば、また新しくさわぎがはじまるだろうと見こみをつけていた。ところが何百人、いや何千人もがつめかけているようすは気配《けはい》でわかるものの、あたりは妙《みょう》にしずかだった。

そこに母さんの声が聞こえてきた。

「胸《むね》に聞いてみなさい」これだけ多くの人の耳にとどかせるには、たいへんな力が必要なはずなのに、母さんはまるでひとりひとりの目のまえにいるように、なんの苦《く》もなく語りかけていた。

「自分をかえりみなさい。これは正しいことですか？　価値《かち》ある善行《ぜんこう》ですか？　恥《は》ずかしくありませんか？　わたしはなすべきことをしただけです。その真実《しんじつ》がここまで悪意《あくい》にねじ曲げられたあげく、わたしは命を落とさねばならぬのでしょうか？」

衛兵《えいへい》たちが足を止めた。気がつくとあたしは、自分の足で立ち、だれにもとらえられていなかった。あたしは袋《ふくろ》をむしりとった。ようやくあたりのようすが見えた。

大きな武器蔵《ぶきぐら》まえ広場全体が、群衆《ぐんしゅう》で埋《う》まっていた。ドラカンの予想《よそう》より、たくさん集まっていたと思う。見物人は鍛冶屋《かじや》や風呂屋《ふろや》や衛兵駐屯所《えいへいちゅうとんじょ》など、低い建物の屋根に乗っていた。東塔《ひがしとう》の窓《まど》にも鈴《すず》なりになっていた。やじうまの頭ごしに見物できるようにと、荷車《にぐるま》や手押《てお》し車を引いてきて、その上に立つ人もいた。処刑台《しょけいだい》とドラゴンのまわりだけがあいていた。だれもがドラゴンを見たいが、近よりたくないのだ。

でもいまのいまは、ドラゴンを見ているものはひとりもいなかった。頭をたれたり、目をふせたりしていながら、母さんを見ているのだった。

母さんは両手《りょうて》を鎖《くさり》につながれ、目かくしをされていた。でも、実力《じつりょく》のある恥《はじ》あらわしなら声だけでも十分《じゅうぶん》に力をふるえることを、人々は知らなかった。母さんは処刑台に立っていた。母さんが死ぬのを見物に来た何百何千の人のまんなかにたったひとり、屈強《くっきょう》な男ふたりにはさまれて立ち、やつれて小さく見えた。城《しろ》のバルコニーにならんだリゼア夫人《ふじん》、ほかの貴婦人《きふじん》のように、光《こう》沢《たく》のある絹《きぬ》や金《きん》の錦《にしき》に身をつつんではいない。五日まえ家を出るときに着ていたのと同じ茶色の服のままで、赤茶色の髪《かみ》はつやを失《うしな》い、ほつれて背中《せなか》に落ちていた。でも貴婦人のだれひとり、よろいすがたの衛兵《えいへい》のだれひとり、ううん、ドラカンにさえ……ここにいる人間のだれひとり、母さんとおなじことはできないのだった。

母さんに人々のすがたは見えない。でも人々に自分自身の心の内《うち》を見つめさせることはできた。だからここはこんなにしずかなのだ。だから何百何千の人々が、うつむいてだまったままなのだ。どんなことが起こってもおかしくない瞬間《しゅんかん》だった。ドラカンもその危険《きけん》に感づいたにちがいない。それまでドラカンは、城のバルコニーにすえつけた金《きん》の玉座《ぎょくざ》におさまり、高みから群衆《ぐんしゅう》を見おろしていた。こうすればより大公《たいこう》らしく見えると計算したんだろう。その彼《かれ》が勢《いきお》いよく立ちあがり、しずまりかえるなか、声をはりあげた。

「なるほど、うまいものだな、魔女《まじょ》よ。だがこの女は恥《はじ》あらわしではない！」

あたしはあっけに取られた。広場じゅうの人々が、母さんの強力な恥あらわしぶりをひしひしと感じているいま、よくもそんなことが言えるものだ。ところが広場にいる人々がみな、しんとだまって恥あらわしの目を避《さ》けているそのさなか、ドラカンは身軽《みがる》にバルコニーの手すりを飛《と》びこえて、ひょいと広場まで飛びおりた。

処刑台《しょけいだい》には、鎖《くさり》をゆるめたときドラゴンが上《のぼ》りやすいように、スロープが取りつけてあった。だけどドラカンのほうが、すこしだけドラゴンに先まわりする形になった。大までスロープをかけあがり、魔法《まほう》でも使ったようにすばやく、母さんのまんまえに立っていた。

「よき市民たちよ、おまえたちがいま感じているのは、恥《はじ》ではない。ただの幻術《げんじゅつ》だ。なにを恥《は》じることがあるのだ。このものは恥あらわしなどではなく、人殺《ひとごろ》しの怪物《かいぶつ》ニコデマスとつるんでいる魔女《まじょ》なのだ。おまえたちは、魔女が自業自得《じごうじとく》の罰《ばつ》を受けるすがたを見にきただけだ。もしこの女が本物の恥あらわしなら、わたしにこんなことができるだろうか？」

言うなりドラカンは母さんの目かくしを引きむしり、あごをつかむと、まっすぐに目を合わせた。

武器蔵《ぶきぐら》まえ広場全体にざわめきが走った。ドラカンがまえにそうするのを見たあたしでさえ、一瞬《いっしゅん》心がゆらいだ。この男はほんとうに、あたしが思っているようなことをしたんだろうか。三人もの人間を殺したあげく、またたきもせずに母さんと目を合わせることができるなんて、とても信《しん》じられなかった。

母さんは長いあいだびくともせずに立っていたが、心の底《そこ》ではたじろいだと思う。それからしずかに、けれどみんなに聞きとれる声でこう言った。

「わたしはこれほど恥知らずの人間に会ったことがありません。恥をまったく知らずに生きていられるのが、ふしぎでしかたありません」

でも群衆《ぐんしゅう》にはわからなかった。みんなの目に映《うつ》ったのは、ドラカンがおそれもなく母さんと目を合わせていることだけだった。へんなのは母さんの恥《はじ》あらわしの能力《のうりょく》ではなく、恥をおぼえないというドラカンのほうなのに——人々にはそれがさとれなかった。たとえ気づいた人がわずかでもいたとしても、そんなつごうの悪い考えは、追いやってしまっただろう。人々は、母さんが見せつけたみにくいわが身のすがたより、ドラカンのほうを信《しん》じたがったのだ。人々が背《せ》をのばし、恥《は》じる心を捨《す》てさるようすが、目に見えるようだった。

ドラカンもそれに気づいた。母さんをはなし、人々に向きなおると、声をはりあげた。

「おまえたちは大公《たいこう》を失《うしな》った。わたしも父を失った。美しい兄嫁《あによめ》と、生まれなかった赤《あか》ん坊《ぼう》と、かわいい甥《おい》のビアンも……殺人者《さつじんしゃ》がのうのうと逃《に》げおおせるのを、わたしはなすすべもなく見なければならぬのか？　この女は、大公一家の死に責任《せきにん》があるのだ。死んで当然《とうぜん》ではないのか？」

つぶやきが広がりだした。

「その女が魔女《まじょ》なら……」

「ぼっちゃまはまだ四つだった……」

「ドラカンさまは女と目を合わせた。本物の恥あらわしなら、だれも目を合わせられないはず……」

「……怪物《かいぶつ》とぐるなんだ……」

「魔女《まじょ》を殺《ころ》せ！」

「魔女を殺せ！」

「魔女を殺せ！」

もうがまんも限界《げんかい》だった。

「真犯人《しんはんにん》はドラカンなのよ！」あたしはさけびながら、人の壁《かべ》をすりぬけて、母さんに近づいていった。「ドラカンが殺したのよ！」

あたしの声に耳をかたむける人は、ひとりもいないようだった。でもドラカンと母さんは、こちらを見た。母さんが口を開《ひら》き、なにか言おうとした。するとドラカンが顔を近づけ、なにごとか言って母さんをだまらせた。とたんに母さんがおちつきをなくした。やにわに度《ど》を失《うしな》った顔つきになり、それを見たあたしは、なにもかもわすれた。頭を使うことをわすれさり、母さんのそばに行くんだ、と思うほか、なにひとつ考えられなくなった。

あたしひとりだけでは、たどりつけなかったはずだ。でも処刑台《しょけいだい》わきにいた衛兵《えいへい》ふたりが、ドラカンの合図《あいず》を受けとって、あたしのために道をあけさせた。

「ドラカンなの。ドラカンが犯人なの……」あたしは母さんに言った。

あたしはきっと母さんがみんなに伝《つた》えてくれるのを、あてにしたんだと思う。母さんが「ドラカンが犯人《はんにん》です」と言い、みんながそれを信《しん》じる場面を、あたしは想像《そうぞう》していたんだ。でも母さんは、そうしてくれなかった。完全に度《ど》を失《うしな》った目であたしを見つめ、こう言ったのだ。

「ディナ、だまりなさい」

ドラカンが腕《うで》をのばして、あたしの首すじをつかんだ。信じられないほどすばやく動ける人間なのをわすれていた。

「さてと、トネーレどの」ドラカンは声をはりあげもしなかった。「いまこそニコデマスどのについて真実《しんじつ》を告《つ》げていただこうか？　それとも娘《むすめ》にも魔女《まじょ》の運命《うんめい》をたどらせようか？」

「ああ、ディナ……」母さんは目に涙《なみだ》をたたえていた。「なぜ逃《に》げなかったの？」

ドラカンは処刑台《しょけいだい》をかこむ衛兵《えいへい》のひとりに合図《あいず》をした。「鎖《くさり》をもうひとつここへ」

衛兵が鎖を手わたすと、ドラカンはさっと身をかがめ、あたしの足首に巻《ま》きつけた。そしてもう一方の端《はし》を、母さんの鎖をつないである輪《わ》に通した。

「さてと、恥《はじ》あらわしどの」ドラカンが冷《ひ》ややかに問《と》いかけた。「まだあの男は無実《むじつ》だというのか？」

母さんは真っ青だった。母さんがドラカンをにらみつけると、相手は母さんがなにものでもないように、平然《へいぜん》とその視線《しせん》を受けとめた。

「あなたは人でなしよ」ようやく母さんは言った。「獣《けもの》ほども良心《りょうしん》がないのね」

ドラカンは気を悪くした。一瞬《いっしゅん》なぐりかかりそうな構《かま》えをしたので、あたしは思わず両手をこぶしににぎりしめた。それからドラカンは、こくんとうなずいた。母さんが正しいと認《みと》めたのではなく、心を決めたのだ。

「お好《す》きなように。本物の獣《けもの》を目のまえにすれば、気も変わるだろう」それから声をはりあげた。「ドラゴンの鎖《くさり》をのばせ！」

がらがらと金属《きんぞく》がこすれぶつかりあう音が聞こえた。

「それともまさか、共犯者《きょうはんしゃ》の若《わか》さまが、あわやの場面で救《すく》いにくるとでも信《しん》じているのか？　来てほしいものだ。心から来てほしいと望《のぞ》むよ！」

ドラカンは背《せ》を向けると、ドラゴンがこちらに向かっているのを承知《しょうち》の上で、あせりも見せずスロープに向かった。きっとこわがる理由《りゆう》なんかないんだ、と思うと腹《はら》が立った。あの男に歯を立てたとたん、ドラゴンはその場でたおれて死ぬにきまってる。一方、母さんの横に立つ衛兵《えいへい》は、怪物《かいぶつ》におちつきのない目を向け、あたふたと逃《に》げだして広場に飛《と》びおりた。処刑台《しょけいだい》のまわりが急にがらりとあいた。

そのドラゴンはゆっくりと、すべるように進んできた。一歩ふみしめるごとに、太陽が灰色《はいいろ》のうろこを燃《も》えたたせ、太く長いしっぽは左右にゆらゆらゆれた。スロープの下にたどりつくと、かっと口を開《ひら》き、舌《した》をのばして空気を味《あじ》わった。鎖はどれぐらいのびたのかしら。ここまで上《あ》がってこられるのかしら？

母さんは鎖《くさり》にいましめられた手をさしのべ、あたしを引きよせた。抱《だ》きしめることができないので、身をかがめて髪《かみ》の毛にほおずりしてくれて、ささやいた。

「母さんのうしろに回るのよ。子どもを食《く》わせてたまるものか。見ている人がゆるさないわ」

「悪魔《あくま》の子」だの「魔女《まじょ》のアマっこ」だのとさんざんののしられたあとだったから、ドゥンアークの人に〝ゆるさない〟気持ちがあるなんて、あやしいものだと思った。でもあたしが首を横にふったのは、そう思ったからではなかった。

「ううん」あたしは、母さんにだけ聞こえるように、声をひそめた。「ここでじっとしていようよ。ドラゴンは目がきかないみたい。それに……もしかしてなにか起こるかも」

でも起こるとすれば、いますぐでないとこまる。ドラゴンは試すようにスロープに足をのせたと思うと、すたすたと三歩のぼった。たしかに目は悪いかもしれないけど、においはしっかりかぎつけたみたいだ。青紫《あおむらさき》の口のなかをのぞきこみ、とがった歯を目にしたとたん、腕《うで》がまえにもまして熱《あつ》く燃《も》え、うずきだした。あたしは思わず声をもらした。悲鳴《ひめい》ではなく、ついのどから出てしまった音だったけど。母さんが顔を上《あ》げた。

「ドラカン」母さんは必死《ひっし》にかん高い声を上げた。「待って……」

そのとたんどかんと爆音《ばくおん》がして、お城《しろ》の美しいガラス窓《まど》がくだけちった。そして武器蔵《ぶきぐら》の上にならぶ小さな空気穴《くうきあな》から黒い煙《けむり》がもくもく吹《ふ》きだした。ドラゴンは口を閉《と》じ、目をぱちくりさせた。まぶたが下からあがるのが、とてもふしぎだった。群衆《ぐんしゅう》のなかでだれかがさけんだ。武器蔵《ぶきぐら》が火事だ！　早く逃《に》げないと爆発《ばくはつ》するぞ！

「爆発する！　逃げろ！」さけび声が広がっていった。

人々はわめき、ぶつかりあってたおれた。逃げられるものは逃げだした。気がつくと処刑台《しょけいだい》のあたりには、衛兵《えいへい》がふたりしか残っていなかった。ひとりは勇敢《ゆうかん》にも武器蔵に向かってかけだした。なかにある火薬《かやく》が爆発して、お城《しろ》をまるごと吹きとばしてしまうまえに、火を消すつもりのようだ。もうひとりは処刑台《しょけいだい》に飛《と》びあがり、ベルトからハンマーをぬくと、母さんとあたしがつながれている鎖《くさり》をとめた輪《わ》に向かって、手ぎわよく二度ふりおろした。まえもって金属《きんぞく》を溶《と》かしていた、マウヌス先生の王水《おうすい》のおかげだろう。二度目の打撃《だげき》で、輪は割《わ》れた。衛兵が身を起こすと、かぶとの面頬《めんぼお》のすきまから、ニコの顔が見えた。

「逃げなさい」ニコは母さんのひじをつかみ、顔を自分のほうに向けさせた。「ドラゴンの門に向かうんだ」

「でも……ドラゴンが」

「ぼくがやっつけます」

ニコは上着の下からびんを一本取りだし、栓《せん》をぬくと、ドラゴンに向きなおった。「ドラコ、ドラコ……」あの夜飼育場《しいくじょう》でしたように、ニコは呼《よ》びかけた。そしてハンマーを、ドラゴンの頭めがけて投げつけた。ドラゴンは怒《おこ》って鼻を鳴らし、大きく口を開けた。でもそれが命とりになった。ニコは正確《せいかく》なねらいで、びんを軽々《かるがる》と、まっすぐに口にほうりこんだのだ。とたんにドラゴンは、なにも目に入らなくなったらしい。ひたすらうなり、つばを吐《は》きながら、長いかぎ爪《づめ》で頭をかきむしった。

「いまだ、逃《に》げろ。ドラゴン門へ！」ニコはどなった。

母さんとあたしは走りだした。でも鎖《くさり》がいかけ屋《や》の荷車《にぐるま》みたいにじゃんじゃん鳴りひびいた。ようやくスロープにたどりついたとき、足首がぐいと引かれ、あたしはべったりとたおれ、鼻を打った。

「逃がすものか」ドラカンが背中《せなか》をふみつけて、言った。あたしはぜいぜい言いながら、ぐるぐる回る世界が止まるのを待っていた。

「ここでふたりして、おまえの母親がどこまで逃げられるか、見物するかな。または、やんごとないお友だちが、英雄《えいゆう》ごっこをしておまえを救《すく》いだそうとするようすでもいい。だろう、ニコ？遊ぼうか？」ドラカンは剣《けん》をぬいた。剣をかまえるそのすがたには、人を食《く》ったような、いかにも横柄《おうへい》なようすが見て取れた。それを見て、ニコの記憶《きおく》に残る場面を思い出した。十四才のニコが、剣を運河《うんが》に投げすてて、お父さんにたたきのめされたあの日の場面だ。あの剣はいまも、水草が茂《しげ》る青い深みにしずみ、くちさびているのか。それともだれかがすくいあげたんだろうか。なんにせよニコ本人は、お父さんにどれほど痛《いた》めつけられようと、あれ以来剣《けん》に二度とふれていない。それでもいまは、制服《せいふく》とともに借《か》りた剣を、あぶなっかしくかまえていた。

「その子をはなせ」ニコは言った。

「自分で取りかえしに来いよ」ドラカンはにやりと笑《わら》うと、きらめく刃《は》で、すばやくひとふり、空《くう》を切りさいた。

ニコはまた、三歩で足早《あしばや》にスロープをかけあがった。ふつうの歩きかたではなく、右足をまえに、すり足で進んできた。剣術《けんじゅつ》を学んだことがわかる動きだ。でもドラカンは最初《さいしょ》のひと太刀《たち》を楽々《らくらく》と受けとめ、しかも強い力で打ちかえしたので、剣があやうくニコの手からふっとびそうになった。

「まだまだ」ドラカンが冷《ひ》ややかに言った。あたしの背《せ》に置《お》いた足を動かしてもいない。「もっとましな攻撃《こうげき》ができるはずだろう」

あたしは首をひねって、ニコのすがたをとらえた。恐怖《きょうふ》で真っ青な顔をしている。そのくせふしぎにおちついていた。次の瞬間《しゅんかん》ニコがまたとびあがって打ちかかったので、ここからは足しか見えなくなった。刃を合わせる音がするどく耳に突《つ》きささる。今度はドラカンがしりぞく番だった。足がはなれた。でもそのとたん剣がふっとび、ニコは丸腰《まるごし》で立っていた。

「気《き》の毒《どく》だねえ、ニコぼっちゃん。もっとしっかり練習《れんしゅう》しておけばよかったのに」ドラカンは言うと、とどめの一撃《いちげき》をくわえるため、剣《けん》をふりあげた。あたしは転ばしてやろうと、しっかり足にしがみついた。ところがなにもしていないのに、とつぜんドラカンがすさまじい悲鳴《ひめい》を上《あ》げて、ふくらはぎを押《お》さえたのだ。目に見えない巨大《きょだい》なスズメバチにでもさされたのかと思った。

ニコはこの機会《きかい》をのがさなかった。剣を拾いあげ、峰《みね》を下に持ちかえて、ハンマーのようにドラカンの頭にふりおろしたのだ。ドラカンはあおむけにたおれ、ぐうの音《ね》もなくのびた。

「なにをしたんだ。かんだの？」ニコはあっけに取られていた。

「ううん」かみつくなんて、頭にもうかばなかった。そのときスロープの下から、むっくりとローサがあらわれたのだ。

「ナイフを持ってるって言ったろ」ローサは言った。そのことばどおり、右手ににぎりしめているのは、さびたナイフだ。その刃《は》はドラカンの血で真っ赤にそまっていた。

「何者だ？」ニコがローサを見る目は、まるで相手がばけものかトロルか妖精《ようせい》とでも思っているようだった。

「友だちのローサです」あたしは胸《むね》をはって紹介《しょうかい》した。それからやっとみんなそろってドラゴン門へと走りだした。

たぶんニコだと思うけど、あたしはだれかに押《お》しあげてもらって門をこえ、飼育場《しいくじょう》に入った。マウヌス先生と隊長《たいちょう》とその味方《みかた》が三人、そこで待っていてくれた。湯気《ゆげ》を立てるがれきをわたり、貯水槽《ちょすいそう》にたどりつき、すくなくともドラゴン一頭のそばを通りぬけた。そいつは真昼の日を浴《あ》びながら、折《お》れた柱に体を巻《ま》きつけていた。しゃあっとおどすような声を立てたが、おそいかかる気配《けはい》は見せなかった。人間の数が多いうえ、槍《やり》を持っていたから、むこうも用心したんだろう。

こわれてがたがたになった貯水槽の壁《かべ》を上《のぼ》るのは、悪夢《あくむ》のような体験《たいけん》だった。どこもかしこも割《わ》れ目だらけだった。役立たずの腕《うで》が動いてくれないときは、ニコが手を貸《か》してくれたけど、なにしろ水がしみでてくるので、手も足もつるつるすべった。

そんななかをあたしたちは、わき目もふらず、死にものぐるいで逃《に》げた。ドラカンの兵《へい》が、いつまでもうろたえているわけがない。それにいまのドラゴンのようすでは、追《お》っ手《て》に足どめを食《く》わせられるとは思えなかった。貯水槽の屋根を、できるだけ急いでわたっていくと、地上でどなり声が聞こえた。見ると、衛兵《えいへい》がふたり、槍をかまえながらへっぴり腰《ごし》で飼育場にふみこんでいく。隊長は屋根に這《は》いつくばり、猛烈《もうれつ》な勢《いきお》いで、導火線《どうかせん》をしかけているところだった。それからすぐにかけつけてきて、あたしたちにどなった。

「みんな、浴場《よくじょう》の屋根に飛《と》びうつれ。飛ぶんだ！」

あたしはためらった。地面までがはるかに遠く、頭がくらくらした。でもそのときニコが腰《こし》に腕《うで》を回すと、あたしを抱《だ》きかかえたまま飛《と》びこえたのだ。どさん！　屋根に体をぶつけた衝撃《しょうげき》で、背骨《せぼね》からまっすぐ頭蓋骨《ずがいこつ》までが、しびれた。

「ニコのばか、もしも――」

あたしはかんかんになって文句《もんく》を言おうとした。そのとき、どがあん！　爆発《ばくはつ》が起こった。足もとの屋根がはげしくゆれ、思わずひざをついた。れんがと岩のかけらがばらばら降《ふ》りそそぎ、ニコはわめいた。

「伏《ふ》せろ。頭をかばうんだ！」

でもあたしは目のまえの光景《こうけい》に心をうばわれていた。貯水槽《ちょすいそう》の壁《かべ》に、たてに亀裂《きれつ》が走ったと思うと、ぱっかりふたつに裂《さ》け、そこからどっと水が噴《ふ》きだしたのだ。くだけた石まで飛《と》びだし、水と石は下の飼育場《しいくじょう》になだれおちていった。

「おおう、神さま。マグダさま！　たいしたもんですなあ、隊長《たいちょう》」部下《ぶか》のひとりが、気分よさそうにささやいた。

隊長はうずまく水のなかでもがくドラゴンと人間を見おろしながら、自分の手柄《てがら》にも、部下ほど喜べない顔つきだった。

「火薬を全部ぶちこんで、武器蔵《ぶきぐら》全体を吹っとばすよりはましかな」隊長はひとりごとのように言った。「さあ、今度はかせいだ時間をむだにしないよう、動くんだ」

一行《いっこう》は浴場《よくじょう》の屋根をこえて、北棟《きたとう》のうらの大庭園に下《お》りたった。耳鳴りはやまず、鼻にはいまも、刺《さ》すようなにおいがこびりついていた。果物《くだもの》の温室のガラスが、爆発《ばくはつ》のあおりでたくさん割《わ》れ、割れたガラスがひっきりなしにちゃりんちゃりん、と落ちるなかを、慎重《しんちょう》に足を運んで、桃《もも》とレモンの木のあいだをぬけていった。びんびんとどろく耳鳴りと、ガラスの音がまじりあったひびきは、いまも思い出せる。とびきり大きなレモンを目にして、灰《はい》でかさかさにかわいた口にふくんだら、どんなにぴりりとさわやかでおいしいだろうと、ほしくてたまらなかったこともおぼえている。

そのあと、もやにつつまれたような時間が長くつづく。隊長《たいちょう》の友だちの城《しろ》のコックが、西塔《にしとう》の壁《かべ》をのぼるために縄《なわ》ばしごをさがしてきた。あたしをかついでゆれる縄ばしごを上《のぼ》ってくれたのは隊長自身で、それも「ジャガイモの袋《ふくろ》みたいに」肩《かた》にかついでいた、とニコがわざわざ教えてくれた。

それから思い出せるのは、母さんの目だ。ぜったいにさからえない母さんの目。

「ディナ、目をさまして。つらいのはわかってる。でも、自分の足で歩いてちょうだい。かついでいては、ぜったいに道をぬけていけないの。聞こえる？　さあ、がんばって。立つのよ。右足、次に左足。出発！」

あたしは歩いた。ほかにどうしようもないでしょ？　ドゥンアークの町はずれを通ってどぶ板《いた》横町《よこちょう》へ。ローサの知っている壁《かべ》の穴《あな》をぬけ、貝がら道と呼《よ》ばれている道に出た。どぶ板横町《いたよこちょう》の住人が、ドゥンアーク崖《がけ》の下の砂浜《すなはま》に行くときは、そこを通って下《お》りるのだ。「潮《しお》が引くと、貝を掘《ほ》って、食べたり売ったりするんだよ」とローサが言った。

この道からは貝のほかにもいろいろなものがこっそり持ちこまれているにちがいないと、ニコはぶつぶつ言った。でもあたしには、文句《もんく》を言う理《り》由《ゆう》がわからなかった。ニコだって、そんな道があったから助かったんだもの。そうでしょ？

崖の道は、かたいうえに歩きづらく、あたしは立っているだけでせいいっぱいだった。それでもようやく砂浜に下《お》りたち、潮のかおりをかぎ、鳴きながら頭上《ずじょう》を飛《と》びかうカモメの声を聞くと、すこし意識《いしき》がもどった。一行《いっこう》は十人だった。隊長《たいちょう》が信頼《しんらい》を置《お》く衛兵《えいへい》がふたり、コック、隊長、後《ご》家《け》さん、マウヌス先生、ニコ、母さん、ローサ、最後《さいご》にあたし。

「これからどうするのです？」ほかの人を不安にさせないよう、手を見つめながら、母さんが聞いた。

「川岸のアシ原《わら》に身をかくす。夜になれば、小舟《こぶね》がむかえにくる」

「船頭《せんどう》は信用《しんよう》できますか？」

「おれの妹《いもうと》婿《むこ》だ」コックが短く言った。

「あとどのくらい歩きます？」

「もうすこしだ」コックは言った。「一時間もかからんよ」

そこでみんなして、もうしばらく歩いた。

いまではコックが指揮《しき》をとっていた。だれよりも砂浜《すなはま》を知りつくしているうえ、耳も目も人一倍するどいようなので、それも当然《とうぜん》のことだった。ときどき身をふせろと指令《しれい》が飛《と》ぶ。するとみんな黒くぬかるんだ泥《どろ》に腹《はら》ばいになり、起きあがってもだいじょうぶだとわかるまで、アシの黄緑色の茎《くき》を、じっと見つめるのだ。そうやってふせていると、けっこう気持ちよかった。とにかく歩くよりはましだった。あたしはただただ、のどがかわいていた。母さんに病気になるよと止められなければ、運河《うんが》の泥水《どろみず》を飲んでもかまわないぐらいだった。

「ぐあい、どう？」ローサが眉間《みけん》に心配そうなしわをよせて、聞いた。

「だいじょうぶ」とあたしはうそをついた。ほかにどう答えればいいわけ？ いまはだれにもなにもできない。母さんはあたしから目をはなさなかったが、それでも休もうとは言いださなかった。そんなことをすれば危険《きけん》なだけだった。

そしてようやく、ようやく約束《やくそく》のかくれ場にたどり着いた。ここではアシはぎっしりと高く茂《しげ》りあい、林のようになっていて、もぐると外から見えなかった。隊長《たいちょう》が剣《けん》で何本かを刈《か》りとってくれたので、それをムシロのように敷《し》いて、すわったりねそべったりできた。多少がさがさするけど、泥《どろ》のなかみたいにぬるぬるじゃない。

太陽が出ているのに、あたしは寒くてふるえつづけていた。おまけに午後のひだまりのなかで黒い小ばえがぶんぶんうなって、かみついた。

「さてと。腕《うで》を見せてごらん」母さんが言った。

あたしはそれよりしずかに横になって、腕をおちつかせたかった。ずきずき痛《いた》みっぱなしだったから、これ以上つつきまわされるのはいやだった。でも母さんがその声で言うときは、逃《に》げ道《みち》はない。母さんは、ローサの縞編《しまあ》みのセーターを、ゆっくりぬがせようとした。でもまた出血がはじまっていて、包帯《ほうたい》を突《つ》きぬけてセーターの腕全体にかわいた血がこびりついていた。あたしはあごがうずくほど歯を食《く》いしばったが、母さんがセーターを腕からぬきとったときには、涙《なみだ》がぼろぼろこぼれた。包帯はもっとやっかいだった。巨大《きょだい》なかさぶたのかたまりだ。ようやくなまの腕にたどりついたときには、涙で目のまえが見えないくらいだった。母さんは三角の傷《きず》あとを、ことばもなくじいっと見つめた。いまでは赤いすじが何本も走り、傷口が黄色く膿《う》んでいた。

「どこかにきれいな水はないかしら」母さんが問《と》いかけた。

「船が来るまでは、ないな」隊長《たいちょう》が言った。「川の水はきれいとはとてもいえないし、火をたくのは危険《きけん》だから、わかすこともできない。煙が遠くからでも見えるんだ」

母さんはそれ以上なんにも言わなかった。ペチコートのすそを細くさいて、新しいけれど清潔《せいけつ》とはいえない包帯をつくり、腕に巻《ま》いた。セーターはよごれていたが、ほかに着るものもなく、第一あたしは子犬みたいにふるえていた。

「もっとよくなってると思った」ニコが遠慮《えんりょ》がちに言った。

「よくなってたの」あたしは不機嫌《ふきげん》につぶやいた。「でもみんなが手荒《てあら》にするんだもん」

「眠《ねむ》れるようなら、お眠り」母さんは言うと、重い百日ぜきにかかった七つのときみたいに、手をにぎってくれた。そしてあたしは眠った。


目がさめるとアシの真上に宵《よい》の明星《みょうじょう》が出ていて、空は濃紺《のうこん》のビロードみたいにしっとりしていた。母さんはいなかったが、片側《かたがわ》にローサが、もう片側にニコがついていてくれていた。

「舟《ふね》は来たの？」あたしはたずねた。

「まだだ。でも、遠くに見えたそうだよ」ニコが答えた。ローサは頭をたれ、うたた寝《ね》しているようすだった。

しばらくどちらもなにも言わなかった。そっと目をやると、ニコは、星がお話をしてくれるのでも待つように、じっと宵の明星を見あげていた。

「ニコ？」

「んんん？」

「あの……武器蔵《ぶきぐら》まえ広場で、ドラカンに剣《けん》をふりおろしたときだけど……」

「ああ」ニコはそっけなく言った。「もちろんおぼえてるよ」

「剣《けん》の峰《みね》のほうを使ったでしょ？」

「うん」

「刃《は》のほうを使えばよかったのに。そうすれば、殺《ころ》せたのに」

ニコは無言《むごん》だった。

「ニコ——あいつにあんな目にあわされたのに……なぜ仕返ししてやらなかったの？　なぜ殺してしまわなかったの？」

ニコは、深く、長く息を吸《す》いこんだ。こちらにちらっと目を向け、しばらくしてようやくつぶやいた。

「わからない……一度は殺したようなものだからな。おなじ人間を、二度も殺せないよ」

あたしたちは宵《よい》の明《みょう》星《じょう》を見つめながら、だまってすわっていた。腕《うで》は死ぬほど痛《いた》んだが、すこし眠《ねむ》れたおかげで、ややすっきりしたようだった。

そのとき茎《くき》がさがさふれあい、アシむらから後家《ごけ》さんと母さんが顔を出した。

「舟《ふね》が着いたわ。出発しましょう」後家さんが言った。

ニコが助け起こしてくれた。足がたよりなかったからだ。しばらくしてようやく、ローサがすわったままなのに気づいた。

「行こうよ」あたしは言った。

ローサは首をふった。「ううん。ここでさよならしたほうが、いいと思う」

「どういうこと？　どこに行くつもり？」

「家」

「家？」

「どぶ板横町《いたよこちょう》だよ。母ちゃんとこ」やっぱりアウンの名前は出さないんだな、とあたしは思った。

「頭おかしいんじゃない？」あたしは腹《はら》が立った。「なにもなかったような顔して、帰れるとでも思ってんの？　あんたはドラカンの足をナイフでさしたんだよ」

あたしを見あげたローサの目は、涙《なみだ》で光っていた。でも泣《な》いてはいなかった。泣くまいとしていた。

「じゃあほかに、どこに行けばいいと思ってんのさ？」つっかかるような声だったが、本心でないことは、わかっていた。

「もちろん、あたしたちといっしょに。そうでしょ、母さん」

母さんはうなずいた。「いっしょに来ればいいわ。あとで、お母さんに手紙を書いて、安心させてあげましょう。ディナの言うとおりよ。ドゥンアークにもどるわけにはいかないわ」

ローサの口もとがふるえた。

「本気で言ってんの？」

「あたりまえでしょ！」

「けど……」

「けど、なんなの？」

ローサはいらいらと、乱暴《らんぼう》にアシの葉をちぎっていた。

「だってほら……あたし、そこには……その、知りあいなんて、だれもいないし……」そこで言いやめて、あたしにはおなじみになったけんか腰《ごし》の調子《ちょうし》で、言いなおした。

「あんたはそりゃあ、おちついていられるよ。母ちゃんも家族もニコもいるんだし……あたしにはだれもいない。それにあたし……ドゥンアークから一歩も出たことがないんだ」

「あたしがいるでしょう？」あたしはすこしむっとして、答えた。

「ぼくもいる」ニコも言った。「きみには大きな借《か》りができた。たとえきみがわすれても、ぼくはわすれないよ」

ローサはあいかわらず、葉っぱを細《こま》かく細かくちぎっていた。ふるえわななく手をつかんで止めてやりたかったが、できなかった。ローサには、気をつかわないといけない場合がある。強いけれど、もろいのだ。よく考えずに同情《どうじょう》してしまいがちだけど、そんな態度《たいど》を取ってはいけないのだ。

ようやく手のふるえがおさまり、最後《さいご》のアシのかけらが泥《どろ》のなかにハラハラと落ちた。

「あたしを見て」

しずかな声だったのと、あんまりおどろいたのとで、はじめは聞きまちがいだと思った。

「なんて言ったの？」

ローサは立ちあがった。「あたしを見て」すこし声を大きくして、もう一度言った。「あたしを見てよ。気持ちを決めたいから」

ときには心のなかの思いを、ことばにできないことがある。ちょうどいまがそんなときだった。あたしはなにも言えなかった。だから言わなかった。ただ友だちの目を、まっすぐにのぞきこんだ。そうすれば、ローサにもわかってもらえるはずだ。あたしがローサを、こわいもの知らずの、強くて勇敢《ゆうかん》な女の子だと、どんなことだってできる子だと、知っているってことを。

21　わが家《や》へ

アシむらのなかにたたずむローサとあたし、ニコと母さんと宵《よい》の明星《みょうじょう》——ここでお話が終わったら、どんなによかっただろう。でも現実《げんじつ》はそうあまくない。現実では、お話は終わらずにつづくのだ。だからあたしは、そのつづきを話さなくちゃならない。

白樺村《しらかばむら》に帰りつくまで、二週間近くかかった。元気な馬に乗れば半日たらずの距離《きょり》だけど、あたしたちには元気な馬どころか、元気な足さえなかった。あたしは傷《きず》がもとで熱《ねつ》を出し、頭も上《あ》がらない状態《じょうたい》だった。コックの妹婿《いもうとむこ》が、あたしたち一行《いっこう》を、ドゥンアークの西、ドゥン湿原《しつげん》の中心部にある、わずか四戸しかない小さな集落《しゅうらく》に運んでくれた。白樺村とは正反対の方角だ。あたしのぐあいがよくなるまで、一行はその集落に身をひそめていた。

それからも故郷《こきょう》へは、街道《かいどう》をゆく早馬《はやうま》の旅というわけにはいかなかった。裏道《うらみち》や土手道、目で見わけられないほどのふみわけ道を、のろくさ足を引きずって進む旅だった。

それでもようやっと、村の名前のもとになった、明るい白樺林《しらかばばやし》のある丘《おか》が見えてきた。ああ、ニレの木荘《きそう》の自分のベッドに横になり、ダビンとメリの横で目をさまし、台所でおかゆと母さんのブルーベリー茶で朝食にするのを、どんなに夢《ゆめ》みたことだろう。

でもそれは、夢のままに終わってしまった。なぜってニレの木荘は、もうなかったのだ。最後《さいご》の角《かど》を曲がりきったとき、むかえてくれるはずのしっくい壁《かべ》の家はどこにもなかった。そこには黒くこげた柱と垂木《たるき》が、おびえたハリネズミのトゲのように天に向《む》かって突《つ》きでているばかりだった。

なにもかもめちゃくちゃだった。果樹園《かじゅえん》の木々も、燃《も》やされていた。井戸《いど》のふたはこわされ、なかにはバラバラにされ、ふくれあがった子ヤギの残骸《ざんがい》がうかんでいた。井戸水を飲めるようになるまで、何年もかかるだろう。敵《てき》はつかまえた動物は例外《れいがい》なく殺《ころ》し、ほとんどはそのままにほうりだしていた。いたるところに死んだニワトリとウサギが散乱《さんらん》していた。生きのこりのニワトリがたった一羽《わ》、廃墟《はいきょ》のあいだをこっここっこ鳴きながらうろついていて、あたしたちを見るなり、おびえて逃《に》げだした。

はじめあたしたちは、全員ぼうっとして立ちすくむばかりだった。次に母さんが奇妙《きみょう》にかすれ

た悲鳴《ひめい》を上《あ》げ、村に向かってまっしぐらにかけだした。あたしには母さんの気持ちがわかった。これがドラカンの復讐《ふくしゅう》なのは、だれの目にも明らかだった。そして母さんは、復讐の手がダビンとメリにまでおよんだのではないかと、恐怖《きょうふ》にわれをわすれたのだ。

「あいつを殺《ころ》しておけばよかった」ニコが苦々《にがにが》しくつぶやいた。「そうすればこんなことにならなかった」

「こうなるとは思わなかったもの」あたしはうわの空で答えた。「あいつのお母さんのこともあったし」

そういいながらもあたしは、ニコが剣《けん》の刃《は》の部分を使っていれば、という燃《も》えるような思いをかみしめていた。万が一ダビンとメリの身になにかあったら……

ようやく足が、よろよろと動きだした。あたしは転びそうになりながらも、せいいっぱい母さんのあとを追った。

母さんは村はずれで、あたしを待っていた。そして大声でさけんでいた。「ふたりともぶじよ！　ぶじだったよ！」

ドラカンの家来《けらい》が来たとき、ふたりはまだ鍛冶屋《かじや》のリケルトとエリンの家にいた。そして復讐に燃えた男たちが村にたどりつくまえに、納屋《なや》の二階にかくれていた。ドラカンは、あたしが兄さんのことを話したのをおぼえていて、あまいことばとほうびでつろうとしたが、白樺村《しらかばむら》の住民《じゅうみん》は、恥《はじ》あらわしの子どもの味方《みかた》だった。ヤジュウさえ無傷《むきず》で切りぬけた。とはいえダビンは、ヤジュウがドラカンにほえかからないよう、午後の何時間も、犬の口を押《お》さえつづけたそうだ。

その夜あたしたちはエリンとリケルトの家の台所に腰《こし》をおちつけ、もう〝ニレの木荘《きそう》のわが家《や》〟がないという事実《じじつ》に慣《な》れようとつとめていた。ふしぎな感じだった。村の人たちがひとり、またひとりと、おくりものや食べ物や、「さしあたり家では使わないもの」を持って立ちよった。まるでニレの木荘が黒い焼《や》けあとになったのは、自分たちに非《ひ》があるとでも考えているようだった。ちっともそんなことないのに。それどころか、みんなして、いちばん大切なものを守ってくれたのだから。この晩《ばん》ほど、粉屋《こなや》のあたたかい気持ちにふれたことはなかった。でもだからといって、あたしたちが白樺村《しらかばむら》をはなれなければならないということに変わりはなかった。

あたしたちは全員が家なしだった。後家《ごけ》さんはもう、聖《せい》アデラ教会のうらの自宅《じたく》にもどることはできず、ローサもどぶ板横町《いたよこちょう》の二階にあるせまい貸部屋《かしべや》にもどって、お母さんと住むわけにいかなくなった。マウヌス先生はきっとだれよりも、自分の仕事場と、粉末《ふんまつ》や液体《えきたい》やフラスコを恋《こい》しがっているにちがいなかった。そしてニコは——そう、ニコは、いってみれば、領地《りょうち》ひとつを失《うしな》ったのだ。

「おばあちゃんのところに行ってはどうかしら」後家さんが、思いついたように言った。

「高地のほうだけど」

「それもいいな」マウヌス先生は言いながらも、それほど乗り気そうではなかった。「それもいいだろう。だが、羊《ひつじ》の番をしてウイスキーを飲むような生活が理想《りそう》だったら、そもそもドゥンアークまで出ていかなかっただろうが」

「おばあちゃんはよろこんでむかえてくれるわ。それにドラカンだって、スケイランド全体に手出しをしようとは、考えないでしょう。あそこなら安全よ」

「安全、ね」母さんはためいきをついた。「いまはなにより心引かれることばね」


マウヌス先生が言うには、この地方には人間より羊のほうがたくさんいるそうだ。そうかもしれない。でも、人間もいることはいる。あたしたちがいた低地《ていち》地方の人間とはちょっとちがうことばで話す。でも、意味がわからないほどちがうわけではない。

あたしたちはいま、新居《しんきょ》の屋根を葺《ふ》き、上に土のついた芝《しば》をならべたところ。この地方では、そうやって家を建てるのだ。ケンシー一族の人たちは、みんなして手伝いに来てくれた。

そのあとパーティーがあって、ローサとあたしは〝熊《くま》と鮭《さけ》〟というダンスを習った。女の子が男の人の腕《うで》のなかでぐるぐる回されては次の人の腕に投げられるという、荒《あら》っぽくて動きが早くておかしな、スケイランドのダンスだ。楽しかったけど、あとでドラゴンの腕が、じんじん痛《いた》んだ。腕はまだもとどおりではない。もう二度ともとどおりにならないかもしれない、と考えると、粉屋《こなや》のシラを思い出して、ゆううつになる。

今夜ははじめて新しい家で眠《ねむ》る予定だ。家は新しい木のいいかおりがする。いまもニレの木荘《きそう》が恋《こい》しいし、そのことはたぶん一生変わらないだろうけど、いつかここで暮《く》らせて幸せと思えるようになるかもしれない。すくなくともあたしは、母さんとダビンとメリといっしょに暮らせるのだもの。母さんとダビンとメリと——そしてローサと。

恥《はじ》あらわし——良心《りょうしん》と向きあう人、捨《す》てさる人の物語
（訳者《やくしゃ》あとがきにかえて）

「恥知らず！」

人を責《せ》めるとき、なにより胸《むね》をえぐる、容赦《ようしゃ》のないことばでしょう。恥を知らない人間などまずいないだろうと、だれもが思っているからです。「恥」という感情《かんじょう》が生まれるとき、プライドの高い生き物である人間は、自分自身がゆるせなくなり、身の置《お》き所《どころ》をなくします。恥とは、ひとごとにしてしまえない、深く重く心にこたえる気持ちです。

人はだれでも、言うに言えない恥をかくし持っています。どんなに清廉潔白《せいれんけっぱく》と思われている人でも、たとえ正義《せいぎ》のヒーローであっても、やましい思いやかくしごとの一つや二つはあるでしょう。それを表《おもて》に引きずりだされると、たとえようもなく恥《は》ずかしく、いたたまれない思いにかられるはずです。

この物語で主要《しゅよう》な役目をはたす「恥《はじ》あらわし」は、人がひた隠《かく》しにするすべての記憶《きおく》と思いをあらわにさせる特殊能力者《とくしゅのうりょくしゃ》です。「恥あらわし」は、人がおかした罪《つみ》を当人のまえに映像《えいぞう》と音にして見せつけます。本人出演《しゅつえん》の再現《さいげん》ビデオのようなものですね。事実《じじつ》を突《つ》きつけられては、どんな悪人でも平静《へいせい》ではいられません。動揺《どうよう》し、罪《つみ》をみとめてひれふすしかないのです。ただしその人に良心《りょうしん》が――恥を知る心があればですが。

主人公の少女ディナは、恥あらわしの娘《むすめ》です。三人きょうだいのうち、母親の特別《とくべつ》な力を受けついだのはディナ一人。けれども誇《ほこ》りにするどころか、ひたすらうとましく思っています。力があるばっかりにだれもが目をそらし、逃《に》げていくのです。自分が特別であることを受けいれられないディナは、ふつうの子どもとおなじになりたくて、かえってトラブルを引き起こすばかり。そんなある日ディナ親子は、遠くはなれた大公《たいこう》の城《しろ》で大きな陰謀《いんぼう》に巻《ま》きこまれてしまいます。

中世《ちゅうせい》を思わせる町なみ。騎士《きし》に若君《わかぎみ》。錬金術師《れんきんじゅつし》。魔女《まじょ》にされる超能力者《ちょうのうりょくしゃ》。きわめつけに、かがやくうろこも邪悪《じゃあく》なドラゴン。ファンタジイでおなじみの面々《めんめん》が勢《せい》ぞろいです。けれどもこの物語に派手《はで》な魔法合戦《まほうがっせん》はありません。杖《つえ》の先から稲妻《いなずま》が飛《と》びだすわけでもなく、呪文《じゅもん》をとなえて変身するものもいません。登場人物は頭と手足と五感のすべてを使い、助けあって危機《きき》を切りぬけていきます。ドラゴンも大型《おおがた》の爬虫類《はちゅうるい》というだけで、トロルやエルフなどお約束《やくそく》の魔法めいた生き物も出てきません。恥という感情《かんじょう》をめぐって語られる、あくまで人間のお話です。

恥《はじ》というマイナスの要素《ようそ》にかかわることを、それこそ恥《は》ずかしく感じていたディナですが、生命さえおびやかされる難局《なんきょく》に立ちむかううち、恥と向きあうからこそ人とわかりあい、心を通じあえることに気づいていきます。心の底《そこ》で見くだしていたふつうの人々の、ふつうでない強さと美しさにはじめてふれ、呪《のろ》わしかった力を新たな目で見なおすのです。

この物語の作者リーネ・コーバベルは、一九六〇年生まれのデンマーク人です。十二才から創作《そうさく》をはじめ、十五才で早くもデビューをかざりました。北欧《ほくおう》には乗馬《じょうば》少女をテーマにした一ジャンルがあります。コーバベルはティナという少女を主人公にしたシリーズを、十七才までに四冊出版《さつしゅっぱん》しました。おどろくべきことにこのシリーズは現在《げんざい》も版《はん》を重ね、北欧全体で合計十万部以上を売りあげているそうです。

オーフス大学で英語《えいご》を専攻《せんこう》した彼女《かのじょ》は、卒業後《そつぎょうご》コピーライター、翻訳家《ほんやくか》、編集者《へんしゅうしゃ》、高校教師《きょうし》（英語と演劇《えんげき》）と職業《しょくぎょう》を変えながら創作もつづけ、一九八八年には大人《おとな》向けのファンタジイ『朝の国』を、一九九二年から二〇〇〇年にかけては少女カトリオーナを主人公とする、これもファンタジイの三部作『銀の馬』『アーミン』『カワセミ』を発表しました。そして二〇〇〇年に書いたのが、この『秘密《ひみつ》が見える目の少女』でした。本作品でコーバベルは、はじめて日本に紹介《しょうかい》されることになります。

もともと北欧には、ノルウェー民話《みんわ》を収集《しゅうしゅう》・編纂《へんさん》したアスビョルンセン&モー、童話《どうわ》の王様アンデルセン、『ニルスのふしぎな旅』の作者セルマ・ラーゲルレーフなど、伝承創作《でんしょうそうさく》とりまぜた童《どう》話《わ》の伝統《でんとう》があります。トロル、ニッセやトムテとよばれる小人《こびと》、エルフなど、架空《かくう》の生き物にも事《こと》欠《か》きません。それでも現代北欧《げんだいほくおう》の児童書《じどうしょ》作家たちが書くのは多くの場合、ファンタジイといってもふわふわと甘《あま》やかなものではなく、しっかり地に足のついた骨太《ほねぶと》の作品《さくひん》です。子どもだからといってやさしく手かげんすることはありません。もちろん子どもは子どもであり、大人に守られなければ生きていけません。それでもひとりの人間であることに変わりはなく、独立《どくりつ》した人間としてあつかわれ、尊重《そんちょう》されなければならない、というのが、北欧の人々の考えかたのようです。

ディナは、まだ十一才にも満《み》たない少女だけれど、自分の意志《いし》をしっかり持ちあわせた個人《こじん》です。赤んぼうみたいにめそめそ泣《な》いたりしません。だから十七才のニコデマスも、ずいぶん年かさのマウヌス先生も、はては宿敵《しゅくてき》となる恥知《はじし》らずのドラカンまでもが、ディナを一人前にあつかうのです。もっともそれだけに、ディナはめでたしめでたしのハッピーエンドを楽しむひまもなく、一家そろって命からがら遠い辺境《へんきょう》に逃《に》げていかなければならなかったのですが。

この本の最後《さいご》でたどりついた新しい土地でも、ディナたちは平穏《へいおん》に暮《く》らせるわけではありません。続篇《ぞくへん》の第二作では、冒険《ぼうけん》というにはあまりにつらい日々が待ちかまえています。持っていてよかったとようやく思えた力が、今度はディナを深く傷《きず》つける凶器《きょうき》となります。でもディナはけっしてしりぞきません。ひとりぼっちだったディナだけれど、いまではニコやローサという、たよりになる友人ができたのですから。すでに早川書房《しょぼう》で翻訳出版《ほんやくしゅっぱん》が決まっている続篇《ぞくへん》での、ディナの成長ぶりにご期待ください。

作者コーバベルは、この作品《さくひん》を最初《さいしょ》母国語《ぼこくご》のデンマーク語で書き、その後自分で英語《えいご》に翻訳して、加筆《かひつ》と書きかえをおこなっています。日本語版《ばん》はまずデンマーク語版から翻訳し、のちに英語版を参照《さんしょう》して、変更《へんこう》を加えたことを、ここでおことわりしておきます。

二〇〇三年一月

早川書房の児童書〈ハリネズミの本箱〉

秘密《ひみつ》が見《み》える目《め》の少女《しょうじょ》

二〇〇三年二月十五日　初版発行
二〇〇五年三月三十一日　再版発行

著　者　リーネ・コーバベル
訳　者　木村由利子《きむらゆりこ》
発行者　早川　浩
発行所　株式会社早川書房
東京都千代田区神田多町二ノ二
電話　〇三‐三二五二‐三一一一（大代表）
振替　〇〇一六〇‐三‐四七七九九
http://www.hayakawa-online.co.jp
印刷所　株式会社精興社
製本所　大口製本印刷株式会社

乱丁・落丁本は小社制作部宛お送り下さい。
送料小社負担にてお取りかえいたします。

Printed and bound in Japan
ISBN4-15-250007-7　C8097

早川書房の児童書〈ハリネズミの本箱〉

モリー・ムーンの世界でいちばん不思議《ふしぎ》な物語《ものがたり》

ジョージア・ビング
三好一美訳
46判上製

“女の子版《ばん》ハリー・ポッター”

孤児院《こじいん》でいじめられてばかりのみなしご少女モリー・ムーン。ある日図書館《としょかん》で偶然《ぐうぜん》見つけた〈催眠術《さいみんじゅつ》〉の本が、モリーに秘《ひ》められた驚《おどろ》くべきパワーを全開させた！　めくるめく冒険《ぼうけん》の数々《かずかず》。ところが、そこには思わぬワナが……